U0791290

系花沙漠

程想——著

天津出版传媒集团
百花文艺出版社

图书在版编目（CIP）数据

繁花沙漠 / 程想著. -- 天津 : 百花文艺出版社，2023.6
ISBN 978-7-5306-8529-7

Ⅰ. ①繁… Ⅱ. ①程… Ⅲ. ①中篇小说－小说集－中国－当代②短篇小说－小说集－中国－当代 Ⅳ. ① I247.7

中国国家版本馆CIP数据核字（2023）第063549号

繁花沙漠
FAN HUA SHAMO
程想 著

出 版 人：薛印胜 **责任编辑：**魏 青
装帧设计：谢蔓玉 **特邀编辑：**翟玉梅
出版发行：百花文艺出版社
地址：天津市和平区西康路35号 **邮编：**300051
电话传真：+86-22-23332651（发行部）
+86-22-23332656（总编室）
+86-22-23332478（邮购部）
网址：http://www.baihuawenyi.com
印刷：三河市元兴印务有限公司
开本：880毫米×1230毫米 1/32
字数：190千字
印张：8.25
版次：2023年6月第1版
印次：2023年6月第1次印刷
定价：59.80元

如有印装质量问题，请与三河市元兴印务有限公司联系调换
地址：河北省廊坊市三河市黄土庄镇尚庄子村
电话：0316-3180002
邮编：065200
版权所有 侵权必究

冷暖人间，

愿我们彼此温柔以待。

程想

目录

城

乡

温柔以待

城

愚人节玩笑

1

事情来得很突然。

我和小布正拿着树枝比比画画过招，一道闪电打着滚劈进我的左眼，炸开一蓬热辣辣的烟花。事后我才大体弄明白——他的树枝莫名其妙别断一小截，还拿在手里的树枝，趁着猛力，霎时戳进我的左眼。当时，我惊叫了一声，小布也惊叫了一声。我只觉得天旋地转，蹲下去两手捂住左眼，温热的黏稠液体从手指缝间流出，滴滴答答坠落到地面。

公路上，小轿车的喇叭声，电动车的刹车声，卡车的呼啸声，拖拉机的突突声，都抢着往人耳朵眼儿里跑。在各种车辆闹哄哄的动静中，我和小布细细的惊声立即被融化，除了小筷，没有一个人听见，也没有一个人停下来看一眼。

我双腿跪着，两手撑地，脸向左倾斜，几乎挨到路面。小布和小筷也都双腿跪着，两手撑地，他俩朝我侧着脸。我们三个就这么跪趴在公路边。正是弥河县城傍晚的下班时间，轿车、面包车、电动车像一条条泥鳅，游了过来，又从我们身边游走。

学校放学时，太阳还像个锃亮的水泡飘在西面的高楼丛林中。我、小布、小筷，争先恐后地挤出学校大门，朝东走了一百来米。在蓝色垃圾箱边，我和小布各捡了一根树枝，我说这是关公的大刀，小布说他拿着刘备的宝剑。我用树枝戳了小布的屁股，小布想用树枝戳我的头，我转身就跑。小布拿着树枝追我，小筷呼哧呼哧在后面追我俩。

我们班上的多数同学，已经没有了这种“放学路上”。他们上学、放学，都是爸爸妈妈或爷爷奶奶接送。那些大人们，开着明晃晃的小轿车，把学校大门前那条巴掌宽的细公路堵成一锅黏粥，到处都是嘀嘀的喇叭声，震得人耳朵眼儿疼。也有大人骑着镶有玻璃棚子的电动三轮车，看起来和小汽车差不多。他们飞一样地来到学校门前的公路上，再从学校门前的公路上挤出去，飞一样回家。上学、放学，自己的两条腿都派不上用场，真是没劲透了。他们没有机会在放学路上撒开脚丫子欢跑一场，更别说打打闹闹了，我一点也不羡慕那些同学。

本来，这应该是像往常一样美好的一天。我们三个会一起疯跑着回家。在爸爸妈妈下班前，我会馏好馒头，只要家里有菜，辣椒啦、土豆啦、黄瓜啦、茄子啦，我会选一样洗净、切好，等着妈妈回家炒菜。

可是现在，我们三个还跪趴在公路边，不知如何是好。

小布问过“咋办”，小筷问过“咋办”，我也想问“咋办”。没人告诉我们。我疼得半边脸发木，脑壳子里像灌进了冰水，浑身又酸又软。我试着拿开手，慢慢睁开挤着的左眼，左眼里没有一点光亮，只有我的右眼，能看见游过来又游走了的各式车辆。我低着头，还有血滴淋淋漓漓地跌落。我疼得没法形容，全身的毛孔都在倒抽冷气。

光线越来越暗。公路两边的路灯忽然都亮了，高楼窗子里的灯也七零八落地亮了。

终于，有匆匆的脚步声朝我们这边过来。一个弥河本地口音的女人，问我们咋了，语气里带着紧张、焦急和恐惧。我抬起头用右眼看了一下，是一个和妈妈差不多年纪的中年妇女，头发很长，戴着眼镜。她哭了，眼泪映着灯光刺得我难受，我本来不想哭的，可我的眼里好像也出泪了。她很快弄明白我出了什么事，语无伦次地打 110 打报警，打 120 叫救护车。很快，又有五六个人聚过来。

我们三个都不记得父母电话。中年妇女提议，她用车拉着谁去家里找大人，小布和小筷都没动。一个年轻男人又说，他骑电动车顺路，可以带着谁回去。小布坐上年轻男人的电动车后座，朝前走了。中年妇女来到我身边，蹲下，她的脸上还有泪珠在滚动，她用手轻轻地拍着我的后背。

救护车来了。中年女人搀着我站起来，往前挪了挪。从救护车后屁股上跳下三个救护员，有人拿着手电筒，在我脸上照了照，让我立即上车。

“唧哇唧哇”，又一阵惊叫由远而近，是警车。两个警察下来，摆了摆手，让我们先走。

救护车开出几分钟后，我从车里看到了妈妈。妈妈一个人，骑着电动车，和我坐的救护车擦肩而过。妈妈肥大的上衣被风吹成了大面包，没戴帽子，也没系围巾，好像划了一道暗红色的线，妈妈不见了。

妈妈估计刚刚下班。她在弥河县城一家食品公司打工，在分割鸡生产线上，薅下白条鸡身上明显残留的鸡毛，再过水冲洗一遍。在公司女工中，这是工资最高的活儿。现在她一个月的工资，快有两千元了。只是，妈妈的手被凉水泡得发白、肿胀，血口子一道一道。晚上睡觉时，她得先擦一遍碘伏，再避开伤口涂一层护手霜，戴上一副白色的棉线手套。早晨上班前，则需要先把手上的血口子用白胶布粘起来。在车间里，妈妈常年穿白色高鞠胶鞋，不透气，两年下来，成了香港脚，烂脚丫、起水泡，痒得难受时，就拼命跺脚。妈妈说，累点、遭点罪都没事儿，趁着年轻，得多赚些钱。

爸爸也在那家食品公司打工。爸爸个子不高，我现在上四年级，已经比他高一截了。可是他身体很壮，两条胳膊上臂都有小老鼠一样突起的硬肉。爸爸的工作是装饲料，别人一天能装一百吨多点儿，可爸爸一天能装到两百吨，八十斤一袋，那得有五千袋。爸爸的十个手指肚上都有厚厚的茧子，每个指关节都又粗又大，指甲从来不用剪——都被磨得很短，好像磨到了肉里。不时有指甲开裂、出血，不时有指甲蜕掉又长出新的——他新近长出的右手中指指甲，是第三茬新指甲。爸爸说，现在月工资两千多元了，很不错。在弥河县两年多，爸爸一直干这份工作。

2

急诊科大夫拆掉了急救员给我包上的纱布，用凉凉的棉球在我左眼周围慢慢擦，又轻轻擦了擦眼皮。“把眼睁开，小伙子，看前面，左眼能看见我不？”我小心地抬起左眼眼皮，看不见。我伸出右手捂住右眼，面前立即变成黑乎乎一片。大夫用手指扒开我的左眼眼皮，拿小手电筒朝里照着仔细看。大夫摇了摇头：“小伙子，你这眼有些麻烦。你家大人呢？”我从小方凳上站起来，用右眼仔细地看着前后左右，我妈妈还没有来，我爸爸也还没来。

挂上点滴，我躺在急诊科的病床上。凉凉的点滴从我左手背淌进胳膊里，再流向全身，我很想盖上一床棉被，可是这张病床上没有。

我肚子里开始叽叽咕咕乱叫。大约十分钟后，门“砰”的一声撞在墙上——是爸爸来了。爸爸的额头上冒着热气，一屁股坐在我的病床上，嘴唇哆嗦了几下。我以为他要问我是怎么伤着的，或者疼不疼，可是他啥也没说。我问：“爸爸，你咋过来的？不慢呀！”爸爸说，一接到妈妈的电话，他马上借了叔叔家的电动车赶了过来。那个年轻男人用电动车载着小布到我家时，妈妈刚刚进门，爸爸还在下班回家的路上。

第一瓶点滴下去快一半了，我听见妈妈在门口直着嗓子喊：“小碗，小碗！”妈妈两眼通红，脸上的泪淌得乱七八糟，嘴唇上抹着一层清鼻涕。妈妈趴下来，抓得我的右手发麻，她问我：“儿子，疼不疼？医生怎么说？”我不知该怎么和妈妈说。妈妈指挥爸爸，用手握着针头上面的点滴管，好让药水在滴进我身体前变得稍微暖一点，然后她站起身，说：“我问问医生去！”

时间不长，妈妈回来了，脸上的泪水和鼻涕都擦得干干净净，但没有一丝笑容。说不清为什么，我闻到一股绝望的味道，就像人滑落河底浮不上来一样。妈妈朝着爸爸说：“医生说，咱儿子的左眼，伤得不轻……”

前几天妈妈说过，在接下来的期中考试中，如果我能语文、数学、英语全考A，就可以满足我一个心愿。我想去看电影，去看3D电影。我的同桌经常向我炫耀，他几乎每周末都去弥河县城最大、最豪华的电影院看电影，都是看3D电影：“看起来什么都是立体的，哎呀，功夫熊猫一伸拳，就到了你鼻子底下！”我想象不出来，3D电影到底是怎么个立体法。距离期中考试仅有二十几天，左眼受伤，会不会影响我的学习？

我有些头晕。点滴袋下吊着的小瓶瓶里，药水不间断地扑哧扑哧砸下。妈妈让爸爸到床尾坐着，换她用手握着点滴管。

爸爸叹了一口气，说：“咱把今年存的钱都取出来吧？”

过了一会儿，妈妈说：“儿子出了这事儿，咱不能疼钱。只是，那钱都是给儿子攒着上学、盖房、娶媳妇的，存的定期，取出来利息就白费了。眼是小布戳的，应该让小布家里出钱。我已经打电话给小布妈了，她怎么还不来！”

爸爸又叹了一口气：“他家里怕是没钱，要是有钱，小布妈早就到大医院治腿了！”

小布妈妈原本骑着三轮车贩卖青菜，去年冬天，一条小腿让一辆没牌卡车撞断。卡车跑了，住院治腿只能自己花钱。听说已经做过两次手术，可骨头一直没长好，现在还不能下地走路，也干不了什么活儿。小布爸爸在食品公司大门往东的那条街上卖鸡蛋灌饼。

哦，小布，你不要为此怪我和我的爸爸妈妈。我的左眼受伤，我知道你不是故意的，只是我运气不好。

妈妈说，给小布爸爸也打个电话。妈妈的电话，是去年年底在夜市上花五十块钱买来的，电话里头说的话，从她耳朵边能传出两三米，毫无保密性可言。妈妈和小布爸爸的对话，一字不落地全灌进了我和爸爸的耳朵里。

“我家小碗的左眼伤了，你家得出医疗费呀！”

“我问过小布，不关他的事儿！”

“是小布戳的，小筷也在场！”

“你再去问问小筷，他说，啥也不知道！”

“狗日的，你龟儿子穷拿不起钱，就要赖账啊！”

“叭！”小布的爸爸从那边挂了电话。

医生让我爸爸或妈妈过去一下，给开个住院卡，明天一上班转到眼科，再全面检查确诊。爸爸站起来跟着医生走了，一会儿又回来，手里拿着一张扑克牌大的纸片，交给妈妈。妈妈接过纸片从凳子上弹起来：“六千？这么多？”

爸爸坐在病床沿上：“医生问我们有没有居民医疗保险，说现在红伤也能报销。”

妈妈抹了一把脸：“谁能想到这事儿？年前公司里还说，咱干了一年以上的职工，都可以在这里入保险。可是，保费最低的，每人每年一百多呢，买药都花不了这么些！”

爸爸扭过头来问我：“小碗，饿了吧？”妈妈让他去门口买些包子或火烧。爸爸朝妈妈伸了伸手，妈妈在裤口袋里摸了摸，拿出一卷钱，展开看了看，最外面一张是紫色的五元，里面还有四五张灰绿色的一元。妈妈皱了皱眉，把钱又卷起来，全部放进爸爸手里。

妈妈掏出手机，说再给小布妈妈打个电话。她去了外边，掩上门。听不清妈妈在电话里说什么，但一会儿声音就尖锐起来，而且语速很快。妈妈进来时，满脸通红，两眼的泪水爬到了下颏上，她擦都不擦，任由泪水继续到处乱爬。

外面的走廊里，不间断地有各种凌乱的脚步声。急救车刚刚拉来一个让车撞断腿的人，长一声短一声地喊疼，还嚷嚷着“俺娘嗨……俺娘嗨”，听声音分不出是男的还是中年妇女。

爸爸买了六个火烧，先拿给我一个。我躺在床上，三口两口就吃下一个，真香，是肉火烧。不过，爸爸和妈妈都一口没吃。

病房里又进来一个病号，是个女人。护士给她挂上点滴，医生说了几句，转身朝外走。

爸爸抢一步迎上去，问医生：“大夫，我儿子的眼，问题不大吧？”

医生摇了摇头，说：“问题不小！”

爸爸说:“大夫，您只管用上好药，我们拿得起钱，只要能治好！”

医生说：“不是钱的问题，眼球伤得不轻。”

爸爸问:“大夫，那……我的左眼很好，能不能移一只给他？”爸爸的声音有点变腔，说起话来像妈妈一样，尖声细气的。

妈妈站起来拉了爸爸的胳膊一把:“要移眼球，有我这当妈的，轮得着你？”

妈妈转向医生:“大夫，要移眼球就移我的，我的左眼视力一点五呢！”

医生摆了摆手：“你们先别争，有移肝的，有移肾的，但没有移眼球的。明天全面检查完再说吧！”

3

第二天一早，我转到眼科。一个男医生和一个女医生给我做了检查，男医生嘴里“啧”了一声，朝女医生摇了摇头。爸爸和妈妈木木地看着两个医生，等着他们宣告检查结果，但他们啥也没说，一前一后出去了。病房门吱呀、吱呀响了两声，吵得耳朵眼儿麻生生的。

一会儿，门又吱呀、吱呀两声，护士进来，说：“你们还没办住院手续，这一上班就去交住院押金吧。”妈妈说：“孩子他爸这就去取钱。”

护士走时，门又吱呀了一声，她说，别关上门，换换气。

妈妈木木地坐在我的病床边，爸爸木木地坐在一个凳子上。妈妈看看爸爸，低下眼皮。爸爸看看妈妈，也低下眼皮。过了一会儿，他们再看，再低下眼皮。爸爸脸上波澜不惊，妈妈脸上也像平静的河面。爸爸站起来，妈妈也站了起来。妈妈说，去问问医生，看看检查的怎样吧。

我的左眼，仿佛比昨天更疼了。我的头，发木发胀，可以说是昏昏欲睡。我闭眼休息，怀疑自己睡过去一阵。

妈妈和爸爸好像在窃窃私语。

妈妈说："既然医生说左眼坏掉了，治不好，咱还在这里住院干啥子？"

爸爸说："眼治不好了？咋办？孩子才十来岁啊！"

妈妈说："交住院押金，六千块呢！"

爸爸说："你陪着儿子，我去银行取钱。哎，存单都是你存的，你的名！"

妈妈的声音低了几度："既然孩子左眼废了……不如，省下钱，多给儿子买点好吃的补一补！"

爸爸的声音也低了几度："那，合适吗？"

妈妈说："有啥子不合适的……反正治也白治！你先走，遇到医院的人，就说去取住院费。直接回去上班吧，多赚点钱，好好给孩子补补，才是正事！"

爸爸问："会不会感染发炎？"

妈妈说："啰唆个啥子？哪会有那么多倒霉事儿！"

我的头顶仿佛盘着一条冰冷的蛇，吐着火红的芯子，像极了来自火星的怪兽。脖子成了生锈的钥匙孔，摇不动，转不了。舌头冷硬如铁，满嘴渗出一股腥咸的苦味。我想使劲喊叫，却喊不出一点点声音。

我终于费力睁开右眼，妈妈坐在病床沿上。我爬起来，倚床头坐着。妈妈穿着一身食品公司的工作服，她很瘦，工作服肥大得有些滑稽。我穿的上衣，也是妈妈的工作服，同样肥大得有些滑稽。两束滑稽的暗红颜色挤在同一张病床上，变成凝固的血迹。妈妈的短发好像被大风狂吹过一样东倒西歪，我忽然发现，妈妈的黑发里夹杂着一缕缕醒目的白丝。妈妈捋了两把头发，头发换了个姿势继续东倒西歪，白丝比刚才更醒目了。妈妈的上牙咬着下唇，下颏受到拉扯变得平整、苍白。

妈妈伸手摸了摸我的头，又放下来，抓着我的两只手，说："儿子，妈妈知道你很坚强……医生说，你的左眼，没得救了……妈妈知道你很坚强……"妈妈吞吞吐吐，想找些什么话和我说，却一下子找不到。我明白，我的左眼没得救了，这个悲伤太浓，她想兑点水，冲淡一些。

我从妈妈手里挣扎出双手。妈妈昨晚陪我住在医院，没有碘伏，没有护手霜，手上纵横交错的一道道褐色裂口，又大都描上了鲜红的细边。我摁了摁妈妈左手上残余的几块白胶布，又摁了摁妈妈右手上残余的几块白胶布。我抬起头，用右眼看着妈妈，说："我知道，左眼没得治了，谁也没办法。妈妈，我不疼了，出院吧！"

妈妈朝外扭过头去，左手在脸上抹了一把。

我催促妈妈，我们快点出院吧。

昨天爸爸妈妈赶来医院时，急匆匆的，没带什么生活用品，我们也没有什么好收拾的。我拉拉衣服，穿上鞋，又在床沿上坐了一两分钟。就像陪我上厕所一样，妈妈双手扶着我的左胳膊出了病房门。我们没有与邻床打招呼。

电梯里，人挤得满满的，妈妈紧紧攥着我的左手。病房楼外正在换铺地面砖，我们高高低低地走过，又越过排着长队等候过门口横杆的各式汽车，出了医院大门。天空灰蒙蒙的，太阳不知被刮到哪里去了。早上从急诊室离开时，那里的大夫告诉我，要来寒流，出门注意保暖。确实，寒凉的风好像又吹回了冬天，一下子穿透我的暗红色上衣，我打了个寒战。我知道，妈妈也打了个寒战。

4

昨天是4月1日，愚人节，据说这是一个国外的节日。可是，同学们还是想破脑袋互开恶搞玩笑——背上贴张纸片，画着一只乌龟，还写着“上面有规定”；接到一片口香糖，往嘴边一放，却不轻不重地被炸了一下；打开铅笔盒，忽然弹出一只软腻腻的仿真黑蜘蛛……虽然被愚弄者当时吓了一跳，或者很生气，但那些毕竟只是玩笑，没有任何真正的伤害。

我真希望，左眼受伤，只是老天爷和我开的一个愚人节玩笑。等我的伤口好了，他也可以像朱自清散文《绿》里写的一样，挹一把绿赠给我，让我的左眼明眸善睐。

走到大街上，一股甜甜的花香直往人鼻子里钻。我很不适应，想打一个大大的喷嚏。可是，我怕这会震动得左眼疼，连忙揉一揉鼻子，把喷嚏摁了回去。我分辨不出，这是什么花开得这么香？

弥河县城的春天，各色各样的鲜花比绿叶来得还早，很多都是我以前在四川大凉山老家从没见过的。实践课老师教过我们，像鸡蛋黄一样嫩黄的是连翘，熙熙攘攘地挤在一根根枝条上；大朵大朵开放的是白玉兰、红玉兰，整树整树的白或红，美得人脚脖子发软；樱花、杏花、美人梅，都是一片一片像朝霞一样鲜艳的粉红，得仔细辨别才能区分。那时，我目不暇接地看着各种美丽的花儿，没顾上闻闻各种花朵都散发着什么样的香气。老师说，桃花比杏花开得晚，也许，这扑鼻的香气是桃花吧。这让我想起了桃园三结义。

我说：“妈妈，快看快看，路边的鲜花真漂亮！”妈妈抬起头四下望了望，她的双眼里亮亮地映满了粉的、黄的、红的各种鲜艳色彩。

我说:“妈妈,你闻闻,这是什么花开得这么香呢？”妈妈嗅了嗅，也揉了一把鼻子。

我说:“妈妈,等左眼好了,我还要和小布、小筷他们一起去上学。”妈妈抓在我左手上的右手，忽然攥得很紧很紧。

蓝蝴蝶

1

下午四点多，手续就办完了。从那座三层的沿街办公楼出来时，才发现天色早已变得昏暗。太阳不知躲到哪里去了，光线像藕池里的淤水般混浊，抬头只见雾麻麻的脏灰色。天地仿佛暗哑了，各式车辆悄无声息地一闪而过，飞速旋转的车轮幻化为外黑内白的圆盘。不明方向的风刮来玉米淀粉厂的咸臭味，呛得鼻子有点酸有点疼。梅丽低头看了看紧紧交握的双手，十个指甲盖都摁白了。松开两手，用手心捂上耳朵，瞬时听到倒春寒里热气腾腾的喧闹。长长吐出一口气，两只眼里忽然就流下了止不住的泪水。

她本想坐公交车回去的，宋晓春说 :“变天了，怕是有雨，还是送你回去吧，我今天没有别的事。”到了高崖镇南端的道门口，他没有下车，说 :“我就不进去了，你早点做饭吃吧，晚上关好门。”梅丽掏出钥匙打开铁门，咯吱推开，连头也没回，右手反手摔上门，整个人倚在门后，缓缓滑下，跌坐在水泥地上。证都领了，不必搞什么虚头巴脑的告别，说再见不合理，他不再回来了，这个家里只剩下她自己了。宋晓春说过，实在没有勇气在这套房子里继续生活下去。她以为，他是想把这房子出租或者卖掉，去弥河县城里另买一套房，重新开始生活。却没想到，他干脆地把往日的晴朗和阴霾连同她，一起甩在了这套小型的四合院里。除了接受，她不知道自己还能做什么。一哭二闹三上吊，年轻时就从来没做过，已过不惑之年，她更不会再搞这套幼稚的挣扎。

天完全变黑了，风从上下左右及头顶、脚底一齐吹来。屁股底下的寒意，发酵成浑身的苍凉，正如薄暮的天空，深邃辽阔得无边无际。

一切都是从女儿走了之后才发生改变的。

女儿恰巧出生在他们第一个结婚纪念日那天，梅丽曾经觉得这非常有纪念意义。但她没有想到是这么纪念的，女儿在，婚姻有声有色，女儿走了，婚姻也如昨日浮云般随风飘散于无形。

她一直以为，因为他们夫妻恩爱，所以女儿特别聪明又懂事。

那年梅丽二十七岁，与初恋男友分手整整七年，父母逼婚，第一次相亲就遇到宋晓春。据宋晓春后来说，他此前从没谈过恋爱，但是自从上班后，不是在相亲就是在相亲的路上，相了近三十个，到了即将厌倦之时。一听梅丽比自己还大三岁，他连见都不想见。介绍人是宋晓春所在镇办企业的车间主任，顶头上司，说什么女大三抱金砖，他实在抹不开面子才答应去相看。下了下午四点的白班，他连身像样的衣服都懒得换，穿着一身钻蓝色镶暗红袖口和领口的工作服就去了约定的餐馆。在看见她的一刹那，他后悔了。借口上厕所，抹上洗洁精仔细洗了脸、脖子、双手，然后脱下工作服上衣，把里面的白绿条纹长袖 T 恤扎进了裤腰内，小伙子立即精气神侧露。她以为是谁走错了桌，盯着瞅了几眼，捂着嘴扑哧笑了。她忽然有点心疼他，或许，他家怕是很穷，连件像样的衣服也没有。但就算是肥大到没腰没胯的工作服套在身上，他的人却一点也不塌，双眼里闪耀着阳光样的烁烁光华。吃完饭，媒人先回了，他俩去了附近的小公园。两个人坐在一条长椅上就没再挪窝，瞅着西瓜牙般的上弦月，一直聊到晚上十点半。不远处，镇办工厂里的熄灯电铃传来，他说该走了，站起身，却好一阵子没有迈腿。她也站在那里不动，回视着他的双眼，害羞里带着生动和快乐。忽然，他伸出左手拉住她的右手，右手一弯揽她入怀里，紧紧抱了一会儿，迅速在她后脖上亲了一下，说，明天我约你。

她不是随便的人，他也不是轻浮的人，但是，在他们相识后的第五天，他们就发生了关系。虽然她在紧张中半推半就，他也因为初尝人事而表现欠佳，但一切却仿佛都是水到渠成。他们不像才相识了五天，倒像是早已认识了五年、半个世纪甚至更久。她想起高中时在哪本书上看过的一句诗："你是太阳系那一端的恒星 / 穿越几万光年而来 / 就是为了与太阳系这一端的我 / 相逢……"

宋晓春家是真的穷，根本拿不出两万甚至一万元的订婚彩礼，梅丽却选择在他们相识的第一个中秋节，和他去领了红本本。宋晓春所在的镇办工厂越开越大，去县城开了厂，年底，他也调去了县城的厂子。一开春，厂里要在县城动工盖房，职工只需要交三万元，就可以报名排队分一套五十多平方米的楼房。他俩上哪里借这钱？自己没钱，亲戚也大都是穷亲戚，富一点的亲戚一听这事儿就觉得不靠谱，怕借给他们钱后十年八年也还不上。两个月前，她的一个同学也是单位买房，找她借钱：你上班这么多年，还谈了对象，应该手里攒下钱了，借我点应应急。她从宿舍的箱子底下找出一个零存整取的存折，每月五十元，存了十个月，好歹积下这五百元。同学撇了撇嘴，我这是买房啊，五百算什么呀，不愿借就算了。这是她的全部家底，同学却没把这五百元看到眼里，认定她是不想借，从此见了她爱答不理，这是后话。

他家就在高屋镇镇区南侧的宋家庄，有三间祖传了一百多年的青石蓝砖老房子。他终于凑起五千块钱，模仿着同事们装修楼房的样子，把老房子里里外外装饰一新。那时，她在镇政府当打字员，两个人仔细地攒着工资，每隔一个月或两个月，就置办一件大件回家。电视机，摩托车，洗衣机，微波炉，沙发……他们如春燕衔泥一样不停不歇，小家逐渐有了样子。等一切准备就绪，按风俗办婚礼时，已距结婚登记两年零两个月零三天。

梅丽就是在那套有着百余年历史的老房子里怀孕并生了女儿。再后来他从工厂辞职，自己开了一个纸箱厂。弥河县的蔬菜大棚江北有名，反季节大棚蔬菜丰富了冬季的菜篮子。当地人还发明了一个词：套菜，就是把十来种蔬菜，西红柿、圣女果、黄瓜、香菜、山芹、山药、藕、蟹味菇、紫甘蓝、茴香茎、高山娃娃菜……总之都是相对来说价格比较硬的菜，各自包装好，排列组合搭配，然后集中盛在纸箱里，成为一箱菜。当然，买这套菜的，一般不是自己吃，自己吃直接去集市、农贸市场或者超市，想吃啥买啥，不用整这些撑门面的花架子。套菜大都作为礼品送出去或者单位走访用，也有的是单位作为年节福利发给员工。这些菜好不好，当然好，但还有一个特点，就像年节买茶、买点心、买礼盒一样，老百姓的话，包装多贵啊。套菜外面的包装，是一只结实又漂亮的长方纸箱，牛皮纸底色的和绿底色的居多，印着箱里的内容，也就是各色新鲜诱人的模特蔬菜。随着套菜在江北的畅销，弥河县境内的乡镇上开起了一家又一家纸箱厂。

宋晓春的纸箱厂就是这数以百计的纸箱厂中的一个，开在高屋镇，不算很大，雇着十来个人。干了三四年，家里攒下了三十来万。

他买了一辆二手的八成新黑色轿车，雇吊车扒了家里的旧房子，盖起了二层小楼。楼房正屋四间，东屋、西屋、南屋、车房、过道一应俱全。又过了两三年，手中的钱也宽绰了许多，宋晓春提议去县城买房子，梅丽没同意。一是离得远，去住也不方便。二是她喜欢脚踏实地住在这种小型四合院里的感觉，县城里的别墅，也未必比这个更好。三是最重要的，这完完全全是两口子赚钱盖起来的，连根草渣都是小两口自己打捞的。如设计图纸，还是她托人找来一份县城楼房的图纸后，亲自修改设计重新画出的。这里是她和他的爱巢，她不舍得离开。

纸箱厂一直经营良好，宋晓春想让梅丽去厂里上班，她没同意，觉得那样会让厂里的员工压力太大。她对农业很感兴趣，女儿上幼儿园后，就去了镇上一家种苗公司打工。开始是外销苗子，她为人和气又热心，经常用手中的资源给客户帮个忙，很快，她的业务量在公司里一枝独秀，老板陈国庆及时提任她为业务经理。女儿学习很好，小学初中的学习成绩一直名列前茅，顺利升入了高中。他们一家三口的日子，可谓一帆风顺。

他是婆家兄妹三人中的老大，她是娘家姐弟三人中的老大，早年时免不了各自帮衬父母供弟弟妹妹们上学。双方弟弟妹妹们也都争气，上大学的，上中专的，考公务员的，进事业单位的，都有了不错的工作。一直让他们操心的，算是弟弟妹妹们的婚姻与家庭。

这个妹夫打电话说，姐姐你快过来，她要自杀。梅丽吓坏了，宋晓春开车，他们连夜跑了百余里赶到妹妹家。争执的起因是一袋名为猫耳朵的小零食，妹妹朝丈夫骂娘，妹夫拿拖鞋打了她的脸，然后妹妹受不了，拿着刀片要割腕。

这个弟弟说，哥哥你快来，她跑了，不回家了。宋晓春又开车拉着梅丽，和弟弟去追媳妇。原来是弟弟酒喝多了，媳妇一气之下离家出走。

弟媳又打电话说，哥，我拟了一份离婚协议，你帮我看看，你们家应该能同意吧？弟媳还给梅丽打电话，嫂子，我们实在过不下去了，今年春节我不去婆婆那边了，你们也不用再一遍遍叫我了。

还有那个怀着二胎的弟媳，闹着喊着不生了，跑去法院咨询怎么办离婚。

再后来，过年相聚时，茶几上有一袋猫耳朵，宋晓春重口音强调，这里有一袋好吃的猫耳朵，抬头与梅丽相视一笑。再看妹妹妹夫，脸上毫无异色，他们早已不记得猫耳朵有过什么梗了。曾经有酒必喝、逢喝必醉的弟弟，早已轻易不喝酒了。那个弟媳说过几次离婚协议的事后，又抱怨婆婆说什么好聚好散，计较梅丽真的没打电话叫她过年。要引产离婚的弟媳二胎生了个大胖儿子，出了月子后，照样把一家培训机构办得风生水起，再也看不出要离婚的影子。

他们曾经最操心的弟弟妹妹们的婚姻生活，一切还在继续，他们没人真的自杀，离家出走的人很快又回了家，也没人最终签下离婚协议，更没人到法院打离婚官司。倒是一直被双方父母、弟弟妹妹们视为楷模的宋晓春和梅丽——这对被周围人都羡慕为鹣鲽情深的伉俪——谁也没和哪个弟弟妹妹打招呼，在女儿走了一年多后，说散伙就斩钉截铁地散伙了。

2

东邻家炒菜爆锅的声音和香气远过去一阵子了，然后是叮叮当当刷锅洗碗的碰撞声也过去了。

梅丽扶着铁门站起来朝前走，打了一个趔趄，双腿因长时间的蜷曲压迫而麻木无力。她使劲跺跺脚，身子有点不稳，肚子时机恰当地咕噜了三四声。她原来天天把一句话挂在口头：天大地大没有吃饭大。好吧，今天的心情再怎么低落，也不要亏了自己的肚子。推开北屋门，摁开灯，客厅里一室冷淡的清辉。节能灯要运行好几分钟，光线才能渐渐亮起来。不过，她觉得现在这个光线刚刚好，能让自己在黑暗中紧闭了半天的双眼慢慢适应。洗了手，连衣服也没换，朝厨房走去。

更早时，她还是父母捧在手心里的宝，十指不沾阳春水，结婚后，却爱上了日日洗净素手煮羹烹肴的感觉。每次看着宋晓春吃得心满意足，她的心底都会喷淌出叮咚冒泡的清泉。再后来，做好一桌热气腾腾的饭菜，陪着那父女俩一起慢慢享用，她觉得这就是烟火人生里最丰盈最踏实的幸福。如今，围坐在茶几前或快或慢吃进她所做食物的他和女儿都不见了，她也无法再退回到依靠母亲吃饭的小女儿状态。老天爷不爱她，她曾经最爱的那父女俩都走远了，她亦不可能再窝到父母怀里撒娇，但是，还得自己爱自己。推开厨房滑动门，摁开灯，水池里碗盘勺筷东倒西歪地狼藉着。干涩的双眼一热，眨眼之际，泪水滂沱不已。她喜欢做饭，却极讨厌刷碗。所以，经常会有一池脏碗耐心地等待他有空去刷——他有时饭后立即刷碗，有时急着出门，她就把碗盘放进水池里，先用水泡上，就算她一个人吃过饭，也习惯把碗筷泡进水池。她曾经为此而内疚，为自己不够勤快而羞愧。有一段时间，她跑了县城几家商场考察洗碗机，但厨房偏小，不太好安装，而且，看过眼的售价六七千元，算是价值不菲，她有点肉疼。他说，其实没有必要，我保证每天给你把碗刷好就行。她以后就没想过安装洗碗机。孩子稍大些时，有时她也吩咐孩子饭后刷碗。常常是女儿忙着玩或者看电视，耳朵根子硬，吆喝了五六遍，女儿也没动手。终于还是他自觉地去刷碗。她说，应该培养孩子从小做家务的习惯，这样会把孩子宠惯坏的。他却说，女孩子将来会做出可口的饭菜就行，刷碗的活儿，留给男人做，就像她和他一样。眼下，吃她做的饭的人都不在了，替她刷碗的人也不在了，这一池子盘碗，好像已经泡了好几天。

戴上她专用的黄色牛筋橡胶手套，慢慢刷着一池脏碗。以前，她也不是完全不刷碗，只是好几天才刷一次。他刷碗不仅不戴手套，也不用抹布和洗洁精，他刷的碗盘有时留着油污痕迹，有时还沾着一块橘黄的南瓜泥或者一片绿色的菠菜叶。每周她会刷两三次碗，每次都是这么慢慢细细地刷，把任何留在碗盘上的污渍都清除下来，把一只一只晶晶闪亮的盘碗倒扣在网篮里，等待下一轮的使用和他的马马虎虎清洗。

冰箱软冷冻屉里放着半袋猪大肠，上面冷藏着三个西红柿。她曾经无法理解有人喜欢吃那种带着怪异臭味的食物，可他喜欢吃，女儿长大后也喜欢吃，父女俩都喜欢吃豆腐炖肥肠。后来她也能吃了，但一般愿意吃鲜椒炒肥肠或者红椒干煸肥肠，觉得如果没有辣味压着，还是有点难以入口。她发明了一个折中的办法，先把豆腐肥肠炖好，给父女盛出大半，剩下的小半，她自己再炒上些或鲜或干的辣椒回锅。冰箱里常年都冻着从超市买回的卤肥肠。爱吃豆腐炖肥肠的人都不来了，今天给自己做一份干煸肥肠，再做一大碗西红柿鸡蛋汤。原来在娘家时，她习惯喝放了虾皮的西红柿汤，可是他吃虾类过敏。哦，今天的西红柿鸡蛋汤可以放虾皮。她弯下腰在冰箱冷冻抽屉里翻找，记得同事曾经给过一袋淡干虾皮。从第一层翻到第三层，却不见虾皮踪影。她使劲想了想，那可能是去年中秋节的事了，后来觉得他又不吃，她拿回了娘家？

梅丽忽然特别想喝点酒。往日充盈外溢的欢声笑语不再，敲人心坎的幸福与温馨也不再，眼下的自己形单影只，仿佛整个世界只有她遗世而独立。虽然这是个不同寻常的日子，很可能会是一个全新的开始，但实在并不值得纪念。以前每逢有特殊的日子，其实也就是结婚纪念日，登记纪念日，每人的生日，或者有突如其来的喜事，她和他都会相坐小酌几口。今天她也想喝酒，显然，不是纪念或庆祝什么，她想要借酒浇愁。

葡萄酒是自家酿造的，大前年的和前年的还都留有几瓶。照例去年也是要酿的，可是他没有精力，她也没有心情。已经过去的最近两个春节，并没有消耗掉多少酒。她拿了前年的一瓶酒，这个放冰糖放得比大前年的多。对于香和甜，是任何人都拒绝不了的。纸箱厂经营得好，不等于麻烦少，做生意嘛，既然想吃肉，免不了也要不时挨一些打。她常常和他说，如果觉得苦，那就吃点甜头，舌头欢气了，人的精气神很快就能缓过劲来。

甜丝丝的一杯又一杯下肚，大半瓶酒没了。她知道这酒后劲大，还是不要喝光这一瓶。她的酒量并不大，万一真的喝醉了，连个照顾自己的人都没有。桌子上的杯盘懒得收拾，关了灯，坐在沙发上，任由外面的路灯零零散散泄漏进来。这光线，正好，不刺眼，屋里又不黑。宋晓春还是这里的一家之主时，他们共进晚餐后，有时也会熄了灯，各自坐在单人沙发上，中间隔着一张小茶几，玻璃茶壶里泡着枸杞子和菊花，半闭着眼睛漫聊。最初是因为一次忽然停电，他们发现，在这种勉强能认清对方面容的黑暗中聊天，有种蜂蜜般的黏稠亲密感和香甜幸福感。两个人这么熄灯清谈一会儿，一天工作里的劳累和人际交往里的虚妄全都没了，只有一种沉下心来的宁静和彼此知心陪伴的美好。他们年轻时，有一首歌唱的是：“我能想到，最浪漫的事，就是和你一起慢慢变老。”当他们轻松地坐在黑暗里聊着天，静下来时能听见彼此的呼吸和心跳，她的脑海里，便总是那首歌的旋律。她以为，她和他，会一直这么走下去，直到一起慢慢变老。

屋里静得吓人，梅丽总觉得空气里少了点什么动静。外面的路灯熄了，屋里一下子也乌黑下来。她下意识抬起头朝门口西边的挂钟望去，才反应过来，挂在高处的北极星牌挂钟不知何时早已停了摆。挂钟挂得比上门框还高，以前都是宋晓春上弦的。

要去睡觉吗？镇上的路灯，晚上九点就熄了，一点也不顾及放学的孩子们。是的，这个点，还不到女儿的放学时间。女儿就在镇上读高中，早上六点到校，晚上十点放学。这个时间，她早已摁亮了屋里的灯，洗净切好水果，或者是苹果、香蕉、菠萝，或者是梨子、橘子、橙子，又或者是芒果、火龙果、樱桃，女儿爱吃甜，她每天都要给女儿精选三四样新鲜水果。牛奶，炒锅里加水烧至六成热，带着袋子放进去。电水壶里烧开水，先装满暖瓶，然后再烧一壶，女儿回来洗手洗脸洗脚加着方便，太阳能经常要放上半天水才能热，太麻烦。女儿放学，一般都是她爸去接，回家时就过十点了。吃点东西，洗漱了，还要看会儿书，一磨叽，上床时怎么也得十一点之后。当爸的可能早躺床上打呼噜了，这当妈的，还要等女儿媳了灯，才敢放心睡下。

这是三月初，院子里那一大蓬迎春花开得影影绰绰。迎春花太含羞，小小的花瓣夹在青绿的枝条里，总有种冷冷清清的感觉，不及再过几天的艳黄色连翘开得热闹。但爷俩偏偏喜欢迎春花。院里的迎春花，养了有七八年了吧？每年冬天，都要在外面裹上一层棚膜，出了正月，再除了去。天气刚刚有点暖和，一般是在惊蛰前后，迎春花就忽然一夜绽放了。女儿总要挑选花朵稠点的剪上五六枝，插在客厅的花瓶里，满屋子瞬间就弥漫开淡淡的甜香。今年迎春花的棚膜是谁除去的，还是让风刮掉的？恍惚间，梅丽觉得自己脑子有点糊涂。

应该是刚才喝的那几杯红酒，渐渐有点返上后劲的意思，梅丽的眼皮有点发涩。她坐在沙发上没动，既没有起身摁开灯，也没有准备洗漱上床。外面起风了，风还不小。正是公路两侧大杨树“毛大嫂”繁荣的时候，风一吹，越过楼顶扑打到院内的门窗玻璃上，啪拉啪拉乱响。院子西南角圈养的雁鹅“嘎嘎”地惊叫了五六声，估计是有人从外面路过，邻居家的狗也汪汪着吠了三两声。除了自己，家里的活物，就是这只雁鹅了。前年春天，宋晓春从朋友的暖房里弄了四只鹅苗，说，鹅蛋美容排毒，鹅养大了下蛋，全给你们娘俩吃。最终只长大了一只鹅，却是只大公鹅，倒是看家护院的好手。宋晓春嫌吵，说影响睡觉，前年中秋时想宰了炖着吃。她不舍得，女儿也说，老爸晚上的呼噜打得快赶上放鞭炮了，馋鹅肉了去饭馆里吃，别打麻灰的主意。雁鹅的名字叫麻灰，是女儿起的，看着它这么个颜色，就这么叫了。

屋里仿佛更黑了，外面没有一点亮光。风越来越大了，还下起了细雨。院子中间有棵梧桐树，有一抱粗了，一到夏天，庇佑着整个小院免受骄阳折磨。女儿走了后，老家有个通点神灵的亲戚来相看过，说这棵梧桐树正冲窗户，不吉，宜伐掉。她也和他商量过，要不就处理了吧。他用鼻子哼了道冷气，说，马后炮，管屁用，她原来又不是没来过我们家，早咋不说？此事后来也就没再提起。这时节梧桐树还没有发芽，一些陈年旧枝让风折断了，打在房瓦上，撞在玻璃上，发出些许令人心惊肉跳的动静。梅丽叹了一口气。也许，应该听那老亲戚的话。既然已知不吉，留着徒增堵心。

3

虽说在小镇上住着自盖房，家里还是接上了集中供暖的暖气。天渐渐暖了，供热公司的热力也供得轻描淡写，晚上一过九点，暖气就停了。卧室在二楼，平顶，建房时没有做上保温层，暖气片凉了，室内温度仿佛也一下子降了下来。外面风狂雨凄，倒是有些应景。梅丽紧了紧被子，忽闪之间钻进的凉风，却让她打了个冷战。她一下子想起了李清照那首《声声慢》：

> 寻寻觅觅，冷冷清清，凄凄惨惨戚戚。乍暖还寒时候，最难将息。三杯两盏淡酒，怎敌他、晚来风急？
>
> ……
>
> 守着窗儿，独自怎生得黑？梧桐更兼细雨，到黄昏、点点滴滴。这次第，怎一个愁字了得！

好像穿越千年时空，看到了宋朝那个才华横溢的女词人。词人当年写的是自己，如今何尝又不适用于梅丽？她很想拥抱一下李清照，她笃定，女词人一定浑身发凉，像她一样嘴里呼出泛酸的酒气——那相连于一副用了四五十年老肠胃的口腔，呼出的酒气难免有些腐臭之味。

李清照的晚年，国破，家亡，夫死，书画文物丢失殆尽，独自一人漂泊异乡，其情其景极为凄凉。梅丽忍不住出声诵读了一遍这首词，抑扬顿挫间，是道不尽的愁苦与绝望。梅丽的眼角淌出两行清泪，她闭着眼，摸了摸自己的心窝，怦怦怦，这是一颗健康的心脏，依然循着应有的节奏有力地跳动。是的，女儿走了，丈夫离了，她的生活确实孤苦，可是却不至于无依，也不会沦落为背井离乡流离失所，因此，她的哀与伤里不应该有女词人那股绝望。

思绪跳跃，她忽然想到了李白的那首《行路难》。人生之路难行，自古有之。“行路难！行路难！多歧路，今安在？”一家三口，那曾经是一个多么美好的词语，自带无穷的甜蜜、芬芳、安稳和知足。好像只是眨眼之间，最亲最疼的女儿走了，最爱最恋的丈夫离了。孤家寡人，住在曾经盛满热闹和温馨的小四合院里，唯余一室空与静。耳朵忽然敏锐无比，她能听到急风在院里乱窜而扑跌到墙上的哐当声，枯枝残絮坠落地面而撞出刀枪剑戟般的铿锵声。唐代那个伟大诗人是乐观的，行路再难，他却相信“长风破浪会有时，直挂云帆济沧海”。只是不知道这一份乐观，能不能适用在自己身上。

梅丽在床上翻一个身，又翻一个身，再翻一个身。她数不清自己到底翻了多少身，睡意迟迟不肯前来。她干脆睁开眼，平躺在床上。外面公路上不时有夜行的大卡车呼啸而过，车灯透过未拉严实的窗帘扫射进来，床上方的顶棚下，两块三角形乳胶漆皮卷垂下来，车灯把影子拉成两把长长的尖刀，随着车辆近了，尖刀逐渐变短直至隐没，不知刺进了哪个目标。去年雨水大，从未漏过的屋顶从四周渗进了大半圈水。附近弥河西岸的河水一直漫到堤脚多日未退，河水退后，那两块三角形的乳胶漆皮就卷着半垂下来。宋晓春找人重新修了外楼顶，各屋内顶棚上多多少少有乳胶漆皮打卷剥落，但并不碍事，也就没管。万一，今年或者明年夏天，再来一场大雨，楼顶真的就完全不漏吗？再漏了怎么办？

杞人忧天，车到山前必有路。

床是一米八宽的缅甸花梨木大床，躺在上面平整，踏实，舒适，只是，一个人躺在上面，太阔大了一些，太阒静了一些。当初结婚时，他们买了一张一米六的白松平板床，两侧床帮用铁件组合到床头床尾，稍微有点动作，就会扭出吱吱呀呀的声音。后来孩子大了，怕那声音连门板也关不住，宋晓春一狠心，花了一万多元，买了这张红木床。重实，榫卯结构，晚上两个人在被窝里从这边滚到那边，床体总能忍辱负重地保持缄默。

女儿刚刚离开的那段时间里，他们躺在床上没有精力也没有心情。女儿走了百日之后，两人终于尝试一次，男人却半路上忽然疲软。这是前所未有的。她安慰他，帮他分析原因，从网上查找资料。看着网上一些医患问答，梅丽觉得应该给男人买点药调理一下，她拿不准应该购买六味地黄丸、知柏地黄丸还是玄驹胶囊、汇仁肾宝。不敢吃西药，怕有副作用或依赖上瘾，可是这么多门类的中药，又分出肾阴虚、肾阳虚啥的，补反了可不行。针对他的身体状况，比如容易上火，比如经常咳嗽，她和他讨论一番，决定先试试六味地黄丸，如果效果欠佳，再换玄驹胶囊。几种中药一样样一瓶瓶买来吃了，她提过几次再试试，他都说，还不行。

一年多的时间里，她用忍字来解决生理上的饥渴。梅丽忽然喜欢上了吃各种口味奇特的食物，包括一些原来她从不吃的东西，比如，以前嫌弃臭味太大的榴莲、臭豆腐，酸爽到边吃边咳嗽的酸辣粉，同样售自街边小店或者流动小摊的鸭血汤、蕨根粉、土豆粉，还有辣得吃一口就要喝一口凉水的各种川菜。倒是原来喜欢吃的一些零食和水果，比如，白瓜子、黑瓜子、葡萄干、各种时令水果，反而感觉食之无味。有时连买都懒得买了，直到宋晓春抱怨，家里怎么又一点水果也没有了，她才想起去超市或市场上买回几袋水果。如果他吃得不及时，一些苹果、香蕉、菠萝、梨子、橘子、橙子、芒果、火龙果、樱桃什么的就放坏了，放坏了她就扔掉，边扔边心疼，这可是她原来最爱吃的水果呀。她想不明白，这是不是通过满足奇特的口腹之欲来达到另一种补偿。

夫妻分屋而睡已成常态。梅丽每天晚上都看书到深夜，唐诗、宋词、小说、易经、哲学、佛经，什么都看得一知半解，却成功伴她度过了三四百个漫漫长夜。她没想过在婚姻之外寻找满足。多年来，偶尔也会有长得帅的或者丑的，有钱的或者有权的，年少的或者年老的，明示或者暗示她什么，但她从来不为所动。那些人统统都不在她的考虑范围之内。宋晓春满足了梅丽对男人的所有想象，她的爱专注而深沉，无法转移给其他或年轻或年老或同龄的任何男人。她曾经笃信，一生一世一男人，足矣。

但是，那个她珍视爱惜供于心尖的人，却彻底抛弃了她，真可谓宛如扔掉一件穿旧的衣服。梅丽忽然心底烦躁，一种透彻心扉的空虚感泛滥上来，她觉得自己需要抚摸、贯穿和填充。刚一动念，她马上否定，急得在枕头上使劲摇了摇头。可否定之后，某处却瞬间异常燥热难耐，那里仿佛有一股磁石般的神秘力量，吸聚的燥热越来越多，犹如地壳之下奔涌的岩浆一样不受控制。她终于对抗不了了。她不想再难为自己，也不必克制什么。她只想放纵一下，她有自我放逐的资格。她终于说服了自己。是的，她还没有堕落到随便委身哪个男人的地步，她只能自给自足。

宋晓春用了那么多的中成药，应该是不再肾阳虚或肾阴虚了。他好得很，确实雄风大振。他在一个年轻姑娘那里播种成功并顺利萌芽出苗，那苗苗如今正在茁壮生长。

这就是他要离婚的充分理由。

就如人们常说的一样，丈夫出轨，老婆是最后一个知情的。他说，他是家里的独生子，必须要有一个亲生的儿子，或者女儿也行，至少，将来清明时能有人去他坟上填一锨土烧一刀纸。梅丽显然已经生不出孩子了。她说，自己可以帮他养，多补偿给那女人一些钱，把孩子抱回家吧。他说，老来得子，他希望孩子生活在一个正常健康的家庭里，由亲生父母抚养，快快乐乐长大，而不是由一个带着怨恨和忌妒之心的老年养母养大。

时间估计早已过了零点，应该睡着了。梅丽像只做了茧的蛹虫一样团缩在被窝里，深深吸气，深深呼气，她发现心窝里仿佛塞着一块三九的河冰，又凉又沉。她告诉自己，必须要马上睡着。心里硬硬地疼，胃里硬硬地疼，小腹也硬硬地疼。上下反复揉着肚子，她知道是有苦气、冤气、闷气在腔体内郁结。她劝慰自己，一定要想得开，一定要想得开，既然不死，就要好好活着，大气郁结可能会引起大病。谁都能病，唯独她不能病，因为病了没人管。终于意识远了，缓缓进入了睡眠，忽然，仿佛梦中一跤跌入悬崖，她踢着腿打了个惊厥，一下子又吓醒了。大脑指挥自己继续睡去，可是，心里硬硬地胀，胃里硬硬地胀，小腹也硬硬地胀，都胀得难受，人变得越加清醒了。她一边上下顺揉逆揉自己的心、胃和腹部，一边张开嘴巴长吁短叹。原来见过一种说法，长吁短叹有利身体健康，只是没想到这吁和叹很快就不受控制了。先是变成干号，仿佛腔子里的气体压强即将达到临界点，再不输送出来，马上就要爆炸。干号又变成了压抑着的低声哭喊，仿佛只有涕泪滂沱才能浇灭熊熊郁火。低声哭喊压抑不住了，或者，她根本不想压抑，她想大声哭出来。梅丽把嘴巴张成了上下拉开的椭圆形，直到张得不能再大再阔了仍还试图再张开一点，好像要把整个腔子都呕吐出来。这通道得大一点再大一点，若张得小了开得慢了，分分钟就能把整个人给活活憋死。哭声啊啊呜呜地高了起来，声音有点古怪。她忽然想到，半夜三更，这高亢的哭声会不会飘出小院影响到邻居？可是，她实在控制不了自己，也就管不了太多了。

4

梅丽和宋晓春恋爱时，满大街播放的流行歌曲里，有一首是黄安唱的《新鸳鸯蝴蝶梦》，“由来只有新人笑，有谁知道旧人哭”。梅丽知道，如今宋晓春从旧的婚姻里脱了身，还回了自由身，回家后，天天只管抱着新妇笑，自然是不会顾虑梅丽会不会在旧宅里哭泣。可是，当他怀抱全新的幼子时，是否会想起当年他紧拥在怀里心肝宝贝小公主一通乱喊的那个小可爱？女儿走了，消逝如烟云，那个曾经最爱她的爸爸，已然抱上了全新的希望、全新的宝贝。他会不会在看到新儿初笑的时候，想起女儿幼年时曾经带给他的喜悦和幸福？当陪着新儿一天天长大，他是会不时对应想起女儿的当初，还是会用眼前的新儿成长完全替代女儿曾经带给他的父亲的体验？

女儿一出生，他和女儿的父女情就强于她和女儿的母女情。那些许从传统继承过来的重男轻女思想曾带给他短暂的失落，但柔柔软软粉嫩可爱的女儿很快就俘获了他的心，他陶醉地沉入了父亲的角色，以致她都曾经有些吃女儿的醋。或许，这就是人们所说的，女儿是父亲前世的情人吧。

刚上幼儿园时，有人逗引女儿，问：“你长得像爸爸还是像妈妈呀？”女儿说：“当然像爸爸啦。”又问：“为什么呀？”女儿自豪地说：“我爸爸长得帅呀，我爸爸是世界上最帅的爸爸。”女儿声音清脆若水晶风铃，听进耳朵里颤出怡人心神的乐音。纵使她听了这话有点酸溜溜，却还是喜欢得紧。确实，女儿随宋晓春多一些。他一米七八的身高，腰杆笔直，颇有几分玉树临风的倜傥。他穿衣打扮也很讲究，身材保持得不错，即便后来纸箱厂生意越来越好，各种饭局不断，也没有和多数男人一样演变成中年油腻大叔。有时站在他的身边，梅丽心里有些自惭形秽。她原本竖向身高不足，自从生了女儿之后，又横向丰满过分。在种苗公司风风火火地跑着，肤色晒得偏黑，随意绑扎的马尾经常毛毛绒绒，脚上常年穿着运动鞋，女性该有的婀娜多姿、苗条柔美和自己毫不沾边了。她还真不太希望女儿将来的样子太像自己。和全天下的妈妈们一样，她希望自己的女儿漂漂亮亮，最好是世界上最漂亮的。

果然，女儿越长越俊，苗条，高个儿，洋气。而且，从初三开始，就懂得穿衣打扮了，还买回了一些梅丽从来没用过的化妆品。什么粉底、面膜、高光笔、眼影、睫毛膏、眼线笔、卸装液、指甲油，别说用过，梅丽原来见都没见过——也许曾在商场里见过，可是她的目光从来没在那些东西上停留哪怕一瞬。怎么说呢，女儿打扮起来美得闪晃人眼，和电影电视上的明星们相比也毫不逊色。好像就是从那时起，她和女儿，上演更年期遭遇叛逆期。原来天天抱腰搂脖勾肩搭背的母女，忽然之间莫名变成了积怨深厚的仇人。经常为了不大一点儿事，母女就彼此发狠到面红耳赤。有时看着女儿摔门关进自己的房间，梅丽也会心生后悔，自己可是个四十多岁的大人了啊，女儿那是她身上掉下的肉，心尖尖上的宝贝疙瘩，为什么非要去惹她不高兴呢？可是回头再想想，自己的女儿，自己不教育，总不能让她不学好走歧路吧？自己在青春期时，和母亲倒没有这样过，只记得那时和父亲处处不对盘，觉得父亲太苛刻，后来，青春期过了就过来了。有时想想，青春期的自己也确实敏感又任性。于是，两三天之后，为了一点芝麻大的事儿，娘俩又开始新一轮吵得不可开交。

好在，女儿还算聪明，学习也有一定的积极性，初中毕业后，顺利考入了驻设高屋镇的一所弥河县重点高中。开始，女儿提出要住校，父母答应了。梅丽觉得，孩子住了校，自理能力就强了，有老师管着，孩子也走不偏，她呢，眼不见心不烦，距离产生美，一周或两周见一次，也许母女俩反倒能找回最初的亲密无间。可是，女儿住校不足两个月，就坚决不住了。学校里洗澡不方便，宿舍里也太吵，晚上半宿睡不着觉。食堂的饭菜辣椒太多，菜上经常漂着一层没有炒熟的油花，实在难以下咽，有时一天只吃些方便面、面包等食品，三四天甚至一周排不出大便。女儿一下子瘦了近十斤，白皙的脸上失了水分，呈现出面黄肌瘦的病态。梅丽心疼，宋晓春更心疼，和班主任沟通后，女儿改成了半通校，早饭后到校，晚上回家睡觉。宋晓春自告奋勇每天早送晚接。

女儿在学校里住过一段时间后，仿佛更能充分感知家庭的温暖了，竟然真变得比原来懂事了，母女俩的战火不知不觉日渐稀少。一次次考试下来，女儿的学习成绩几乎每次都有进步，最好的一次考了班里第八名，全年级七十六名。女儿的作文写得也越来越好，经常有习作在校报上发表。学校开家长会，女儿常常出现在表扬名录里。这么走下去，将来考个重点大学绝对没有问题。那段时间，全家人重新沐浴在一种久违的温馨氛围里，父母慈，女儿孝。

转眼到了高二上半年期中考试后的一次月考，女儿的成绩竟然跌到班内倒数第五名。老师约谈家长时分析，女儿近期和一个体育特长生来往密切，所以影响了学习。这让父母羞愧异常。宋晓春当然知道妻子的过往，一上高中就谈上了恋爱，成绩从前十名坠到尾巴，最终高考落榜，毕业后和那初恋继续了两年，终于有一天相看两相厌，以分手告终。他说，女儿这脾性，就是随了她妈。梅丽也觉得自己当年颇受早恋之害——直接影响了高考，没能进入大学就读，留下无法弥补的人生遗憾。那天晚上女儿回家，当着女儿的面，宋晓春把那些名目繁多的化妆品全部扔进了垃圾筒。女儿拎起垃圾筒摔到墙上，梅丽冲上去甩了女儿一巴掌。女儿一边跪在地上抢救自己的化妆品，一边哭喊，你们这么法西斯，有意思吗？

元旦假期过后第一天上学，班主任下的通知是在上午十点前返校。他们家离学校并不太远，步行也就十几分钟。两口子都有工作要忙，早晨女儿就说，你们不用管，我自己走着去就行。梅丽在心里感叹一番女儿懂事了——其实，休假后女儿自己走着去学校，也不是第一次了。大约上午十一点左右，梅丽接到班主任电话，孩子今天为啥没来学校，怎么也没请假，有事吗？

那天黄昏，附近的引黄济青水渠，如血夕阳染红水面，女儿被打捞出来了。梅丽记起，她生女儿时大出血，整个人曾经苍白无力地浸泡在无边的血水里，可她有幸从鬼门关闯了过来。她多么希望女儿也能从这血水里重生。女儿浑身如渠边的薄冰般寒凉，这么娇弱的女孩儿怎么承受得了？她紧紧搂着女儿要给她暖一暖，可是，除了弄湿自己的衣服，女儿浑身依然寒凉得惊人，精致安静的小脸如橡胶巴比娃娃般僵硬又蜡黄。

有人认为女儿是自杀。梅丽不信。那条水渠的两边都是五六十度的斜面，常年长满青苔，附近农民去渠里打水，或者小男孩去那儿洗手，数次有过滑入淹死的事故。可女儿为什么要去渠边呢？是去那里散心吗？除了那段青春叛逆期，女儿都是一个乐观阳光的女孩子，曾经和妈妈一起躺在被窝里无话不谈，怎么会一下子就想不开了呢？以前的每次外出去哪里，女儿一定都会报备一声。就算自杀，也该留下个遗书吧？

翻开女儿的日记本，最后一页写着三行字：

老师，人家那是工作。

妈妈，我早已习惯了她的指责和苛刻。

可是爸爸，为何也这么不可理喻？

宋晓春的父母都早已过世几年了，他们迟迟不敢和梅丽的父母说这个噩耗。春节时，他们只说全家要去外地旅游，没有在年初二去梅丽娘家，再去时则说女儿开学了。若是女儿的姥姥姥爷知道了，还怎么过年啊？这个悲恸的消息，他们终究是要知道，但是能晚一天就晚一天吧。

女儿刚走后那段时间，梅丽不吃不喝，因为吃不进也喝不进。到后来发烧，昏迷，宋晓春送她到卫生院挂吊瓶，补水，打营养液。她沉浸在无休无止的梦魇里醒不来，她不想醒来，她盼着在梦里见到女儿。灼肉透心的烈焰，冰冷刺骨的海水，空气如蒸的沙漠，随时可能粉身碎骨的悬崖峭壁，大腿粗的红黑蓝三色蟒蛇吐着火红的信子喷出恶臭死力缠绕，豺狼虎豹的追逐，凶神恶煞的刀切枪刺……她历尽了艰难险阻，却哪里也没有找到女儿。整整一周后，她才醒来，肚子里又饿又渴，她却实在没有食欲，只想喝，想喝某种刺激性的液体——也许，她想喝农药吧，看护她的亲友又怎么会让她如愿？除此之外，她提出什么要求，他们尽量满足，喝白酒限量，喝果汁、喝可乐、喝咖啡，喝红茶、绿茶、白茶、黑茶、苦丁茶，基本上是喝啥伺候啥，肚子里胀得咣当咣当响，十分钟八分钟跑一次厕所。她不知这是在折腾自己还是折腾别人。然后是失眠，黑夜里眼皮都闭不安稳，无休无止的失眠。她想到唐代那个伟大诗人，据说晚年一心修道，曾多日不眠不休地绕圈行走，只为能见到心仪的神仙。中学老师说过，多日不睡觉，人的神经出现幻觉，看见飘飘忽忽的人影，就误以为到了仙境。也好，自己就像修道求仙的李白一样日夜不眠，是不是也可以在精神恍惚中到达仙境或鬼域见到女儿？只不过，仍是失望，“上穷碧落下黄泉，两碧茫茫皆不见”。

宋晓春抱着她，一个大男人哭成了婆娘腔。他说：“振作点，你还有我呢。女儿已经走了，你要是再有个三长两短，我可怎么过啊。”

在那些陷入梦魇或失眠的日子里，梅丽数不清到底是五次还是六次甚或更多次，她梦到过同一个惊恐又无力的噩梦。梦中，她站在一栋三十多层高楼的楼道后窗内眺望，忽然，闪过来一个黑色人影，那人拉开后窗，斜着身子就要朝外爬。她使劲去拉那个人，那人拼命挣扎，力气远比她大，她的双手根本拉不住，眼见着那身子朝外斜得越来越多。那好像是一个男人，短发，她想看看是谁，但那人面容模糊，仿佛网站论坛上没有设置个性照片的初始头像般，灰色且平面。她想大声喊人救命，却压根发不出声音，只能眼睁睁看着那人挣脱了她的双手，像一只忽然中了致命枪击的巨型飞鸟般垂直着朝下跌落。然后，她如泅渡中溺水的人一样喘不过气来，一下子惊醒，浑身洇出了一层湿凉的汗水。

梅丽到镇卫生院、各药店及县城各医院、各药店，以失眠为借口，买了一百多粒安眠药。那天，趁着家中无人，梅丽倒了一杯温水，把安眠药悉数服下。当意识逐渐涣散时，梅丽忽然想起了丈夫，想起了父母，终于自己拨打了120。一番洗胃和折腾后，梅丽又还了阳。

后来妹妹打听到一个中药方，用酸枣仁煮大米粥，早晚各喝一大碗。不知是酸枣仁的药效，还是大米粥的食补，梅丽终于逐渐能睡觉安稳了。

最后一次陷入那个噩梦是在前不久的一次午休。头一天，宋晓春和她说了要离婚，夜里，她思来虑去纠结到底要不要答应离婚，失眠到凌晨两点多。早上听着惯常六点半的闹钟醒来，上午种苗公司还有业务，没能补觉，到中午时已经困得双眼黏涩了。午饭后，刚刚躺下不到一分钟，半睡半醒中，又看到那个面容模糊的黑色人影不顾她的拉扯，拼命斜着身子朝外坠去。他大半截上身已经逸出窗口了，她仍旧是使上吃奶的劲儿却拉不住，想要大声呼救却又发不出声音。忽然，她一下子明白这只是一个梦，毫不犹豫地睁开了双眼，兵荒马乱的梦境瞬间无踪可寻。她从床上坐起来，觉得心跳得厉害。伸屈着胳膊做了几下扩胸，下来趿上拖鞋，找出酸枣仁，坐在饭桌前泡了一杯酸枣仁蜂蜜水。然后，她给老板发了个微信，拉上窗帘，上床沉沉睡去，一顿无梦觉醒来，屋子里已经漆黑一片。她觉得饿了，起床做饭。她需要饱饱地吃一顿，吃饱了，才能够去做必须要做的事儿。就是那时，她决定，尽快和宋晓春办理离婚手续。

离婚手续办完了，如今，一个人又是失眠。

梅丽起床摁开灯，煮上水，泡了一杯酸枣仁蜂蜜水。附近村里的鸡开始叫了，这是所谓的鸡叫头遍吧？一杯热热的汤水，梅丽胃里、心里、身上都暖和了不少。钻进被窝，重新裹紧棉被，终于沉沉睡去。

睁眼时，外面是个大晴天。透过明黄色的镂空刺绣窗帘，阳光呼呼啦啦跑了一屋子。她记得凌晨睡着时，天还淅淅沥沥地下着雨。她下床拉开窗帘，阳光很亮，天空蓝得有点假，云彩厚大而洁白，竟有点秋季蓝天白云的意味，仿佛幼年时照相馆里摆放的布景。可她知道，这是真真实实的大晴天。公路两边的杨树沐了一夜细雨，枝条明显青绿了。隔上一段距离，灰青色的树枝上就筑有一个黑色鸟巢，应该是灰喜鹊的吧。鸟巢随风颤动，宛若杨树托着自己怦怦跳动的心脏。远处公路西侧的两层或三层楼房一律都是红瓦顶，浸足了春雨，在阳光下如琉璃瓦般晶晶闪亮。前面是镇政府的政务服务中心，有一片不小的停车场，已经开始人来车往。停车场中间有一个小花坛，花坛四周是伸胳膊踢腿的迎春花，墨绿的枝条里开满了一层密实的鹅黄色迎春花。梅丽回神看了一眼自家院内的迎春花，一夜冷风凄雨后，那些娇弱的小花愈加鲜翠嫩黄。

5

梅丽把小四合院简单收拾了一下，挂到了一家中介公司，出租或者出售。她拿着自己的简单行李——还拿了一张女儿十岁那年在北京大学门前的照片，宋晓春的个人用品除了他自己拿走的，全部扔掉——吃住到种苗公司去了。老板陈国庆专门从办公区给她腾出一间阔大向阳、水电便利的房间当宿舍。

老板说："如果觉得这里闹腾，可以就近去租套单元房，公司给报销。"

梅丽说："我就喜欢公司里天天人来人往。"

老板说："如果你觉得累了就说一声，批你一段带薪休假，你出去游游山逛逛水。"

梅丽说："没事儿，这段时间多给我安排些活儿，别让我闲着。"

老板说："你是个好女人，应该去追求更好的生活。"

很早的时候，老板曾经有过几次明示或暗示的暧昧，但梅丽都傻傻装作不明白，十多年下来，和老板之间竟然有了一种兄妹般的亲热之情。

老板娘唐华对梅丽比老板还关心，梅丽也喜欢和她交往，两个人亲热异常。不是说老板娘顾忌梅丽和老板的关系，而是梅丽和她之间明显更加黏稠。估计老板也感觉出来了，他曾经不止一次笑言，你们俩好得不正常，我都夹在中间吃醋了。

她和她是如此的不相同。第一次见到唐华时，只是一眼，梅丽宛如听到了一串沁人心脾的钢琴音符，那音符从耳朵进去，自上而下贯穿全身，是阳光照着初春杨树新叶般的清亮和高昂。那时唐华快要四十岁了，看起来却只有三十岁左右的样子——十多年过来了，她一直还保持着初见时的美好，光阴好像在她身上有所停留，身材依然苗条，气色依然鲜亮，脸上的皱纹几乎都没添加几条。在梅丽看来，唐华知性优雅、热情善良、漂亮大方。那是个一年四季都化淡妆、穿长裙的精致女人，宛如相见那个初夏种苗公司围栏上盛开的复瓣蔷薇，艳丽又馥郁。梅丽知道，那正是心底自己想要成为的样子，但事实上她却根本做不到。梅丽更是一个事业型女人，别人给出的评价是，泼辣能干、事事认真、善于交际——她和各色客户交往起来游刃有余，几乎在每个客户那里都是好评。女汉子，对，不少人当面夸过她是响当当的女汉子。她心下有几分得意，却又有几分失落，其实她更想自己能像个淑女。可是，从小就这么豁达惯了，习惯依附在骨头里，改不了了。她在家里是老大，父母对她的养育中，颇有几分把她看作男孩，小时候，当别人说到她是个假小子时，父母其实是赞同和自豪的。她知道，自己这些做派，正是唐华所艳羡并想拥有的本领，可是唐华也根本做不到。

有时，老板带着唐华和梅丽一起外出，梅丽比唐华更像个老板娘，什么事都地道地张罗，倒显得唐华像个入职不久的秘书。可是这么多年下来，梅丽的这套做派改不了，唐华也从无微词，每每她和丈夫一起外出谈业务时，都要尽量叫上梅丽一起。

梅丽看唐华，不是雇员对老板娘的感激，不是同事之间的虚伪客套，也不是同学之间那种毫无因由的亲切，仿佛唐华的存在对她来说意义越来越重大，她们之间隐约出现了一种难以割裂的联系。

梅丽想，在看待自己的眼光上，老板和老板娘两口子算是步调一致。十多年来，梅丽、陈国庆、唐华，三人之间仿佛是一个坚固的三角形，谁也不会多迈出不恰当的一步，谁也不会打破这种微妙的宁静与亲切。彼时，梅丽家里还有一个恩爱的丈夫。梅丽甚至以为，人与人之间互相吸引，成为所谓朋友，是因为气场相似。气场相似的人，往往能经营出相似的婚姻家庭。比如，她的婚姻幸福，唐华的婚姻也幸福。而有些气场里的朋友，他们的婚姻却是无一例外地不幸福，要么离异，要么丧偶。

即便离婚了，梅丽也以为，在女儿离开之前，她和宋晓春的婚姻生活是铁板一块。离婚后，唐华却忽然拿给她一把放大镜，让她终于看到了昔日婚姻里的巨大裂缝。

唐华说："有件事，其实我们周围的人都知道，只有你不知道。以前，我们都乐见你不知道，我们帮他瞒着你，更是不想你知道这种事儿而伤神难过。但现在，我没必要瞒你了。而且，你也有权力知道，这对你而言未尝不是一剂药方。"

三四年前，宋晓春曾经和发廊里一个女孩儿好过，是县城一家发廊的。那段时间，他经常带着那女孩儿到处去吃饭，当然，都是那种小范围的聚会。那女孩儿可能是陷进了感情，真的爱上了宋晓春，她准备要爱得轰轰烈烈。宋晓春怕了，开始躲着她不见面，电话不接装作开会，微信回得稀少又言不达意。

梅丽对照想了一下，发现就是那段时间，他们夫妻关系异常冷淡。那时，刚上高中的女儿感觉心理压力太大，外在表现出来，就是隔三岔五有各种身体不适，腿疼，脚伤，腰疼，头晕，发烧，便秘，去看看医生，也不是什么大毛病。但几乎每两周一次的休假，都要去医院里花上百八十元或者三百五百甚至千八百的药疗费。孩子提出，要找心理医生咨询一下。联系好了，孩子却又临阵退缩，说啥也不去。最后，由梅丽自己代替女儿去咨询。好在心理医生周明是梅丽同学的妻子，她很耐心地听梅丽讲述。相较于周明，梅丽的声音高着若干分贝，语速类似于录音机按了快进键。她身子使劲朝前倾着，唾沫星儿不时溅到周明身上，周明就使劲朝后靠着椅背。她滔滔不绝地讲述了整整一个半小时，感觉心里一下子轻松了不少。

周明笑了笑说："你女儿的这种情况比较常见，很多刚上高中的孩子都有这些表现，等上高三，就会好一些，等高考结束，就什么事儿都没有了。就是学业压力大，周围同学们强中更有强中手，孩子不太自信，很担心自己可能考不好，会让父母失望，或者父母因此不爱她了。你们平时不要再给孩子压力，明确告诉孩子，不用和别人比，你是父母的骄傲，考好或者考不太好，父母一样爱你。"

分析和建议完这些，周明站起来，给梅丽的杯里续了一杯水。她说："我倒感觉，你的精神状态，和前两年见你时相比，有些异常。说直接些，你有明显的抑郁倾向，如果不及时调整，很可能会患上抑郁症。"站起来送梅丽离开时，周明轻轻地说，"咱女人既要注重内在美，也要注重外在美，你也学着每天化个淡妆吧。"告别时她又握了握梅丽的手，说，"看看你这双手，搞得真像种大棚的似的，好像比我的手老了一二十岁呢。每次洗完手都擦点护手霜吧，一双柔软光滑的手，这可是咱女人的福气。”

从心理医生那里回来，梅丽忽然觉得委屈无比。那种异常状况已经很长一段时间了，她却没有往心里去。本来，她也没觉出这有什么不妥，一切变化仿佛在不知不觉中走到了这么貌似当然的一步。在家里，好像里里外外只剩她一个人张罗。她中午有时回家吃，有时和客户吃，晚上一般都是回家吃。而宋晓春，中午几乎不回家吃饭，晚上也几乎不回家吃饭，基本上踩着点回来接女儿放学，偶尔回来早一点，就坐在沙发上一动不动地看电视，梅丽上床睡觉时，他还在那里看得起劲。夫妻二人一天说不上三五句话。在种苗公司，梅丽是兢兢业业的女强人，她的收入足够养家糊口。那么，在这个家里，宋晓春还有多大的用处？除了可以给女儿一个完整的家，他在这个家里好像有点可有可无了。

后来，梅丽查阅了许多资料，咨询了闺蜜和几个过来人。她们给她的建议是，第一，要合情合理地引导男人参与一些家务活儿，以理解妻子的不易，多给些关爱。第二，必须要密切夫妻关系，绝不能分床而居，每夜尽量睡同一张床。

梅丽耐心组织了一下语言，开诚布公地和宋晓春谈了一场。他们也取得了一些改善夫妻关系的共识，比如，继续由他每天刷碗，每晚都睡一张床，夫妻生活至少每周一次争取两次。

过后，两人都比较自觉地遵守着这些共识。梅丽的性格确实也舒展了一些，与人谈话时有意识地降低声调，压着语速，整个人的焦虑感缓和了许多。她以为是自己听了心理医生的话，和宋晓春沟通交流后，有效改善了夫妻关系。现在想来，恐怕更主要是因为，那时宋晓春和女孩刚刚分了手，回过头来格外重视了一下家庭。

那个女孩到底是不是宋晓春现在的新妇，唐华没有说，梅丽也没问。这已不重要了。

谁的婚姻又值得搁在放大镜下仔细察看呢？她到种苗公司工作的第二年，一个女业务经理就隐约透露过，自己曾在酒后和老板发生过关系，后来还维持了一段时间。当然，这事儿是真是假梅丽也无从辨识，但是，她自己在心里给老板打上了一个色迷迷的印记，时时刻刻提防着他的过分好意。她从没和唐华提起过这事儿，疏不谏亲，这个理儿她还是懂的。说了又如何，徒增唐华的烦恼。就像彼时她和宋晓春尚算恩爱时，唐华没有戳穿西洋镜一样，虽然唐华给了她一枚放大镜，但她并不想如此回馈唐华，她们的处境毕竟大不相同。

现在想来，不得不承认，在她曾经被心理医生说成有抑郁倾向，且自己后知后觉承认如此的那段异常焦虑的日子里，和唐华近距离的工作，起到了平抚和安慰的功效。每天，只需看见那亮丽的优雅身影和热情的满面笑容，从家里带来的些许心烦气躁就如烟雾飘散，呼吸顺畅了，整个人也精神了许多。

所以，在离婚后，梅丽选择了来种苗公司疗伤。

梅丽以为，也许她会在这里一直干到退休吧——其实，到退休也没几年了，但五十岁后，她仍可能还在这里继续干着。

6

转眼天热了，那天是五月初一，父亲的生日。上午十点，梅丽掐着点朝菜籽庄娘家走去。正好是星期六，梅丽的妹妹、妹夫及外甥，弟弟、弟媳及侄子、侄女，早已经到了。母亲朝梅丽身后张望了几眼，问："小宋没一起来？"梅丽点了点头，把准备好的话顺畅地讲出来："前几天去了海南，要在那里入股办农场，考察去了，大概要待半个多月。"母亲说："年轻人，有正事先忙正事。"父亲也到了门口，嘟囔了一句："那小子，胆肥心大，可着劲折腾吧。"弟弟妹妹们没人多问什么，估计他们并没看出异常。进到屋里，妹夫不无遗憾地说了句，我今天捎了瓶好酒，还想和姐夫多喝两盅来着。

梅丽来得最晚，就是怕来早了这个说一句那个问一嘴的。她放下手里的东西，转身走进当作餐厅的东屋。弟媳和妹妹都正在忙，梅丽让弟媳出去歇一会儿，哄哄孩子。她得让自己忙起来，最好忙得连喘口气也急匆匆的，连吃饭喝水都急匆匆的，省得和家人们聊太多，一不小心露了馅。大好的日子，不能让自己的烂事扫了全家人的兴。老人的生日，其实是一家人最团圆又最放松的日子。不像过年过节时的相聚，午饭前要看望本村的伯伯叔叔干娘干爷，午饭后还要看望姑姨舅，忙得根本坐不下来聊几句。而这天，只有一个主题，给老人祝寿，全家人团圆团圆。

显然，因为梅丽女儿的意外，一大家子人坐在一起时，说起话来都小心翼翼。大家都心知肚明，却都远远绕着圈子，怕一不小心说了不该说的话，惹得梅丽伤心，惹得父母伤心。所以，弟弟妹妹们心里都揪着一把，他们都关心着大姐，却又都刻意装作忽略她的一些事儿。这样一来，宋晓春是不是到场，为何未到场，并没有成为一个哪怕是小小的话题。父亲的生日过得中规中矩，吃饭、喝酒、切蛋糕、拍照、聊天儿。梅丽悄悄打量一家人脸上若无其事的表情，他们好像早早商量过了，关于她的女儿，关于她的丈夫，关于她家的所有前尘往事，谁也不说，谁也不提，似乎她家一直还是平平安安顺顺利利。亲人的这种关怀是不用解释的，是心照不宣的，但在梅丽看起来，却更像是一个精心打造的骗局，一次波诡云谲的密谋，她往前走一步，可能就是一处不知深浅亦不知危险程度的陷阱。梅丽心慌了，面对着一家最亲的人，却仿佛前面是千沟万壑，她找不到一条可以朝前踏实迈出脚步的路，哪怕是一条窄窄的黄土路。

吃完午饭，父亲坐在包厦底下，晒着太阳打盹儿，脸上是一片现实安宁的满足。母亲迈着小碎步，给每个孩子准备离开时捎上的各种吃食，炸刀鱼、炸蚬肉、煎茄盒、黄青菜包子、四合面窝头，都是做起来颇为麻烦吃起来却很香的东西。母亲早已为这次生日筵席准备好几天了，这些吃食也是她老人家特意多做出来留给孩子们带走的。妹夫和弟弟还在不时地抬杯碰盏，估计也快结束了，然后就是撤了席面，泡上茶，边喝水边嗑着瓜子继续拉呱吹牛。

梅丽很想早点回去，她想静一静。看着弟弟妹妹们，看着外甥侄子侄女们，她作为一个长姐，心里竟然暗暗滋生出一股说不清道不明的妒忌。她不动声色地扼制这种情绪，可是，脑子里却仿佛伸出千万只手，拉着她往这种情绪里坠去。梅丽不好意思说先走，在父亲的生日里，她怕自己稍有差池，会显得不识时务，会惹父母生气或者心疼，会让弟弟妹妹们觉得不自在。父亲八十三岁了，还有几个生日能过呢？换句话说，父母双全的日子里，一家人团团圆圆坐在一起还能吃几顿饭呢？

梅丽说有点犯困，要去睡个午觉。当然没有人反对什么。甚至，可能他们都觉得长舒了一口气。当着梅丽的面，说话都提心吊胆的，谁都怕一句话不当，惹起她睹物思人伤心痛心。

这一觉，梅丽睡到了太阳偏西。弟弟妹妹和孩子们早都走了，父亲去道上逛悠了，母亲还在里里外外收拾着永远也忙不完的家务。梅丽走时，电动车筐里自然装满了母亲给拿的各种吃食。梅丽一人，估计三五天都吃不完。她打算留下够自己傍晚和明早吃的，剩下的送给唐华，他们家里人口多，也有冰箱，一顿饭吃不完可以作两顿。

老板两口子都在家，唐华非要留下她一起吃晚饭。吃罢饭，梅丽又坐了一会儿，电视开着，话聊得有一句没一句。陈国庆调出了上一周的《我是歌手》，罗琦这一期打算退赛，她要去国外备孕待产。罗琦身着一袭红衣出来了，《给所有知道我名字的人》，前奏响起，罗琦闭着双眼倾听音乐，左手自觉或不自觉地放在小腹部，那里，一个新生命正在旺盛地发育成长。梅丽眼里的泪水忍不住奔涌而出。

黑暗中／世界仿佛已停止转动／你我的心／不用双手也能相拥／如果有一天／我迷失风雨中／我知道你会／为我疗伤止痛……

梅丽哭出了声。当演奏团队成员上前与罗琦依次拥抱时，梅丽放声大哭了起来。唐华静静地坐在她身边，一手拿着纸巾给她擦泪，一手轻轻拍着她的背。最后，梅丽趴在她怀里，哭得直到再也流不出一滴泪。

老板两口子一起送梅丽回了宿舍。梅丽洗了脸洗了脚上床躺下，心中忽然有一种说不出的轻松，很快就沉沉睡去。

梅丽被一阵手机铃声惊醒。电话是母亲打来的，声音里传出一阵惊慌失措："大妮儿，你快回来看看吧，这日子没法过了，我要和你爷（方言，爸爸）打离婚！夜来（方言，昨天）他过生日，我就不和你们数落他了，看看，你们一走，他就要上天！"

梅丽握着电话安抚着母亲，起身下了床，确信不是还在梦中。通完电话，梅丽热了点昨天捎回的食物吃完，简单收拾一下，急匆匆朝娘家走去，边走边给老板打了个电话请假。

到了家，母亲琐琐碎碎地抱怨着，朝大女儿诉说她的满腹委屈。

昨天送走了孩子们，老两口凑合着早早吃了晚饭。父亲在屋里看电视，母亲出门去帮邻居家发钱粮（一种民间祭祀）。母亲回家时也不是太晚，还不到九点，父亲竟然从里面别上了门。母亲拍打着道门喊，又从屋后砸墙喊，都不管用——父亲的耳朵背得很厉害了。最后，母亲找到邻居帮忙，邻居借来一把长竹梯架在墙上，爬进院里，才从里面开了门。母亲在院外叫门叫得心焦气躁，父亲却是早已睡下了。问怎么把她关在外面了，父亲很无辜地说，还以为她早就回家了。最后，父亲小声嘟囔了一句："谁知道你半夜三更还没回来？"声音很小，可是母亲的耳朵可不背。

母亲说她听到父亲这句话时，仍然气得扯高了嗓门。母亲说："从年轻时起，他就疑神疑鬼，老寻思我和人家相好。现在都这年纪了，还是天天胡寻思。这还不算，还喜欢出去胡咧咧。

母亲之所以大清早慌慌张张给梅丽打电话，更是因为父亲吓到她了。母亲坐在饭屋里灶前做早饭时，父亲闯进去把她摁倒在地。

就在母亲哭天摸泪地控诉父亲时，父亲坐在沙发上喝着茶看电视，一副不知道自己犯了错惹了事的样子。

说来奇怪，梅丽在这一霎时却是格外心疼父亲。

其实，从很小时起，梅丽就特别依赖母亲。母亲对孩子说起话来轻声慢语，很少会骂孩子，更极少打孩子。倒是父亲，在梅丽记忆中，仿佛三天两头给她巴掌吃。有了弟弟后，母亲也没有像村里一般的妇女一样，偏儿子偏得厉害。梅丽曾经说自己的母亲是个"公平娘"，在吃喝上，在穿衣上，女儿和儿子都是一样待遇。连在上学上，母亲也没有给女儿们任何歧视。母亲从小没上过学，知道不识字的滋味，她和儿女们说，你们都要好好读书，将来上高中，上大学，就是出国留洋，我也想办法供你们。当然，梅丽没能考上大学，妹妹和弟弟考上了大学，但也没能出国留洋。在梅丽上初二时，父亲不知听了哪个邻居的话头，诸如，闺女们，会写自己的名字就行了，累得狗死羊活地供她们读书，图个啥？正好梅丽期中考试完了，回家说要开家长会，父亲说："都这么大的人了，还上啥学，回来干活儿吧。梅丽真的听话地背回了书包。母亲看见了，说："别听你爷胡说，他不去家长会，我去！这么小下了学能做啥？还得上学！"

对于母亲，梅丽觉得心怀愧疚，自己是不是有点没良心？

母亲一辈子看不服父亲，或者说，她一辈子没有爱上父亲。在母亲眼里，比她大三岁的父亲，从来就不是个知冷知热的人。父亲是个泥瓦匠，除了会外出做工会下地干活儿，家里的大事小节一应不管。用母亲的话说，油瓶儿倒了都不知道扶起来。而且，父亲好逞能，爱抬杠，母亲和他商量点什么事儿，非得是叫他向东他向西，喊他撵狗他打鸡。梅丽隐约记得母亲说起过，她年轻时，一次在坡里浇麦子，有个邻村小青年从后面搂了她一把，说要托付媒人去她家。那个小青年真的托过媒人，母亲觉得他长得很体面，又会木工，有点想答应。但姥姥嫌那小青年很早没了父亲，孤儿寡母的，怕她嫁过去受村里人欺负，还怕寡母太护儿子而外斥儿媳。后来，母亲看了七八个对象，都没看到中意的，一拖四五年过去了，年纪大了，不敢再挑剔了，草草嫁给了父亲。

梅丽小时候，父母亲经常打架，特别是父亲喝了酒后，好摸起鞋底或笤帚疙瘩揍母亲。父亲也不是满身乱打，他知道轻重，他还指望母亲给一家人料理家务，他只打母亲屁股，每次都打得母亲三四天不敢坐下，连睡觉都得趴着。父亲醒了酒就㞞了胆，任由母亲哭天喊地数落。那时候，一旦母亲赌气说不过了，要回娘家，梅丽就牢牢抓住母亲的衣角，生怕母亲走时不领她，把她扔给父亲。

梅丽上初中时，母亲找到大队里，非要离婚不行。后来，在大队支书和家族长辈共同见证下，父亲写下了不再打人的保证书，而且也说到做到了。梅丽以为从那时起，父母亲的感情一步步变好了。只是没想到，都七老八十的人了，母亲又一次提出离婚。

母亲说的："前几天他就跑到你大叔家说，这二三十年了我都不和他困觉，他不要脸，我还嫌丢人呢。"梅丽知道父亲所言不虚。所以，她相信父亲这么多年过得更不容易。她此刻心里生疼生疼的，这生疼有一个明确的指向对象，就是父亲。母亲伤心了，难过了，烦闷了，生气了，知道和孩子们诉说求助，可是，父亲心里到底有多少伤，多少痛，多少忧愁，多少无奈，他从未和孩子们说过，孩子们也从来没有想倾听过，想过问过。

对于父亲，梅丽忽然深刻地自责起来。这么多年来，作为女儿，自己真的去了解去关心过父亲吗？

不仅是梅丽，妹妹和弟弟从小也是格外依恋母亲。后来都在外面上了班，结了婚，每次回到家，孩子们几乎都是围绕着母亲说话亲热。对于父亲，仅仅是来时打个招呼，走时打个招呼，顶多吃饭时再招呼一声。吃饭时父亲经常不上桌，父亲宁愿自己在灶台上吃。现在梅丽想来，不是父亲不喜欢上桌，而是母亲嫌弃他，不愿意和父亲一起吃，于是这老两口的吃饭模式就这么固定了。父亲，仿佛成了家里孤独的存在，他像一个没有容貌和细节的影子，既不出声，也听不见。是的，父亲的耳朵早已背得厉害，连拾个别人聊天或者笑话的漏儿都拾不上。梅丽仔细想了想，除了高考那年她落榜后，父亲动员她去复读，父女促膝长谈了一下午——可是，那个男生，她的初恋男友，落榜后不复读了，梅丽也痛下决心不再复读，两人要去一起创业——此后，梅丽不记得再和父亲好好谈过一次话了。有时到了春节前，她叫上母亲，去县城的商场里买身新衣服，可是父亲从来不去，只是梅丽姐妹约摸着号码买了衣服或鞋子拿回来。真的，这么多年了，除了那必要的来时、走时和吃饭时的招呼，梅丽好像和父亲基本上没说过什么话。有时往家里打电话，父亲接了，梅丽会问，俺娘呢？然后父亲就把电话交给母亲，或者，不等梅丽问，父亲直接就说，和你娘说吧。

忽然，梅丽心里咯噔一声：父亲竟然常年处于这种冷暴力的孤独之中！他会不会已经患上抑郁症或老年痴呆症？

梅丽安抚了母亲一通，把心里的疑惑说出来。母亲冷笑了两声，说，他会有病？他能吃能睡能发邪，比谁都正常。就是我老年痴呆，他都不会，他可精着呢——别说，我现在说话做事儿，有时还真的颠三倒四，想起这忘了那的，保不准我还真是有点毛病了。

母亲的话，其实只是抱怨一下，梅丽却听到了心里。她拿出手机，给周明打了个电话。周明正好在上班，电话里很安静，她表示眼前没有病号，让梅丽慢慢说。梅丽罗哩罗嗦说了十多分钟，周明在那边啥也没说，梅丽甚至怀疑她是否还在听。梅丽说完了，周明轻轻笑出声，说："两位老人呢，应该都没有什么问题，他们夫妻感情存在陈年坚冰，这些都不是疾病的范畴，还真不好对症治疗。不过，他们也算空巢老人了，需要孩子们有空多陪陪他们，吃吃饭，聊聊天儿。一般老年人都缺钙，再补补钙，还要补充一下维生素 D，嗯，平时多出来晒晒太阳——这也能让他们心情更好一些。你要是不放心呢，有空了领着老人来这里，我给他们做几项检查，应该是没事的。"

梅丽在这边道着谢，周明却说："你别急，我还是那句话，你最近身体上有没有什么不舒服？”

梅丽想了想，说，也没有很明显的毛病。就是从去年冬天，两个膝盖都有点隐隐发疼，上下楼梯和下蹲起来时，都有感觉。上过热敷，在秋裤上贴过暖宝宝，现在天暖和了，感觉好了点儿。这阵子，肩关节好像也这样隐约着疼。夜晚睡觉，有时醒了后背疼。再呢，有时候动动脑子，好像是偏头疼。”

“嗯，你那关节疼呢，应该不是大事，和年纪有关，膝盖关节有点退化。你去买点盐酸氨基葡萄糖片，胶囊也行——一会儿我发给你药名——你去药店买了，吃上一个月，以后每年都这么吃一个月。背疼呢，平时多做一些扩胸和转肩的动作，活动一下背部肌肉。你也得补补钙，再吃点维C片，当然，你最需要平时多晒晒太阳。还有，我觉得，你生活在熟悉的环境里，可能平时不自觉就会产生心理压力，你可以考虑换换生活环境……”

说到最后，周明说:“对了，你好像一直骑着电动车？会开车吗？你去学开车吧，以后买辆车开着。骑电动车，对身体的摧残挺厉害的，毕竟咱年纪越来越大了。你会开车了，以后出入，或者有什么急事儿，也方便些，求人不如求己嘛。”

周明在电话那边轻声慢语地说着，梅丽心里忽然又有一种想哭出声的冲动。周明的老公吴永来是梅丽的高中同学，估计她很清楚这两年梅丽都遭遇了什么。这不是那种好奇看客的探究，而是同学之间一种胜似亲人的关怀。梅丽承认，周明的话，她听进去了。她的心底，似有一股温泉轻轻浸泡、涤荡、回旋。她甚至比周明表面的话，感受更多，想得更多。

女儿不要妈妈了，前夫也不要她了。可是，耄耋之年的父亲和母亲，哪个不需要女儿呢？自己的伤心事，怕家人伤心，不敢和他们说（他们也未必真的不知道，也许只是装作不知道而已），他们也不敢过问，可能是无法找到关心自己的正确方式。可是，毕竟还有朋友、还有同学在确切地关心她。当自己遇到困难时，也并非是求助无门啊。

7

房子卖出去了，三十六万，一个吉利的数字。

梅丽在镇上一家驾校报了名。唐华陪着跑了几家 4S 店，预订了一辆大红色的轿车——开始她想订一辆纯白色或者太平洋蓝色的，后来却决定要一辆张扬又热烈的大红色。

梅丽提出了辞职。老板陈国庆说："钱呢，我按辞职给你结算了，但是，你不用辞职，社保先从这边缴着，你回去一年也行，两年三年也行，啥时想来了，我们都随时欢迎你。"

梅丽笑了笑，只简单说了一句，谢谢。所谓大恩不言谢，她知道，这已经不是一句道谢可以概括的情谊了。她在种苗公司干了十多年，确实也替公司出了力，帮老板赚了钱，但是，老板显然并不仅把她看作一个员工或者业务经理，已然是大哥对待妹妹了。甚至，还有一种超越兄妹情之上的感情。梅丽很珍视这段亲切而不凡的情分。

临走时，唐华紧紧抓着她的双手，抓得她有点疼了，忽然又张开双臂紧紧拥抱住她。唐华在她耳旁轻轻说："你是一个好女人，值得有人好好爱你，你更要好好爱自己！"

瞬间，梅丽脑海里有千言万语，但她终于只说了一句："你也是！"

梅丽知道，自己怀揣着一种既欣慰又遗憾的复杂情绪。唐华头发里隐隐散发出薄荷香波的清爽气味，梅丽深深吸了几口气，她觉得这味道会一直若有若无悬浮在她的鼻畔。

梅丽和父母摊牌了离婚的事。她一边学开车，一边吃住在家里，帮着父母做饭，洗衣，打扫卫生，陪母亲聊天儿、赶集，和父亲下下象棋，喝喝茶。有时从手机上调出微友发在群里的搞笑段子，喊来父母一起看，母亲常常笑得七倒八歪，父亲耳朵听不见，但他感到了好笑，嘿嘿嘿笑得直咳嗽。北屋前檐下，放着一溜大大小小的花盆，天竺葵、长寿花、玫瑰、紫茉莉、太阳花、旱金莲、仙人掌、桂花、发财树、旱伞、吊兰，开花的开花，吐绿的吐绿，农家小院里真可谓姹紫嫣红花气袭人。梅丽发现，各种开花的，大多是母亲弄来种的，而各种吐绿的，基本上是父亲种上的。院子南半截还种着韭菜、芹菜、生菜、葱、蒜，碧绿青翠，主要是母亲侍弄。院墙外面，种着金针、官粉、月季、三七、雪里蕻、萝卜、无花果，这些好像都归属父亲。在父亲母亲的这些花花草草之间出入，梅丽觉得自己浑身上下开始慢慢舒展，她仿佛能看见自己的灵魂，越来越透明，越来越轻盈，越来越活泼。

有时哪个大娘婶子或其他乡邻来串门，说不了几句话就绕到梅丽身上。他们乔装打扮出来的热情有点扎眼，甚至表露出毫不掩饰的好奇心。毕竟，嫁出去的闺女再长住到娘家，是值得关怀，值得同情，甚至可能是值得唏嘘、值得伤心的。他们自以为好心，一次次地强行揭开刚刚结痂的伤疤却不自知。梅丽想，学完车，自己得马上着手做点事儿，否则，还得天天接受邻居们悲天悯人的探究眼神。

在家里住了不到两个月，驾照领下来了，新车也开来了。梅丽盘算了一下手中的资金，觉得还是稳妥第一。高屋镇离“风筝都”潍坊不远，她有个初中同学陈红嫁到了那边，陈红在家里给风筝厂代加工风筝。梅丽和陈红联系了一下，说也想代加工风筝，陈红连说好啊好啊，帮着联系了厂家。这里离着风筝厂不足三十里路，风筝厂可以上门送材料、取货。梅丽去周围村子转悠了一圈，最终选了距离厂家更近五六里路的李屯村。大姨家就在这个村，这里的面孔，大都是陌生的。除了大姨和表哥表嫂们，没人知道梅丽到底经历过什么，她也就不必天天面对熟人那种明着关心暗着窥探的刀子一样的目光。

李屯村集体建了新村，家家户户搬进了楼房，家家户户还都有车库。车库很大，有些年轻人买了车放车，但多数是放一些农具和杂物。梅丽租了一间车库。这里只是她的风筝代加工车间，只要宽敞度足够盛放一台电动缝纫机、一些原材料和成品就行了，她还是去父母那里吃饭、睡觉（也许，过段时间她会买个电炒锅，偶尔中午自己简单做点饭）。房东李向贵有一辆开了三四年的面包车，但他平时和妻子夏俊美吃住都在大棚那边，面包车也很少开过来，所以很庆幸有人看中自己的车库，算是闲置资产轻松换了钱。

李向贵母亲六十出头，负责照顾两岁多的孙子李岳。后来梅丽才知道，李父四十五岁那年，在坡里浇地时触电身亡。李向贵还有个大他两岁的姐姐李向珍，从小学习好，后来考上大学嫁到了青岛。李婶儿没有改嫁，拉扯着一双儿女成人成家。李婶儿为人豁达，哄着小孙子下楼玩时，经常来车库里看梅丽加工风筝。岳岳吐字还不太清楚，有时喜欢吃手指，嘴角经常流着细长的哈喇子。梅丽很喜欢这个虎头虎脑的胖小子，有时看着他从小嘴巴里拖出小手指头，拉出亮晶晶的唾液丝，梅丽就会出神好一阵子。她总觉得和这个孩子特别亲，有时就腾出手来抱一抱。虽然是个男孩子，但是抱在怀里，总有种抱着女儿小时候的感觉。

隔一段时间，风筝厂就送一批材料来，有印染好的布片，有处理好的细竹竿。布片在电动缝纫机上跑一圈，穿好中杆边杆，收起小边，固定好尾巴，一只风筝就完成了。加工一只小点的风筝两三毛钱，大点的五六毛，梅丽一天能做四五百只。风筝厂送材料的同时，也捎上做好的风筝。梅丽就是赚个手工钱，这活不算累，她可以一刻不停地加工。早上七点从家里走，过来打开门，坐在电动缝纫机前就开始一天的工作。中午回家吃个饭，下午赶着夕阳往家走。梅丽这里并不卖风筝，可是有时小孩子喜欢，她也会送上个小风筝。三个五个风筝，结算时厂家并不会较真。梅丽做风筝其实不必展示样品，甚至她都可以关起门来加工，因为这毕竟不同于开门卖货。可是，梅丽却偏偏在墙上挂了那么几只，黑色的燕子、粉色的小猪佩琦、大红的金鱼，这些是她自己加工出来的。门口两边，还挂了两只她买来的立体风筝，一只是蓝色蝴蝶，一只是玫红蜻蜓。

岳岳特别喜欢那只挂在墙上的蓝蝴蝶风筝，他站在地上，仰着头看，两只眼睛瞪得圆溜溜的，小手指一戳一戳的。这是一种木版印制风筝，白底子，纯蓝勾边，桃红、艳黄、粉紫填充了两扇翅膀的层次，中间微凸立体的长条形虫身纯蓝、桃红条纹相间，顶端两只粉红色触角，底下两条纯蓝色凤尾，头上两个杯口大的绿色塑料圆眼睛带着轴，可以迎风咕噜咕噜直转。女儿小时候，梅丽曾经在县城通往潍坊的路边买过一只蓝蝴蝶风筝。回来女儿只试放了一次，就再也不舍得放了，让爸爸帮着挂在了餐厅里冰箱上方的墙上。

蝴蝶，在弥河县方言中叫做花蛾儿。女儿小时候，梅丽有时坐在床边，让女儿坐在她勾起的脚面上，她双手抓着女儿的胳膊，双脚来回悠荡女儿。她还会唱一个童谣：

悠一悠，

不招虫儿，
上南山，
变花蛾儿。

有一次，母亲听见了说：“这个歌谣不好，好好的小孩子，怎么可以变成花蛾儿呢？不要唱给小孩子听！”梅丽觉得母亲过于迷信，不当着母亲的面，照唱不误。女儿走了后，梅丽曾经想过，也许，母亲的话有一定道理吧。在老百姓的话语里，南山有点类似于灵山、仙山的意味，长命百岁的小孩子，是不必上南山的，更不会变花蛾儿的。

梅丽又买了一只蓝蝴蝶送给岳岳，李婶儿千恩万谢。当然，这一老一小祖孙俩并不会放风筝，李婶说，风筝挂在了客厅里。岳岳再来到梅丽这里时，还是喜欢站在蓝蝴蝶下面仰着头看，两只眼睛瞪得圆溜溜的，小手指一戳一戳的，嘴里唔唔啦啦说着：“花蛾儿，花蛾儿，蓝花蛾儿，蓝花蛾儿。”

转眼到了十月初十，李婶儿的女儿生了个大胖小子。新做了姥姥的高兴，新做了舅和妗子的也高兴。在弥河县，为新生儿庆生叫“送中米”，在孩子出生五至十二天之间，选一个好日子，亲戚朋友都带上贺礼上门看望新生母子或母女。尤其新任母亲的娘家人（以女性亲友为主），是必须要到场看望的，他们带着鸡蛋、小米、红糖、油以及小孩新衣等礼品上门——现在条件好了，都还有礼金——看看新生的宝宝，看看自家的闺女。有看望的意思，也有为闺女助威的意思，千万不能让婆家人小瞧了，不能让闺女在月子里受了亏待。当然，筵席上，娘家人作为贵客是要上坐的。

送中米定在第十二日。从弥河县到青岛，单程一趟四百多里路。

可是，娘家的礼数一点也不能少。李婶儿要去，李向贵和妻子、儿子都要去，还有李向贵的大娘、婶子、姑、姨、妗子及一干堂姊妹、表姊妹都要去，数了数一共十三人。李向贵的面包车连司机能拉八个人，还得需要一辆车。李婶儿看中了梅丽那辆大红色汽车，过来商量，让她帮着跑一趟，除了油钱和过路过桥费，再给她三百块钱的辛苦费。梅丽说："我去就行，但不用给钱，权当我给妹子的喜礼吧。"李婶儿说："那可不行，不算人车辛苦，你还少做一天风筝呢。"梅丽说："我权当放个假呢，说不定以后我得还有事儿找您帮忙呢，别客气了。"

一辆银灰色面包车，一辆大红色小轿车，早上七点半就从李屯村出发。路程远，不能走晚了。相较起来，面包车更颠簸一些，而且后面的暖风也明显不足，小轿车坐起来更舒服，更暖和一些。出于尊老爱幼，一番推托后，按年龄推出了四个长辈——李向贵的大娘、姨、妗子，还有抱着岳岳的李婶儿——坐梅丽的车。是的，这是去办一场喜事，谁都往好里想。他们坐上两辆车时，考虑的只是按照舒适度分类。他们谁也没考虑到安全因素，或者，他们也许考虑到过，但是，谁也不会去设想，这一天他们的哪辆车会发生意外。去时一路顺利，在青岛市区一路顺利，到了李向珍家宾主尽欢，回时的高速路一路顺利。冬日天短，下午不到五点，夕阳就映得西边天空红如鲜血。终于要下高速了，快到家了，回家都可以好好休息一下了。不知道李向贵是不是有点着急，驶入匝道时，面包车的速度没有及时降下来。喘息间，面包车超出了司机的控制，越过水泥护墙，一头扎了下来。

这事儿都上了弥河日报。送中米，本是庆生的喜事儿，却带上了意外伤亡的悲伤和痛悔。面包车司机李向贵及两个乘客身亡，两个乘客重伤，三个乘客轻伤。身亡的乘客中，包括岳岳的妈妈，她当时就坐在丈夫身边的副驾座上。

岳岳申请了孤儿待遇，他以后的人生中，直系血亲的亲人只有奶奶了。

梅丽还继续租着岳岳家的车库做风筝。李向贵夫妇过了五七后，梅丽和李婶儿商量，让岳岳叫她干妈，她愿意帮着李婶儿一起抚育岳岳长大。几乎没有犹豫，李婶儿就同意了。她直接让岳岳喊妈，不带干字的。

腊月二十那天，李婶儿哄着岳岳在车库里看梅丽做风筝。车库里炉火正旺，一层铝合金门窗，把寒冬隔在了外面。梅丽和李婶儿商量，想在李屯村过年。她说，自己毕竟是个离婚的女人，回娘家过年，父母面子上不好看。

李婶儿忽然抱住梅丽哭出声来。她说："闺女，我知道你的心意，你这是来陪我这个老婆子和孩子呢。好好，你就在这里住下来，咱娘们儿一起过年。再怎么，也不能把咱隔到年这边。"

过了一会儿，李婶儿又说："闺女，我考虑好了，我也看出来了，你是真心对岳岳好。过完年，就去民政上办个收养手续吧，以后，岳岳就是你名正言顺的儿子了。"

梅丽拍了拍李婶儿的背，说："不用的……缘分不够时，啥都不管用；缘分到了，母子情任谁也割不断。不管法律上怎么说，岳岳都是我这辈子的孩子了。"

岳岳站在蓝蝴蝶下，左手食指放在小嘴里，亮晶晶的口水顺着嘴角淌出来，右手伸过来朝着梅丽比画，口齿不清地说："摸摸花蛾儿，摸摸花蛾儿。"梅丽蹲下，拉出岳岳放在嘴里的小手指，拿起围嘴给他擦嘴角擦手指。她亲了亲岳岳的小脸蛋，岳岳瞬时又把右手的食指和中指塞进嘴里，咯咯咯咯地笑着，嘴里还是含混不清地说，摸摸花蛾儿，摸摸花蛾儿。

梅丽双手架在岳岳腋下，高举着他到蓝蝴蝶风筝前荡悠了几下，嘴里不自觉地说着："悠一悠，不招虫儿……"她忽然停了嘴，脑子里想起了母亲的警告。接下来的，不能说，绝对不能说。

她又亲了亲岳岳的小脸蛋，说："花蛾儿认识你呢，等明年暖和了，咱们把它放到天上，看它飞。"岳岳又咯咯咯咯地笑，小嘴嘟囔着，看花蛾儿飞，看花蛾儿飞……

繁花沙漠

1

腊月初八上午刚上班，宋晓春打来电话，说中午一起吃个饭吧。于珂左手举着手机，右手从灰色铁橱里拿出一个牛皮纸档案袋，她马上要去邻县开庭，中午回不来。宋晓春说那就晚上，更好，时间宽松些。于珂一下子不知道该怎么拒绝，手机里有了短暂却惊心动魄的沉默。脸前显现一个小平头，单眼皮细眼睛聚集了灼灼的光芒望着她。半月前从火锅店逃走后，那些熏进衣服和头发的湿漉漉的煮肉煮菜味仿佛一直还没散去，一有点风吹草动，立马就油油腻腻地返回了鼻腔。

认识宋晓春，是在一次饭局上。于珂和宋晓春分坐一张圆桌的东西两侧，都属无关紧要的客人。宋晓春略显秀气的白净脸上架一副无框眼镜，他的目光穿过层叠的菜肴、酒气、烟雾和满屋的人声鼎沸，不时在她脸上停驻。当于珂也抬头向前看时，他就朝她举举酒杯，那天晚上他这么举杯不下五次。

于珂所在法律服务所主任老牛和宋晓春是同学，他说，宋晓春知道于珂对前公婆极好，想和她认真谈谈对象，他原来的妻子不孝敬公婆，天天弄得家里鸡飞狗跳。于珂反问：“怎么个认真法，想和我结婚？”老牛点点头，就是那么个意思。于珂想了想说：“行，可以试试，不过，要先看他的诚意——我在弥畔芳汀看中一套房子，首付款还没凑够，借他五六万，成了，算我俩共同财产，不成，我打张借条，分文不少地还他。”老牛的脸紫涨得如一粒半熟的葡萄，讪讪地笑着说：“不就是几万块钱嘛，他要是眼下拿不出来，我先借给你。”

第二天一上班，老牛喊于珂去他办公室。宋晓春已到，嘴角软软地笑着，从黑色真皮公文包里掏出六捆粉红钞票，说：“一早去银行提的，先拿着用，有老牛在，不怕你赖账，啥时有了啥时还，别有压力。”于珂想笑，却没有笑出来。她听到了冰面底下河水哗啦啦流动的声音。拿给她六万元现金，而不是转账，他这是做出了不指望她偿还的姿态——于珂当然知道，从法律意义上说，一笔六万元的借款，如果没有银行转账单，就算有一纸借据，将来诉讼求偿的证据也不充分。于珂盯着宋晓春的双眼，想看出里面隐藏的心思。他并不回避，镜片后的双眼回视出恒星般的光芒，仿佛穿越几百万光年而来，只为这刹那间的相遇。忽然，他咧开嘴嘿嘿笑起来，满脸的柳暗花明，说：“今天跟老牛请个假，选房去，我在弥畔芳汀有熟人，保管选个好房，还是内部价。”

于珂多少有点恨自己没骨气，有种被宋晓春操纵的感觉。可是，这种被操纵感却莫名地滋生出一种说不清的喜悦，如初春枯草下的新芽不可遏制地挤出密密实实的一层。她恍然记起，当年和吴祥举行婚礼的一个月前，哥哥买房急着凑钱，她想让吴祥帮忙借上一万元，吴祥和她在娘家门楼下嘀咕了半宿，最终一句，家里的钱都用在了准备婚礼上，实在匀不出多余的。

当天下午，于珂选了一套九十六平方的单元房。签合同时她差点问出来，要不要签上咱俩的名。宋晓春又是嘴角软软地展露笑容，说："好了，你现在是个有资产的女人了，找对象的条件可以再抬高一截了。"

傍晚，于珂和宋晓春面对面坐在海鲜自助火锅餐桌前。宋晓春取的食材主要是花蛤、白蛤、扇贝和海带、蘑菇、木耳，他问于珂爱吃什么，帮她下到锅里，又照着于珂拿过的食材，帮她拿些虾、爬虾、笔管鱼、银鱼、百叶毛肚，一一给她下到锅里。氤氲的水蒸气后面，于珂不再是无所不能的圣斗士，仿佛也成了可以依人的小鸟。

宋晓春两手交叉放在餐桌上，两个大拇指对头碰着，看看于珂，又低头看着自己的大拇指，说："我和孩子妈是高中同学……开始她弄得家里鸡犬不宁，我还容忍着调和气氛。后来，她跟单位里一个男上司搞上了……"

喊服务员撤走小火锅，于珂起身拿了一盘水果。一直包裹着热食的口腔，忽然塞进了凉凉东西，牙齿有点骤然的酸胀。于珂仿佛没有感觉到这种异常，一根无刺油黄瓜在嘴里咬得咔嚓咔嚓响。

宋晓春抬起头，一双细眼睛黑白分明，目光里有一种磊落的决然，说："我一直不肯原谅她，不答应她贪婪的财产分割条件。现在想想，结束一段难堪的日子，重新找个对的人，也不愁将来过不富裕。我决定让步，争取今年把手续办下来……"

于珂脑海里轰然滚过一场泥石流。她听清楚了。她明白了。这是一个还没有离婚的男人，那他谈的哪门子对象？于珂扶着椅背站起来，拿好皮包，确认没落下钥匙和手机，虚弱无力但坚定无比地朝外走去。走到门口时，于珂左脚踢到了一张圆桌边的绿色垃圾筒，里面的污水溅湿了半条裤腿，正在点餐的服务生赶忙从红色围裙口袋里掏出餐巾纸递过来，她却害怕似的朝一侧躲了躲，小跑着出了火锅店。

说来也怪，那天逃离之后，于珂曾经两次梦到过宋晓春，周五凌晨那次还是一场醒后脸热心惊的春梦。于珂没再联系过宋晓春。中间宋晓春打过一次电话，倒不是催债，他说正在商量离婚事宜，实在商量不成，就向法院递交离婚诉状，让于珂一定要耐心等待。于珂啥也没说，听宋晓春说完了，她就嘀一声挂上电话。

于珂承认，自己差一点就完全相信了宋晓春的话。只是新职业使然，她比原来谨慎多了。背后托了两拨人哨听宋晓春的家事。他们说的主要内容大同小异，宋晓春老婆本是当地一个大公司的副总，三年前上高中的独生女儿意外去世，她申请去了外地分公司开拓市场。于珂知道，宋晓春的话里，多多少少掩藏了一些什么。她很想找个机会私下问问老牛，自己却又像是一个扎了孔的气球，怎么也鼓不起勇气。

2

傍晚下班走出办公室，朔风夹枪带棒扑来，从头发梢到脚后跟瞬间被吹透。于珂掏出手机看了看，确信已经关机，骑上电动车出了单位大门。

两个人影从路边冲过来，好像被凶猛的大风吹得刹不住脚，多亏于珂及时出现才阻挡下来。是女儿和奶奶。老人双手如章鱼触须般紧紧抓住于珂右胳膊，说："听说你考上司法资格了，真好，真好，我知道你肯定能考上，祝贺啊，祝贺。"于珂点点头，冻僵的嘴角努力向上翘了翘，过去的近十年里，老人一直对她很好。老人接着说："咱弥河县的讲究，过了腊月二十三，嫁出的闺女不能再住娘家了——你还是回南吴过年吧，省得孩子缺爹少娘怪可怜的，也算给他爸一个机会。”老人扭头示意，女儿两手拉了拉于珂的米黄色羽绒服，仰起头说：“妈妈，去南吴吧，咱一起过年！”稚嫩的童腔，普通话说得字正腔圆，于珂心底瞬间如丝绸一样柔软。看着瘦小又忧伤的女儿，于珂觉得这个话题严峻而重大。她慢慢蹲下，轻轻抚摸女儿毛茸茸的三只小辫，放眼朝四周望了一圈，却没有发现那个曾经让她心生暖意的熟悉身影。说不上失望还是伤心，她心里明镜一般，本来就不该再抱什么希望的。于珂暗自苦笑一声，对女儿说——同时也是说给老人听：“天冷，先家去吧，咱明天和爸爸商量商量这事儿！”想了想，于珂又补上一句，“爷爷奶奶和爸爸爱你，妈妈也爱你，祝你新年快乐哦！”老人绷直的身子忽然塌了下来，仿佛什么重物瞬间撞痛了脊柱，眼里热切的亮光也黯淡下来，低了头说：“祥子最近很忙，天天加班，我让他一有空就快来接你。”苍老无力的声音让风吹得模糊不清，于珂却感觉这句话像一把蒸气旺盛的熨斗，瞬间在她心底烫起一层又疼又痒的黄燎泡。她把下耷的嘴角又用力朝上扯了扯：“行，等他有空再说吧。”

西北风好像破败的风箱，歇上一阵，再拼上全力呼呼狠吹一阵。直到深冬才彻底枯透的悬铃木叶满怀眷恋，却也只能接受枝头的抛弃，一片片坠落下来，被行人或者车轮践踏，走向归尘之途。于珂站在单位门外，如同随风乱滚的落叶般瑟瑟发抖。

老人拖拽着孩子走了，两人相牵的胳膊都伸得极长。老人步子有点快，女儿一边打磕绊追赶，一边不时回头望望妈妈。她们拐过一个红绿灯，然后不见了。

腊八日的朔风刮到脸上，下巴颏僵硬如铁。于珂抬手拉掉头上缠绕的大围巾，寒气立刻穿过头发直抵脑仁，她忽然打了一个哆嗦。硕大如轮的橙红色落日正缓缓隐入西边天脚的云层，竟把天空映照出亮堂堂暖和和的感觉。好吧，该去的就去，该来的就来。遇事躲开和逃避，这其实不符合于珂的性格。人生不易，何必非要把冬天过得寒溜溜惨兮兮？

于珂推着电动车回到单位车棚，落好锁，从包里掏出手机，打开，拨了宋晓春的电话。

俩人又面对面坐在餐桌前。这次是包间，只有他们两个人。菜肴还是以海鲜为主，醋煎银鲳、清蒸基围虾、凉拌海蜇头、毛蛤菠菜汤，都是“店长推荐菜”，宋晓春先点了，于珂也不客气，点了自己最喜欢的干煸肥肠、泡椒鱼皮。宋晓春说，这里新上的烤鸭也不错，再来半只烤鸭。于珂说，那东西腻，再说就咱俩，根本吃不上这么多。宋晓春说，既然来了饭店，就拣着像样的多点几个，吃不了打包就行。宋晓春又点了一瓶张裕解百纳干红，让服务员打开倒在醒酒器里。宋晓春关照于珂，多吃菜，少喝酒。色香味俱全的佳肴却勾不起食欲，于珂只想大口大口吞咽发涩的葡萄酒。舌头发颤，但说出的话毫不含糊，她告诉宋晓春，我等着，你尽快把手续办下来。

外面可谓冰天雪地，步行或者骑电动车的行人都裹在硕大的羽绒服里，头上有帽子，脸上有口罩，双手戴着厚厚的手套。饭店里的每台空调都热力十足，新出锅的一盘盘菜肴白气缭绕。食客们大都只穿着毛衫、毛坎甚或衬衣，他们的外套早已脱下叠起，放进墙边的专用柜箱里。窗子上挂了一层浓浓的水汽，于珂从水汽里看到身穿大红色羊毛裙的自己，可能是毛裙映的，脸色有点红。宋晓春穿一件粉红色衬衣，脸色也有点红。忽然，窗子上的水汽挂不住了，化作几条惊慌的小溪从上面淌下来。她和他的影子，还有餐桌上形形色色的食材，瞬间斑驳成一片花花绿绿的零乱影像。

3

于珂从没有想到，自己也会成为一个离婚的女人。

她的婚姻是从什么时候开始有裂缝的呢？想来，从租房那年开始，她和吴祥之间，其实就已经发生了质变。

结婚后很长一段时间，他们住在弥河县城南环路边的南吴村，住在吴祥父母自盖的两层楼的顶楼。冬天，老人烧锅炉供得暖气片蛮热，但屋里总是凉兮兮的。夜里封了炉子，屋里勉强不上冻。不过，于珂每次零点下班回家，被窝里总放着一个电暖宝——充足了电不出半小时，正是最热乎的时候，小太阳般向外散发着能量。吴祥都是定着闹钟给她提前放好。

后来女儿上学了，吴祥说，人家的孩子，都在暖烘烘的屋里穿着秋衣光着脚丫子随便撒欢，咱孩子在家穿着大棉袄天天吸溜鼻涕水，总这样也不是办法。于珂倒不觉得住在偏冷的顶楼里就委屈了孩子，不过她担心周围的环境。一次聚会后同学开车送于珂回家，车还没停稳，就闪出一个摆着柔软腰肢的女子频频招手。认清下车的人是于珂，女子点点头又闪了回去。同学说，你们出租房子赚钱不错，但也得考虑一下对孩子的影响啊。南吴村地处城郊，随便一间房子都能租出去当门面房。于珂数了数，仅婆家南屋前的胡同里，就有四个红光迷离的“理发店”。

那年立冬后，吴祥在县政府附近租了一套单元房，有集中供暖。选了好日子，于珂满心欢喜地搬了家，她以为，这将开启全家人更加温暖的冬天。她去市场买了羊肉，晚上涮火锅庆贺乔迁之喜。外面飘起入冬来第一场雪，集中供暖的单元房内，一家三口只穿秋衣秋裤，浑身轻松地围坐在电磁炉边。轻快的气泡劈啪有声，在火锅沸汤里一层层爆裂。吴祥说，同事前一阵子租住过这房，还没到期呢，人家转给咱，可是一点也没涨价，这床这桌，也都白送给咱了。于珂知道，吴祥所说的同事，是他房产中介公司里的女员工陶小兰。

公司开张还不足一年。当初招业务员时，吴祥称，女的专要结婚且有孩子的，有生活压力，干活儿才尽心尽力，小姑娘们不知生活之苦，哪会好好干。于珂心里暗喜，如果公司里有两个年轻未婚姑娘，别说他可能心猿意马，她就首先不淡定了。陶小兰符合吴祥所说的招工标准，已婚，有个四五岁的女儿。于珂见过她，清瘦的长方脸，犀利的丹凤眼，画着淡妆，有种说不出的妖魅感——对，就是妖魅，这个词第一时间跑到于珂脑子里。酒红色直发梳成马尾，一身藏蓝色职业西装，细高跟黑皮鞋，青春又干练，很难一下子判断出她是二十出头还是三十上下。那天早上八点半左右，很多人刚刚上班，于珂却从造纸厂下了零点夜班。为申请一个白天岗，到吴祥公司复印身份证和学历证。于珂身上还穿着工作服，肥腰肥腿，加之一米七二的个头和短头发，很多人会暗自揣摩她的性别。一个女声招呼她，快进来坐坐，想买房还是卖房？接着是吴祥的声音，咦，你怎么来了？那女的怔了怔，轻声喊了一句嫂子好，低头从办公桌上找到一个天蓝色塑料文件夹，像和他们说又像自言自语，有点业务，我出去一趟。高跟皮鞋敲在地面上，吭吭有声。于珂觉得，这女的真拼，穿着这么高的鞋子领着客户爬楼。

于珂问吴祥："正好用暖的时候，你同事为啥把房子转出来？"吴祥的头仍埋在冒着热气的碗上吸溜粉条，于珂正怀疑他是否听见了问话时，他抬起头，脸上红光满面又汗涸涸的，说："看看，女人就是喜欢八卦。"于珂说："你知道啥，说说呗。"吴祥放下筷子："说，她算个不幸的女人，男人闹离婚，她自己出来租了这套房。

现在离婚案结了，家里的楼房归她和女儿住，没必要交两份取暖费，就搬回去了。”

当晚，他们躺在那张原属于陶小兰的床上。也许是都洗了热水澡，彼此身体格外温热，也许是厚厚两床被子变成单层被子后格外轻盈，那天晚上，吴祥热情高涨，让于珂有种新婚燕尔的错觉。于珂有点激动，有点兴奋，想夸奖吴祥两句，一张口却说：“陶小兰可真会生活，买的床倒不错。”

“好好的，你提她干么？”

“你紧张个啥？莫不是，你和她也上过床？”

“胡扯吧！越扯越离谱！”

吴祥扑棱翻过身，给了于珂一个后背。

吴祥的公司越发顺风顺水，他的收入也由原来制药厂工人月工资两三千元，几何倍翻番成一两万甚至更多。只是吴祥早出晚归的日子越来越多，早晚各拖一遍地也不再是每日必做功课。于珂说：“我天天上班挺累的，你自觉点，回家帮着干点家务活。”吴祥说：“看看我就知道，辞了职随便弄点啥，都比在企业累死累活强，你也快点辞职吧。”于珂说：“我还是在大单位留着吧，虽说工资不高，但不管你公司那边孬好，这工资供全家人吃饭还是没问题的。”吴祥很恼火：“什么意思啊，咒我公司不长久？日子若要过下去，你就麻麻利利辞职，再当你的产业工人，咱都没法交流了！你有法律本科学历，也学学你同学，去当个律师行不？”

于珂在孕期申请休假时，到省城一所成人高校脱产进修了个法律本科。吴祥的话提醒了于珂，是啊，法律文凭不是白放着占地方的。于珂辞职到了老牛的法律服务所，边做法律工作边复习考司法资格。

再后来，吴祥因为与人合伙贩卖木材，借过陶小兰的十万元现金，却把一辆刚刚挂了牌、价值近二十万元的轿车抵押了给她。吴祥身陷高利贷纠纷时，陶小兰陪着他去过一趟四川，一走五六天，手机都打不通。

于珂的日子过得很忙碌，二胎放开了，吴祥想生个儿子，可是她迟迟怀不了孕。医生说是宫寒，婆婆给她找了各种暖宫的方子，还有生男孩的方子，家里天天弥漫着各种苦涩噎人的草药味儿。县城的人民医院去过了，地区的人民医院、中医院也都去过了。听医生的意思是，这两口子都是年过三十五岁的人了，要么随缘，要么考虑试管。虽然婆婆说，不必有压力，她自己两个儿子一个女儿，哪个儿子也不如女儿和媳妇孝顺，孙女将来出息了，一样是吴家的荣耀。但是，于珂终于还是下定了决心，要尝试药物催卵，选出两个足够圆足够大的卵泡做试管看看。

就在于珂即将服用完最后一轮调理身体的中药时——那天傍晚，她和女儿在婆婆那里刚刚吃了晚饭，屋里的座机响了，婆婆接起电话。那部使用了十多年的老式电话机毫无保密性可言，里面传出一种自信甚至骄傲的亢奋女声："姨，和你说，我怀孕了，是吴祥的儿子！按清宫表推算了，也找懂行的妇产医生看了走路架势，就是男孩儿！"

于珂听得真切，那声音很耳熟。她勉强按捺住自己擂鼓般的心跳，站起来想走，却是腿软得发颤，她又坐在沙发上，把两只明显发抖的手压到了大腿底下。

婆婆问："哪里的狐狸精，给我打什么电话？"

电话里边却轻浮地哈哈直笑："大姨，你怎么连我声音也听不出来了啊？我是小陶啊，房产公司的，咱见过好几次呢。"

婆婆骂道："不要脸的东西，世上的女人死光了，也轮不到你给吴家生孩子！不是于珂生的孩子，我们家一律不认！"

婆婆哐啷摔挂了电话，回头把于珂揽在怀里，嘴里反复说着，打错电话的，肯定是打错电话的……

真相撕开了，于珂的心仿佛在寒光闪闪的碎玻璃碴里滚了一圈，到处布满汩汩冒血的窟窿。看来，陶小兰早已无声无息地渗透到她和吴祥的婚姻中来了，水滴石穿般，自己竟然几无察觉。于珂很想弄明白，吴祥背着她，到底给陶小兰许下了什么承诺。

就在当天晚上，吴祥终于给她来了一场凛冽寒风。吴祥是这样摊牌的："陶小兰确实怀孕了，她要告我强奸……我若进去了，女儿有个强奸犯老爸，一辈子都抬不起头。"

于珂从来没有想过，吴祥竟是那么无耻透顶的人——他让于珂配合一下，去民政局办个手续，啥也不声张，她还住在这里，等那边处理好了，他再和于珂另扯结婚证。

4

宋晓春领着于珂去了仍属于他和妻子的单元房。他解释说，分居已久，俩人各占一套房子，平时互不往来。

于珂悄悄端详这套一百三十平方米的高层楼房。客厅内整洁利落，好像为迎接她的到来刚刚打扫过。客厅里没有任何照片——没有夫妻合影，没有他妻子的单人照，也没有孩子的什么照片。地暖供得屋里热烘烘的，绿萝、吊兰、金钱树、发财树，一株株鲜绿葳蕤，玻璃窗子紧闭着，隔离了外面的寒冬腊月。于珂把羽绒服脱下来挂在玄关处时，什么东西在心底嘭嘭嘭撞了几下，仿佛那里有一粒种子，崩开了石头一样的坚硬外壳，在这温暖的冬天悄然发芽。

于珂清晰地听见宋晓春说："宝贝，给我生个孩子吧。"她轻盈的身骨忽然一下子冷冻般僵硬。宋晓春只以为她有点害羞，咧了咧软软的嘴角，伸手把于珂揽在怀里。她贪恋这份温暖，却明白这不属于自己。他掰过她的脸，才发现她的脸上已然泪光滂沱。

于珂没有拒绝宋晓春下楼开车送她，但是，离她娘家的自盖楼房还有两个路口，她就坚持下了车。

路口有一家 KTV，从二楼一扇打开的窗子里，传出了明显属于一个醉鬼的直嗓子吼叫。那份声嘶力竭没有压住配乐的旋律，于珂知道，那是郑中基二十多年前唱过的一首《别爱我》。那时，于珂还在上中专，正值青春期的少男少女，特别喜欢这种诉说失恋与绝望的忧伤情歌，宿舍里天天循环播放的卡带里，就有这一首歌：

这座城是片繁华沙漠
只适合盛开妖艳霓虹
悲伤的人们满街游走
打听幸福的下落
爱情都只是传说
难开花难结果
…… ……

于珂记得，第一次听这歌时，她以为第一句应该是“这座城是片繁花沙漠”，后来看歌词才知道自己搞错了。但她总觉得，“繁花沙漠”比“繁华沙漠”更适合这么一首歌。沙漠不会繁华，也不会开出繁花，是把城比作沙漠，城里到处盛开妖艳霓虹，才制造出遍地繁花的景象。

宋晓春已经走远了，那辆白色轿车屁股后面的两抹红光，终于混进了熙熙攘攘的车流再也分辨不出来。于珂朝那根本看不见的背影挥了挥右手，长长吁了一口气，心里塞着的沉重却无处可卸。他，也是过得很不容易。他，其实是个好人。他，或许很快就能遇见一个愿意且能够为他生个孩子的人吧。

一座三层小楼掩映在霓虹灯炫目的光华之下，显得孤独又黯淡无光，那是城中村娘家的自盖小楼。比娘家小楼再西再南一些的天上，是腊月初八的上弦月，那半片银黄恰似从中线切开的圆瓷盘，快要落到夕阳的位置了。可能是因为映着干冷的雪光，月亮仿佛特别明特别亮，漫布西天的白色鱼鳞云清晰可见。眨眼间，上弦月躲进一片薄云里，月亮四周散发出井口大小的一圈内红外紫的七彩光晕。她记得小时候听母亲说过，这种月晕是风调雨顺的征兆，看见时可以许愿，很灵的。她真希望这是专属于自己的七彩祥云，在不远的将来，会有她的盖世英雄驾着祥云悠悠而至。

两天前刚刚落下今年第一场大雪，父亲拾掇得暖气炉呼呼作响，可是，毕竟住在顶楼（一楼二楼都租出去了），于珂那间房里的温度仍不足十度。被窝里寒凉一片，躺下好一阵子，双脚仍迟迟暖不过来。那个曾经在每个冬夜都给她备好电暖宝的人成了前夫，喜欢贴靠人的肉嘟嘟的女儿也已不在身边。

于珂睁眼又看了一下窗外，半片银月冷冷淡淡地粘贴在西南天边，那片七彩祥云，早已不知被谁驾走了。她披袄下床，趿着棉拖，把窗帘拉得严严实实。上床躺好盖紧棉被，小屋里仿佛一下子暖和了不少。

还好，果断买下了那套小户房。合同上写着明年五一交付，简单装修装修，下个冬天，就能搬进去了。这是完全属于自己的房子，有集中供暖。于珂闭着眼咬了咬牙，鼻子有点酸有点塞。借宋晓春的六万元，她会想办法尽快还清。

这样想着，便很快睡着了。

志愿者胡绪军

胡绪军很显老相。上唇一直留着一绺胡须，皮肤比小麦色还深些，个头敦实，偏胖，马马虎虎穿在身上的衣服让他又老了一二十岁。一般在单位上班的人，眼角儿的皱纹都长成一整条鱼尾巴了，还认认真真地自称为小张、小王、小李、小刘。老胡不在单位上班，不管这些世故，我第一次认识胡绪军时，他就自称为老胡，其时他才二十三岁。

那是2009年夏天，我和同事正在组织救助募捐，为一个患重型再生障碍性贫血的小男孩——已找到了可供移植的脐血，但他的父母拿不出三十万的手术费。我们想了一个概念，三千分之一，也就是说，只需要有热心人三千，每人捐一百元，小男孩就能手术了。《弥县日报》连推出四五期专题报道后，每天都有十几人到报社采编大厅捐款。我们又决定在八月三日上午组织一次集中募捐，预期届时捐款者众多，需要招募现场志愿者。胡绪军报名非常积极，算上他自己共报了六人，还主动提出带两套遮阳棚。他在电话中说："你可以多报道别人，我们'爱心志愿者队伍'无所谓，不为名，不为利，只为需要帮助的人做点实事儿。"挂了电话，我问同事，"爱心志愿者队伍"，原来怎么没听说过啊？同事说，估计既不是团委的，也没在民政局注册，纯民间的吧。我叹了口气，唉，如果真是这种情况，报道时，只适合提个人，还真不好提“爱心志愿者队伍”这个名称。

集中募捐那天上午，我第一次见到胡绪军。他上身穿着一件灰色的T恤衫，就是农村集市上那种卖给中老年人穿的化纤衫。脚上的皮凉鞋早已变形，落着一层乌蒙蒙的灰尘，估计是擦不出来了。他自称老胡时，我以为他比我大。可是，现场一位大我五岁的志愿者梅姐，老胡却称她阿姨。聊了几句才知道，他比我小了整整十岁，估计他在称呼我为程姐时，先在脑子里做了一番艰难选择。他的左眼有点斜视，脖子有点朝左歪，走路一跛一跛的，好像两条腿不一样长。后来听梅姐说起，老胡小时候患过小儿麻痹症，落下了明显的后遗症。

现场一共到了二十多名志愿者，由老胡代为报名的几个人全都来了——其中三个人穿着红马甲，马甲后背印着白字“爱心志愿者”。从上午八点到十二点多，平均每两分钟就有三个爱心人士捐款，三百七十多人捐了五万多元。接待、写名、记账、收款、清点，维持秩序，志愿者们帮着我们一刻不停地忙活。每个人的心被小县城的大爱烘烤得温暖又柔软，忘记了口渴，忘记了饥饿，当我们把捐款悉数存到银行的募捐账户时，已经是下午一点多了。我和同事想领着志愿者们到附近的快餐店简单吃点工作餐，老胡却摆了摆手说：“‘爱心志愿者队伍’帮人不图任何回报，不用你们花钱请吃饭，我们回家各吃各的。”老胡指挥着，把两套暗红色遮阳棚搬到了一辆四轮农用车上，其他人，也都随着老胡和“爱心志愿者队伍”的散去，各自走了。多说一句，那个小男孩后来顺利接受了脐血造血干细胞移植手术。

不久，老胡又到过报社一次，拿着一份他做的“爱心志愿者队伍”公益活动方案，给我看。我粗略看了一遍后，劝他：“先去相关部门注册一下，只有爱心志愿者队伍有了名分，我或者报社的其他同事，也能好好帮着做宣传，公益的路子才能越走越宽。”

听着我的建议和分析，老胡垂下眼皮看了好长一阵子的地面。他不再像那个仿佛比我更老的老胡，却像一个犯了错被老师训斥的孩子。其实，老胡真的还很年轻，脸上还没有一丝皱纹，估计也还没有在现实中碰过多少钉子。老胡双眼清澈，心地透明，对社会有太多的憧憬，他想按自己的天真理想去济世救人发光发热。可是，在我这个干了整整十年新闻的资深媒体人看来，他单纯得不切实际。

那次直到离开，老胡都没再抬起眼睛和我正视。我知道，我的话他丝毫听不进去，更不能打动他或改变他，甚至，他被我伤害了，他肯定对我很失望。果然，那天之后，老胡再也没到报社找过我。

弥县虽然只是个县级市，但文化生活还是很丰富的。在传统媒体逐渐式微的当下，网络上有个开心论坛在弥县很有影响，其实也是《弥县日报》办的。老胡申请成了爱心社区版主——我、梅姐，也都在爱心社区做过一年半载的版主。奉献爱心，终究算是一种奢侈行为，爱心社区版主换了好几次，但人气一直不旺，平均一天发不了十帖八帖，点击量也不过三十五十。倒是老胡，给爱心社区版块带来了空前活跃。另一个自称为爱心志愿者的网友金海，发帖《老胡伪公益七宗罪》，针对老胡的贫困家境、农民身份、残疾身体等一条条质疑，称不相信老胡会在公益路上走得多远，“老胡连自己吃饭都困难，还好意思说做公益，八成是沽名钓誉，好为自己以后赚钱铺路，天下熙熙皆为利来，天天攘攘皆为利往……”论坛上出现了挺胡派、挺金派。挺金派的帖子都是一记记伤害老胡的明枪暗箭，不过，后来挺胡派略占上风。梅姐的一句话被很多网友引用：“欢迎富人奉献爱心，哪怕他们是作秀；欢迎穷人奉献爱心，作秀不作秀都可以。”但是，这件事的尾声，是老胡一怒之下卸任爱心社区版主。

我当时排队到了挺胡派。但私底下，我也像那个金海一样，对老胡有着一条条的质疑：他为何这么热衷于公益，又有多少资本和能力去做公益？

老胡的家在弥县县城北边的十口镇十口村，父母都是老实本分的农民——这是村里人的评价，只是，如今的“老实”一词已渐趋于一种被人鄙视的贬义。家里种着两个大棚，老胡，就是一个种大棚的农民。只是这个农民太年轻，种大棚未必能跟上老把式。弥县的很多农民通过种大棚，一年能有十几万的收入，盖起了四合套院带大门楼的新瓦房或者高高的两层楼房。可是老胡和父母还住在四间低矮简陋的红砖房里。老胡有个哥哥，三年前，父母刚刚给大儿子翻建了一套四合套院新瓦房，并把大儿媳吹吹打打娶进了门。父母不仅掏空了家底，还借了债，至于给老胡翻建新房、娶妻，估计还得再等上几年。

2010 年冬天，弥县普降了三次大雪，一次比一次大。第三次大雪时，压塌了不少大棚。老胡家的两个大棚都压塌了，他在开心论坛发了一个帖子。可是，说暖心话、安慰话的人并不多，有人甚至说：“凡大棚被压塌的，都是懒人。边下雪边扫雪，大棚肯定塌不了，只知夜里睡大觉的，肯定压塌！”这话刻薄点，却也不无道理。大雪是晚上十点多开始下的，很多人一夜没睡觉，老天爷忙着下雪，菜农忙着扫雪，这大棚是全家人的衣食父母呢。别的菜农在大棚上扫雪时，老胡这个年轻的农民在做什么呢？老胡的那个帖子，我实在不知道该说什么才好，只是回复了一句“友情顶帖”。至于其中的友情有多少，我也不知道。老胡却发了一个流泪和拥抱的回复：“真心谢谢程姐给的温暖！”我感觉脸上有些发热。

后来我才听梅姐说起，那天下午，老胡和几个网友到马跑镇看望一个因车祸瘫痪在床的中年男子。男子的妻子需要照顾一儿一女，日子难，向法院提出了离婚。老胡通过法院的一个熟人听说了这事儿后，联系了一个在医院骨外科工作的朋友，到男子家中义务诊断，看看他能否再站起来。老胡还从网上联系了几个网友，给男子捐了些钱，拿着了肉、奶、蛋、油、米等生活品，还有一大摞《青年文摘》《读者》《故事会》之类的过期杂志。返回时天色开始暗了，天上开始飘着雪花。同去的网友有个叫甜甜的女孩儿，住在离县城四五十里路的三牙镇，天晚了，坐不上回去的客车了。胡绪军借了哥哥的四轮农用车，去送甜甜。到达甜甜家时，雪已经飘得像漫天柳絮了，随风胡乱撞在农用车的前挡风玻璃上，视线很不好，地上也积了大约十厘米的雪。顺利完成护送任务，胡绪军觉得松了一口气。甜甜的父母早已经做好了晚饭，热情地挽留老胡吃了饭再走。老胡确实开车开得有些累了，肚子有些饿了，农用车驾驶室里也不太暖和。他没有过多推辞，坐下来吃晚饭。他心里期望，也许吃完晚饭，雪就小了或者停了。晚饭吃了大约一个小时，雪不仅丝毫没有小下来的样子，还明显地越下越大了，地上的雪也积得更深了。老胡不敢再等，向甜甜父母借了一把笤帚，用以路上打扫挡风玻璃上雨刷刷不动的积雪。雪大，路滑，老胡一路走得小心翼翼，也走得心惊胆战，他怕自己滑到公路沟里，还怕有别的车滑过来撞上农用车。路上，父亲打过两次电话，问他走到哪里了，然后又嘱咐他别急，注意安全。回到家里，已经过零点了。父母没在家，老胡忙锁好农用车，赶到大棚去。见到父母和自家的大棚，老胡简直不敢相信自己的眼睛和脑子——他家两个一百多米的大棚，因为老父母扫雪的速度赶不上下雪的速度，全压塌了！一棚西红柿，一棚辣椒，都是再有半个月就能上市了，现在，全被大雪压着大棚骨架和薄膜摁在了地里。老胡的泪从脸上滑落，被白雪映得晶亮，父亲看见他，说："孩子，你平安回来就好！棚咱可以再建，菜咱可以再种，只是，要耽误给你盖房子了……"母亲却扑过来，左手抓着儿子的衣襟，右手攥起拳，边捶打边哭号："你天天做公益，做公益，忙得连自家的大棚也不管，可是谁帮我们老两口打扫雪？大棚压塌了，菜没了，钱赔了，你知道不？咱今年怎么过去啊……"

很长一段时间，我和老胡，或者说老胡和我，没再有什么交往。但是，老胡的传说无处不在，他还执着地走在公益路上。还和原来一样，仍有背后或当面笑话老胡的人，好在，受他帮助的人越来越多，开始有人称赞老胡，说他可以给人带来好运。老胡在十口镇开了一家电脑店，他的QQ个人说明就是电脑店的推介："专业网站建设、程序开发；电脑组装、电脑耗材；手机销售、手机配件。弥县佳航数码科技期待您的加盟！"后来，老胡曾经拨打过《弥县日报》的法律热线。那个热线电话呼叫转移到我的手机上，所以，我的手机上显示出了来电人为胡绪军。老胡一板一眼地确认这是法律热线后，讲了他的难题：他给一家酒店装了五台电脑，因为他是通过一次公益活动认识的酒店老板，那老板曾给一位家庭贫困的大一新生捐资助学五百元，所以他觉得那老板是个仗义、善良、诚信的人，所以他同意了老板提出的先装电脑后付款的要求。可是，装好电脑后，他去要了三次货款都没见到老板，现在这个酒店宣告破产了！老胡不知道接电话的是我，我也假装不知道打电话的是老胡。这个事儿怎么办？不好办！电脑货款是普通债务，酒店破产后，这种普通债务能偿还几成不好说，何时破产清算开始偿还，也不好说。我听到老胡在电话那边无奈地叹着气。

时间转眼到了 2013 年冬天，我都差不多快要忘记我熟悉的人中有一个胡绪军了。

忽然有一天，老郑在 QQ 上和我说，老胡得了尿毒症，重度，需要一周透析三次。

如果不了解老郑的为人，我肯定会认为他乱开玩笑。老胡怎么会得这种重病？他是一个那么善良、那么纯洁、那么开朗的人！

一周三次透析，医疗保险报销了去，一周也还有近千元的花费，每个月就是三四千元。对于一个多年来执着于公益，不太注重经营自家经济的未婚农民来说，是一笔不堪承担的重负。老郑说，医生要求，老胡每周必须做三次透析，但是，老胡为了省钱，常常是两周五次，或者一周两次。

老郑的意思是，让我通过《弥县日报》报道一下老胡的现状，呼吁社会爱心人士像老胡当年关爱弱势群体一样，也关注一下老胡，至少，能让他筹到钱按时接受透析。最终能不能接受肾移植，那要看老胡的造化。

是的，我觉得这事，我应该去做，必须去做。可是，我已经从报社办理了离职手续，无法直接为老胡做报道了。我马上打电话找我的同事，确切说是我原来的下属，我们曾经一起做过不少公益报道。不料，我的同事有点为难地说："这段时间，救助报道做得太多了，领导的意思是限制一下。像这种，他现在属于重度尿毒症了，只是靠透析续命，组织捐款也是救急不救命，这种报道，领导一直不提倡。"

我说："领导的考虑也有道理，但是，毕竟老胡身份特殊。他本人长期热心于公益，上不起学的，治不起病的，老胡原来都是帮着别人去募捐。现在他病了，他应该得到社会一份特别的关爱，既是温暖他，也是温暖社会，这甚至是一种公益精神的倡导！"

同事在电话那边说："我尽力吧！"

从同事的话语中，我听出了一份无能为力。我只好和老郑说，这事儿我怕是办不好，建议老郑找一下他的校友，我在报社时的一个直属上司。老郑说："好吧，我再找找人！"

老郑在自己的QQ好友和QQ群里为老胡发起了募捐，公布了捐款账号。一天、两天、三天、五天、一周……很多网友陆续为老胡捐款。我正在家里坐月子，出不了门，便打电话给梅姐，请她帮我捐五百元，钱不算太多，也许可以帮老胡多做一次透析。很快，我看到老郑公布的捐款名单上，也有了我的名字。不是作秀，而是期望通过这些被公开的捐款人信息，带动更多的人来帮老胡一把。

我给老胡发了一个信息，大意是盼望他坚强，躲过此劫，调整好情绪，早日回归公益志愿者队伍，又对他的公益之心由衷表达了一番敬佩。也许一个短信的力量微不足道，可是，我仍希望能借此给他一丝温暖。他回复了短信："谢谢，程姐放心，输了啥也不会输了心情，命运我自己掌握！"

老胡的透析一直是在弥县人民医院做。每当他自作主张减了透析的次数时，不仅医生批评他拿生命开玩笑，身边的朋友们也都开导他，别为透析费用犯愁，大家会帮他想办法。时间不长，老郑那里集起了捐款一万四千多元，这可以帮老胡做三四个月的透析。老郑和寇姐去老胡家里送捐款，老胡的嘴唇哆嗦了许久，说："我给你们打个收条吧，等我身体好些赚了钱，能还的我都要还！"

老郑和寇姐都是老胡所建爱心QQ群里的网友，和老胡一起参加过几次爱心活动，然后成了朋友。寇姐正好要去一趟济南的大医院，她找到老胡："你跟我到济南看看吧，听听大医院专家的说法，也许，专家会帮你找到好的治疗方法。"

寇姐开车拉着老胡及老胡的哥哥到了济南的大医院。专家给老胡检查后，脸色严肃地批评："你们也太大胆了！他做透析做得懒了，高钾症，随时都可能有生命危险！"老胡的肾只有鸡蛋般大小了，专家强调了好几次，透析必须要按时做，每周至少做三次，如果有条件，做四次最好。能不能做肾移植呢？专家说，何时能找到肾源，是第一个问题；找到肾源时，身体状态是否适合手术，是第二个问题；费用是第三个问题，一路透析本身就是沉重的医疗负担，肾移植手术费用预计二十万以上。专家的意思，考虑肾移植意义不大。但是，只要按时透析，合理用药，老胡再活上十年八年没问题，如果调理得当，管理好情绪，也可以活得更久，有的尿毒症患者就是靠着一周三四次的透析，活了三四十年。

检查完后，老胡坚持请寇姐吃饭，寇姐明白老胡的心情，没多推辞，就近选了一家面馆。寇姐不知怎么安慰老胡才好，她心疼。透析，一年四五万元的医药费，早已超过老胡平日的收入，就怕他因为手头紧私自减少透析次数。寇姐低头吃着自己的面，面却在嘴里反复嚼着咽不下去。抬头看看老胡，老胡又何尝吃得下饭，手上的筷子明显颤抖着，搛上好几次才把面条送到嘴里。

这些都是寇姐后来告诉我的。她说，老胡那是在强装镇定，他不愿意把自己的脆弱拿出来示人。他也不愿意以可怜博同情。来回的路上，他没有说过一句哭穷的话，只是感慨自己的父母一辈子辛苦，自己却没有能力让他们享清福，他还在筹划以后如何工作以多赚钱按时做透析。从济南回来，快到弥县地界时，老胡的电话响了，他拿出来看了看，按了拒接，自言自语道："现在接电话属外地长途，电话费贵，马上就到弥县了，我再给回过去！"这话听得寇姐心里发酸。寇姐很感慨："老胡处在社会最底层，生活清贫，身体不再健康，可是，那次济南之行，我确信，他的灵魂堪称高贵。”

《弥县日报》为老胡刊登了一篇千余字报道《开心论坛爱心版主患尿毒症 绝望中坚持公益梦》。报道中，称赞老胡有菩萨般的心肠，曾为患癌症的三龄童组织过募捐，曾为患白血病的五龄童组织过募捐，曾帮助过到弥县寻找走失孩子的外地人，还组建了成员逾两百人的爱心志愿者队伍。记者写道：“自己没房没车，钱都做了公益，患晚期尿毒症，放不下的依旧是公益梦。老胡说：‘查出病来后，我觉得天都塌下来了，可是生老病死都是命运，我应该把一切都看开，趁现在还活着，我还会继续做公益！’”

老胡像个参透生死的英雄，他也许没有直接向记者表达自己的求生欲望，报纸也没有呼吁人们来特别关爱这个坚持公益梦的爱心老胡。那页刊登着老胡尿毒症和公益梦的《弥县日报》，轻轻飘进历史之河，荡起几圈细细涟漪，瞬间复又无声无息。

老胡曾和寇姐说过：“这些年来，我为别人组织的募捐，少说也有三四十万了。实在不行，我也给自己来一次募捐，菜博会开幕后，我要到菜博会现场募捐，筹到三四万块也行啊，加上平时我干活儿再赚些，先够我活上两三年了！”老胡期待着，即将开幕的菜博会能给他带来好运。

我委托梅姐代我捐给老胡的五百元，钱是请她先垫上的。后来我给梅姐打过一次电话，约时间还钱给她。梅姐说，因为年前年后她都很忙，她和几个朋友还没来得及去看老胡呢。梅姐建议，要么我有空的时候，她和我一起去一趟老胡家。只是，我家小儿尚小，出门时间受限，想和梅姐约时间，时间上却很难一致，只好还是烦请梅姐代劳。又过了一段时间，我家小儿过了百天，我出门的次数也多了，直接拿着五百元钱到了梅姐的店里。梅姐眼圈一红，说，她感到很遗憾，她没来得及去看老胡并送去捐款。

梅姐说，她听寇姐说的，老胡很喜欢甜甜。甜甜是老胡通过做公益认识的网友，就是大雪压塌大棚之夜他去送过的那个甜甜。甜甜漂亮又善良，老胡曾经请求老郑帮忙，从中为他说和一下，他想追求甜甜。甜甜和老郑说得很明白："老胡是个好人，可是，我和老胡只适合做朋友！"老郑是个过来人，也觉得两个人之间不太可能。他好心地劝老胡："还是算了吧，这事不太着调。你呢，先好好经营自己的电脑店。你不是要开分店吗，先立业后成家嘛！"

老胡追求的爱情还没萌芽就枯萎了。可是，老胡一直对甜甜念念不忘。老胡查出患尿毒症后，曾在老郑、寇姐面前提起，他有个愿望，很想去见见甜甜。老郑帮着给甜甜买了一大袋零食，老胡感动得眼里闪出泪光。他却又低头不语了好一阵子，抬起头时，脸憋得通红，用低得几乎听不见的声音央求寇姐："我想自己去给甜甜买点礼物，你说，该买什么好呢？"寇姐没反应过来，老郑说："你钱那么紧，别乱花了，甜甜领情就行。"老胡通红的脸上更显出几丝尴尬："我不乱挪用好心朋友们给我捐的治疗费。我前两天刚刚给人安装了一台电脑，赚了四五百块。我想用我自己的钱，表达一份真诚……"最后的声音，低得连老胡自己都听不清了。老郑没再说什么，寇姐想了想说："要不，你给甜甜买个皮包吧，实用！我妹妹开着皮包店，卖品牌包，我去肯定是进价！"老胡的嘴张了几下，却一句话也没说出来，他实在不知该怎么表达感激和感谢了。皮包店里，在一款售价七百六十元的果绿色背包前，老胡站了好大一会儿，嘴微张着傻笑，估计他是在想象甜甜背上这个包的样子吧。他用手摸了摸背包，又用手指摁了摁价签，皱了皱眉头，扭脸走开了，眼光开始在货架的价格标签上巡睃。寇姐拉着妹妹去了里屋，一会儿她出来，和老胡说："你先别管价钱，我妹妹保证一分利润也不加，你看好哪个和我说，我给你长长眼。"寇姐伸手拿起那个果绿色背包，和老胡说："这个不错吧？我妹说，这个价钱就可以给你！"寇姐凑近老胡，右手伸出了两根指头。老胡的脸又红了一通，咧了咧嘴，想做出笑的样子："寇姐也看这个包不错？那就这个吧！"

中午之前，寇姐开车拉着老胡和老郑到了三牙镇，见到了甜甜。老郑说，自己的老家就在三牙镇，到了这里，中午饭由他请客，谁不同意他跟就谁急。寇姐和甜甜都跟着起哄，老胡什么也没说，伸出右手重重地拍了一下老郑的左肩，又重重地摁了两下。吃饭时，老胡一直傻傻地开心笑着，好像又回到了他没患病前：不着边际地和朋友们讲述自己的公益计划，朋友们拿他开涮，但他从不生气……吃完饭老胡才说，这天是他的二十八岁生日，他过了一个很快乐的生日。

过了大约一周后，甜甜要去一趟弥县县城，途中将经过十口镇。知道老胡患了重病后，甜甜打算顺便上门看望一下。她想先打个电话知会一声，但电话是老胡母亲接的。

原来，三牙之行回来后第二天一早，老胡骑着摩托车要去弥县人民医院做透析。出了村口，老胡遇到了村民小赵，小赵正在等去县城的公交车。老胡说："我也是去县城，要不，我捎着你吧！"小赵坐上了老胡的摩托车。快到县城时，一辆货车撞倒了老胡的摩托车。老胡从地上爬起来后，那辆无牌货车早跑了，小赵却躺在地上，一动不动。老胡惊慌得不知该怎么办，有过路人好心提醒他："快打 120 救人，打 110 报警！"事情变成了老胡陪小赵到医院急诊室。小赵的头磕在了路沿石上，脑部淤血，还在昏迷中，需要全力抢救。没用小赵的父母说什么，老胡就把自己能拿出的所有的钱都拿了出来，给小赵交医疗费，并天天在医院陪着。小赵家的经济不宽裕，除了老胡拿出的那笔钱，小赵的父母还得找亲戚朋友到处借钱应急。他们忙着给儿子救命，没有马上还老胡的钱，他们还没来得及想到这茬儿，更没意识到老胡那边也是等着拿钱交给医院。老胡没有开口找小赵的父母还钱，也没有外出借钱。那次透析，老胡没去做，此后，他就没再做过透析。

乡

被虚构

1

天刚刚放亮，路边的枯草上都挂着一层白霜。张秋萍缩脖袖手站在菜籽庄西的大路口，等候第一班开进弥河县城的公交车。这是他第二次进城打工，也将是人生最后一次。

两年前，张秋萍七岁的儿子小强查出重型再障。张秋萍问医生："是白血病吗，还有得救不？"张秋萍有过一个小他六岁的弟弟，十个月时查出白血病，住院一个多月后死了。村人说，这孩子是个"讴子"，长上白血病，不好保命。

医生瞅了张秋萍一眼，说："不是白血病，是重型再障，全称叫重型再生障碍性贫血，自身骨髓不能造血了。如果接受造血干细胞移植——俗称的骨髓移植，从别人血液里提取造血干细胞——就能根治。这么小的孩子，脐血移植也行。不过，想做移植手术，得先找到与孩子配型成功的造血干细胞或脐血。"

张秋萍伸出胳膊问："先抽我们两口子的血，给孩子配配型，中不？"

医生说："父母血液配型成功的几率极小，倒还不如用兄弟姐妹的血，你们还有孩子吗？"

张秋萍缩起身子摇摇头。

医生耐心解释："咱看看骨髓库或脐血库有没有配上型的血样，

如果没有，就得等着，等到新捐献志愿者的血样能配型成功。手术之前，孩子必须定期输血。不过，身体会有排异反应，输血次数越多，排异后果就越严重，身体会越来越差，甚至引起器官衰竭。所以，越早接受移植手术越好。”

医生还说，要注意，这病最怕感冒。

从医院回家，张秋萍找人帮忙，在北屋前像建大棚一样用塑料薄膜接建了三米宽的棚房，只要一出太阳，棚房里就暖暖和和。

小强很听话，动画片、故事书、太空泥、画笔，自己在屋里能玩儿上半天。张秋萍算半个劳力，妻子勉强也算半个劳力，合起来是一个劳力，家里种着一个二百米的大棚，黄瓜套种苦瓜。以前，沾花、盘头、落蔓、摘瓜等大棚里最忙时节，需要雇几个临时劳务工。现在，再忙再累也舍不得花钱雇人了，张秋萍和妻子天天像黄瓜和苦瓜一样长在大棚里。别人家大棚里结出的黄瓜、苦瓜都换成一张张粉红钞票，他家的却换回一袋袋鲜红血液，立即输到儿子身上，好在看得见儿子，这日子就有盼头。张秋萍满心盼着早日等到和儿子配型成功的血样。大棚里一有点空闲，他就到庄北头的木材市场做装卸工。一年三百六十五天，张秋萍巴不得能干出七八百天的活儿。

半月前，省城医院血液科打来电话，说找到一份完全配型成功的脐血。一半是喜，儿子确实急需移植手术——左眼视力已经接近为零，医生说，再不做移植，自身不能造血，这眼很快就会失明。另一半则是忧，做这个手术，医疗费最少三十万。近两年为给儿子治病和输血，这个庄户人家可谓倾其所有，今年春节，菜籽庄村委就视其为贫困户做了慰问。

张秋萍对妻子说：“咱们分头找钱吧。有老人帮衬着，你在家里种棚看孩子，我得去城里打工。”妻子不同意，张秋萍是木匠出身，可是，手艺放下多年，怕是早已生疏了，出去打工能做什么？张秋萍瞪了瞪只能看出两三米远的双眼，说："现在到了八仙过海各显神通的时候了，只靠着家里这点营生儿，啥时能挣出手术费？"

张秋萍提着编织袋走出县城汽车站，不时有出租车或私家车从他身边开过，司机从驾驶室探出头问："坐车吗？上哪儿？"张秋萍不作答。司机们也知道这是有枣没枣打三竿。这穿着，这行头，估计宁肯提着勒手的包裹走上三五里路，也舍不得花几块钱打出租车。

张秋萍要去南三里庄。村名的由来，就是因为离城近，在城南三里之地。张秋萍记得，以前从老汽车站出来，走不了多远就是南三里，很好找。现在的汽车站是近年新建的，大得像宫殿，估计离着南三里很远了。张秋萍的左腿比右腿短两三公分，一挪步左摇右晃，边走边打听，找到如今人们称之为三里社区的地方时，快晌天了。三里社区南邻是农贸市场，正是城里人下班时间，人们忙着买菜、买饭，各种吆喝声、还价声、招呼声，老远听来就像马蜂窝周围的群蜂乱舞。张秋萍也饿了，打听着找到卖馒头摊。馒头一元两个，可以买两个，中午吃一个，留一个到晚上，今天不干重活儿，欠一口没事儿。自己带着咸菜疙瘩，也捎着天天在大棚里用的太空杯，可以多喝些水。张秋萍从里层上衣口袋里掏出纸币卷展开，仔细从最内层抽出一元钱，瞅着馒头摊前不那么忙了，凑上去买馒头。边递钱边问："大兄弟，咱三里的铁木厂，现在搬到哪里了？"卖馒头的男子四五十岁，说："多亏是问我，别人还真说不上——早没什么铁木厂了，现在是梨花家具公司。"张秋萍见对方说得和气，又接着问："那你知道不，原来那个副厂长，叫田世槐的，还在上班不？"中年人说："这个我说不上来，估计那什么副厂长就是南三里的人，你往东走，去三里小区，找那里看大门的打听打听。"

张秋萍接过馒头道了谢，提着编织袋走几步，找块公路牙子坐下。人是铁饭是钢，一顿不吃饿得慌。当年要不是为了挣口饭吃，也不会背着斧子、锤子、锛子、刨子、锯子、凿子、拐尺、墨斗丁零当啷进城打工。

张秋萍不止一次假设过，如果当年他没有进城打工，可能就不会有那十二年半的牢狱之灾。那么他的人生，就不会是如今的陈年蛛网般破败。但人生不是讲故事，不能用假设修改。张秋萍平生第二次进城，就是想找到某个人为这一切负责。

2

上面是我写下的一篇小说开头，题目暂定《张秋萍的冬天》。如果按一个短篇小说八千字计，已写了约四分之一。可是，接下来主人公张秋萍该怎么做，结尾怎么结，我都没有头绪。

写了八九年小说后，越来越发现，虚构小说情节时，你得尽量让一切内容符合现实逻辑——显然，现实生活中的一些事实，竟然比虚构更精彩更符合逻辑。有时，我就偷懒，把现实添油加醋地照搬进小说。这个小说也是，现实中确有张秋萍其人。

十五年前（那时我还在《弥县日报》做记者），浑身散发着泔水馊味的张秋萍找到我，说自己很冤枉，想让记者同志给写个报道。他详细诉说了一番自己的遭遇，但那些内容实在没法见报。我看他可怜，就帮他把申诉材料输入电脑，发布到自己的新浪博客。那时博客正火，还没轮到QQ空间、微博、微信朋友圈、抖音什么的一领风骚，只有新浪、搜狐、网易等各大网站之下的各色博客。当然，我的博客不是热门，张秋萍的这份申诉材料，仿佛一页泛黄的报纸飘落滔滔博客之河，没能激起哪怕是微小如豆的一朵浪花。

事情过去这么多年了，我还会偶尔想起那个眯着半盲眼、说话哆嗦头、身材佝偻的小个子男人。

张秋萍十九岁那年去东北一家木材厂打工。一天傍晚，他看到一个人影鬼鬼祟祟，怀疑是小偷，顺手抄起一根棍子跟出来，不料却看到副厂长和一村妇苟和。然后，村妇告他强奸幼女，副厂长把他扭送到派出所。再后来，张秋萍被判强奸罪，有期徒刑十年。张秋萍不服判，一进监狱就开始喊冤申诉，还曾经为到北京申诉而试图越狱，又获加刑两年六个月。

出狱那年三十二岁。十年后张秋萍站在我面前时，头发早已花白，一张瘦脸宛如干裂的牛粪。由于腰椎受过伤，左腿短右腿长，身子蜷缩着朝左侧倾斜，走起路来像风浪上颠簸的小船，仿佛随时都有倾覆的可能。张秋萍说过一句话——我这日子简直猪狗不如。他右手依次握着左手手指掰了一遍，又换左手依次握着右手手指掰了一遍，低着头看了半天碾压地面的脚尖，终究没有解释如何叫“猪狗不如”。

3

在我的小说里，张秋萍的人生也即将进入冬天。儿子患病两年来的心力交瘁，早已导致他身体严重透支，即便外出打工，也无法再干什么值钱的活儿。进城打工只是幌子，他的目标是进城找到当年陷害他的铁木厂副厂长，然后撞死在其车轮下，用自己那已经没有多少存在价值的身躯，一次性为儿子换取一笔救命钱。

但是，我又发现张秋萍这一目标不一定能实现。从他被抓那时起，在监狱里服刑十二年半，出狱后过了好几年才结婚，如今儿子九岁，这么算来，二十多年过去了。那时的副厂长一般都是中老年人，那么，现在他的年纪会不会很大了？很大年纪的人，会不会开车？甚至，二十多年过去了，他是否还活着？

这个问题似乎也能解决。不管副厂长是不是还活着，也不管他是不是太老了，他可以有儿子，儿子正当壮年，可以开车，而且可以开一辆豪车。那么，张秋萍做副厂长儿子的轮下鬼，应该也可以拿到赔偿金。是啊，副厂长的儿子正风光无限滋润舒坦地活着，而曾受其诬告的张秋萍的儿子，却因病因贫挣扎在死亡线上。老子债，儿子还，似乎也并无不妥。

不过，这样推下去，仿佛漏掉了什么。张秋萍进城拼上性命给儿子换救命钱，显然还带有复仇的性质。可是，站在张秋萍的角度看，他当年的遭际，副厂长并非唯一的推手。于是，张秋萍第二次进城遇到了第一个岔路口：他到底该去找谁呢？

这个小说放了很长一段时间，确切说是从春天到夏天到秋天，我一直理不清思路。它像一把钝锯子悬在我的脑仁里，时不时跳出来拉锯几下。写不出这个，又不舍得扔，新小说也开不了头。估计很多写小说的人都曾遇到过这个问题。我一度怀疑，自己是不是特别笨特别没有写小说的天分。

国庆长假伊始，我们弥河县作协组织会员去巨淀湖畔采风，我开车捎着几个文友。都是写短篇小说的，一见面，彼此问起最近手头写着什么。我说了我的《张秋萍的冬天》和遇到的难题，让他们帮我分析一下——张秋萍第二次进城，到底应该去找谁？

孙鹏飞说，程姐你搞错了，张秋萍进城，既不能去找副厂长，也不能去找受害者父母，更不能去找当年办理此案的经手人员。

我觉得车里有点热，拧开了天窗。其他文友也都在静静等着孙鹏飞做出分析。他说："作为小说，如果人物A伤害了人物B，那么，B不能去找A报仇，B可以把复仇的情绪和动作，施加到与其毫不相关的第三人C身上。如果B去找A报仇，这充其量算个新闻事件，算不得小说。"

孙鹏飞是九零后，最近几年专写中短篇小说，一年在全国大小文学期刊发表十几篇作品，可谓遍地开花。所以，他的话对我们这些身在小县城的小说作者来说，还是很有分量的。这种说法，我还真是第一次听说。那么，张秋萍进城不去找那几个人，他应该去找谁呢？孙鹏飞说："你的素材，《肖申克的救赎》用过，斯蒂芬·金没写安迪如何报复最初让他含冤入狱的人吧？人得朝前看，一路追逐光明而去，从而救赎自己甚至家人和朋友。同理，张秋萍进城，可以做点别的啊。"

至此，我小说里本已混沌的思路，直接给斩断了。张秋萍进城，到底应该去干啥，我期待孙鹏飞再给点具体的建议。

这时，既写中短篇小说又写评论、最擅长一针见血的李升连说道："这里面有一个立场的问题。张秋萍撞破了不该见的秘密，接下来的全是连锁反应。副厂长为了保全名声，选择把张秋萍'弄进去'。张秋萍说他冤枉，可是，相关证据都指向他的犯罪，执法人员的第一立场，肯定是站在维护法律和正义上，张秋萍就是一个不认罪、不服判又试图越狱的人物，应该依法办理、严加看管。理智分析一下，张秋萍获刑，只是每个人站在自己的立场上，去维护自己的利益或者认真完成自己肩负的任务。"

各人站各人的立场，细思极恐。某人去做对自己有利的事或者说趋利避害，可能顺便就严重伤害了他人。

那么，站在张秋萍的立场上，到了冬天他该去做什么呢？

4

《张秋萍的冬天》开了头后，从春天到夏天到秋天，现在又到了冬天，我还是一直没有写完。写不出这个，又不舍得扔，新的小说也开不了头。我极度怀疑，自己是不是特别笨，特别没有写小说的天分。

真的，我们虚构小说情节，终究要努力让一切内容符合现实逻辑。我们也不难发现，现实生活中的一些事实，竟然比虚构更精彩更符合逻辑。

供暖有一段日子了，从现实时间上，确实是冬天了。那么，同在冬天的张秋萍到底在做什么？我决定去他村里看看，找他聊聊天，或许，我的小说会有新思路继续下去。

连着两天雾霾，终于等到一个阳光不错的日子，我驱车前往菜籽庄。出了县城，公路仍很宽阔，两侧全是白光闪闪的蔬菜大棚。弥县号称蔬菜之乡，很多村里，排门挨户种大棚，两百米的大棚，一户两个、三个都不足为奇。据说，一个棚户，一年能有二三十万的收益。有一些年纪六旬以上的老年人，早已哄大了孙辈，遇到大棚里点花下果的旺季，就到棚里干劳务工，一天七八个小时，也有百元左右的收入。是故，如今的弥县农民，外出打工的极少，冬季闲逛的更少，都陪着蔬菜棵子长在棚里呢。县里对大棚区统一规划，棚边的小屋，都是黄墙红瓦的标准房，颇有种统一的美感。小屋边，停着各式车辆，有三轮摩托车、电瓶车，更多的是面包车、小卡车、小轿车——这也是菜农腰包鼓起来的佐证，据说每到年底，菜农挤进县城各大商场，消费能力比县城居民更旺盛。

进了菜籽庄，想找人打听张秋萍，却迟迟没有看见走路或晒太阳的村民。转到村中南北大道上，从山墙门走进路东一家超市打听，老板笑起来，一指南门口说："那位不是？天天来这里，比人家种棚和上班的还准时！"

超市前脸包了"品"字形铝合金门窗，"品"字最前端的小厦房是南门，四个老头坐在里面，两个正在下象棋，一个抱着五六个月的娃娃，墙边穿件土黄色棉服、半眯着双眼傻乐的就是张秋萍。

张秋萍戴一顶紫灰色晴纶帽，帽檐底下露出雪花似的白发。我过去招呼，他站起来，脸朝前探，上上下下打量了好一阵子，牙疼似的咂声牙花，裂开只有五六颗黄牙的嘴巴笑了，说："程记者？想起来了，你还请我吃过饭呢！走，今天去我家吃饭，我请客！"另三个老人和超市老板都嘿嘿哈哈乱笑，我脸皮有点发涨——当年我不过是往博客上挂过他的申诉书而已，未曾为他花过一分钱。

张秋萍从超市赊了一捆火腿肠、一袋咸鱼和一包花生米。我说，就是和你聊一聊，随后就回，不用你请客。老板说，就去他家吧，让他也改善改善。张秋萍扭过头来说："我可没缺着，俺儿给买的好东西还没吃完呢！"老板打着哈哈应承，就是就是。走出南门口时，一个下棋老人抬了抬头说，他现在心宽了，赛神仙呢！

张秋萍的身子伺偻得比十五年前更厉害了，土黄色棉服后面勉强盖过屁股，前襟却耷拉到膝盖上，随着一颠一簸朝前走，发出沉闷的扑哒声。他家在村子北边，我说开车拉着他，他连连摆手说不用，让我顺着大道开到最北头等他就行。我只好自己上了车。后视镜里，张秋萍状如驮壳爬行的蜗牛，令人担心他走这么一趟，天气就会变个季节。

簇新的红砖墙连着简单的水泥门垛，打开簇新的豆绿色铁门，眼前是同样簇新的三间红瓦房，前脸水泥出光，铝合金门窗映着太阳闪亮耀眼。一条荷兰砖铺设的小路从大门通到屋门，两旁是萝卜白菜拔了园的菜地，半垄大葱还留在东墙边。张秋萍比画着告诉我，儿子上班赚了钱，两年前给盖了新房。进了屋，褐色瓷砖铺就的地面，堂屋里一大二小三张深黄色连椅，米色瓷砖的灶台上摆着电炒锅、液化气灶头等吃饭家什。早上剩下的杏黄色玉米汤还留在锅底，笼扇放在台面上，里面盛着一个整馒头和小半块馒头。半米见方的不锈钢方桌上，摆着一个空汤碗和一众咸菜条碗、咸鱼碗、咸小蟹碗、咸辣椒碗，或者边上干渍斑斑，或者冒着白色盐醭。东屋是卧室，北边摆着一张颇新的松木双人床，上面是略显脏乱差的单人铺盖；南边靠墙三件一组的棕色电视柜，放一台二十五英寸液晶电视。西间像储物间，胡乱堆着些黑乎乎的旧床、旧桌、旧椅，地上挨挨挤挤塞着纸箱、袋子、盆子、铁锨、鞋子、油、米、面、豆奶粉、土豆、地瓜、番瓜、白菜、粉条等各色物什。

虽说满腹疑惑，但我知道夸奖别人的孩子肯定不会错，就说:“你儿孝顺啊，给你置办得挺全！”

张秋萍摘下帽子，从门后拖出一只小太阳电热器插上，拿来两把马扎，我们坐在门口太阳光里。他目光放远，仿佛遥望着在外上班的儿子，说：“在天津，离得远呢，也就是多少给置办点家当！”

张秋萍绽开满脸渔网似的皱纹，扬着下巴边说边嘿嘿哈哈笑着，仿佛他儿子是全村最值得夸赞的年轻人。儿子从小就是尖子生，享受着学校里的各类奖学金、助学金，高考上了清华大学，学的法律，在天津的法院刑庭上班。“他说了，一定要当个好法官，绝不会冤枉一个好人，也不会让一个坏人漏网！”

我问他儿子多长时间回来一趟，张秋萍表示，儿子忙，不好说，不过，经常有儿子的同学过来。他伸手指了指西屋，说：“看看，他们给拿来奶、油、米、蛋什么的，我都吃不完！还来帮我拾掇屋子、打扫卫生呢！”

张秋萍说话时，人称代词总是用“我”。我透过开着的内门又看了一眼东间的床铺，忍不住说：“你老伴她……”张秋萍挠了挠头说：“她呀，走娘家去了！侄子结婚呢，都去两天了，估计明天就回！”

张秋萍说话虽然有点颠三倒四，但还算健谈，关于儿子，关于老婆，关于村邻，他都絮絮叨叨说了不少。我也知道不该揭人伤疤，但好奇心实在藏不住，最终还是问出：“这几年，你在东北那事儿，又出去跑着找了吗？”

他摆了摆手，说：“唉，不提了，这事儿权当我没去找过你，那些材料我都烧了！”

张秋萍咳嗽一声，朝地上吐口浓痰，用右脚蹉一下，再蹉一下。两眼监工似的盯着右脚好一会儿，才抬起头又目光深远地望着门外，缓缓说道：“知道你记挂我，是热心人。我呢，眼看孩子到了成亲年纪，就不到处乱窜了，省得给孩子脸上抹黑！反正邻舍百家都知道咱是什么人，摊到身上的事儿也揭不下来了，还找个啥劲？”

阳光透过宽大的铝合金门口，打在张秋萍那蔫土豆般的黄褐色脸上，整个人就像庙宇里的一尊泥塑雕像，屋里也如庙宇大殿般空旷而寂静。张秋萍半秃的头上发白如雪，无数尘粒迎着明亮的光线在他头顶上飘来飘去。

张秋萍又要留我吃中饭，我看看时间还早，便推说回家有事，站起来朝外走。按了按口袋里准备好的两张百元钞票，终究没有掏出来。

我开车上了主道，拐弯时，后视镜里的张秋萍正状如驮壳蜗牛般往家蠕动，令人担心他走这么一趟，天气就会变个季节。还未到中午，他会不会提前准备午饭？

5

多年记者生涯养成了谨慎求证的习惯，我又开车来到那家超市，想打听村委的位置。一进门，三个老人就都哈哈地笑起来，老板说："张秋萍又和你说他儿子在天津上班了吧？"

抱孩子的老人说："他哪还有什么儿子？从号子里出来，他哥好不容易才给找了个潮巴媳妇。他在里面受过伤，没有生育能力，借种才生了个男孩。不过，要是长到现在，也能替他撑起门户了，可那孩子偏偏又得了要命的病，就活到十来岁。"

下棋老人也住了手，一个说："他那老婆也是个短命的。前年冬里，张秋萍说是出去干木工活儿——就他那样儿，还能干啥？才出去两天，他老婆就在家里中了煤毒。"

另一个下棋老人说："人要不顺，喝凉水都塞牙缝。上年春里，他又出去，说是去当建筑小工，好像从四楼脚手架上一头栽下来了，在医院里住了大半个月，一辆面包车送回来的。以后，说话就这么玄玄乎乎没法听了。"

我听得云里雾里。"那么，他家的新房子，是谁给盖的？"几个人又爆发出一阵哈哈笑声。老板说："他老婆中煤毒没了，他就不再生炉子，冬里白天黑夜地插着电热毯，结果失了火，差不多烧个一干二净。全村给他捐款，报社、电视台组织社会捐款，民政局也拨了款，给他盖的一水新屋。"

抱孩子的老人又说："他也算因祸得福，靠他自己，这辈子都盖不上这么好的屋。还有那些穿红马甲的，隔上一两个月就来他家一趟，送东西，拾掇卫生，比我们各家的亲儿亲女还勤快。"

下棋老人手里又摆上了棋子，一个说："他现在的日子，还真是过得不孬。"另一个附和着说，"不孬不孬，咱再来一局。"

见他们说得差不多了，我又打听去村委会的路。老板说："村干部们还不孬，失火后给他申请了低保，不用干活儿也能按月领钱，饿不着。不过，张秋萍那些事儿，村干部也不比我们知道的多。"

走出超市，我打了个寒战。太阳惨惨淡淡挂在半天里，仿佛病了般有气无力，时近中午，却比半上午时更冷一些。雾又起来了，道路尽头张秋萍的三间红瓦新宅变得影影绰绰，和道路两侧村民们自建的二层或三层小楼混在一起，颇有浑然天成难分你我的感觉。

我发动起车，趁着还没到下班时间，朝村委会驶去。

红莲印章

那个瘦得像木棍的李医生建议比他干瘦几倍的我父亲出院，他说：“别在这里耗了，回吧，趁着明白，想见的人再都见见，想吃的东西也都尝尝。”我知道，所谓的尝尝，只是放到嘴里嚼嚼，父亲早已经咽不下任何东西了。

医院里，白蜡叶子已经黄如烧纸，却仍顽强地挂在树上，一阵风吹来，吝啬地抖落几片。县城里太暖和，人们几乎忽视了季节的变换。回到菜籽庄头，一面青黄一面泛白的杨树叶像车轮子遍地翻滚，哗哗有声，真正的初冬景象。想到父亲也走进了生命的冬天，只能依靠药品和营养液续一段不会太长的命，我的脊背上仿佛蹿进一阵寒风，连打了三个冷战。

亲戚六邻都来探望，他们手里拿着鸡蛋、牛奶等各式礼品，虽然父亲已经吃不进任何食物了，但他们的心意，必须如此方能表达。他们争先恐后地涌进我家，担心如果不尽快来看一趟，也许过几日就再也看不上了。父亲话很少，任由来看望的亲朋唏嘘。他们有理由唏嘘——原本身形健硕的父亲，在医院里住了近两个月后，以前挺阔合身的衣服套在身上左右晃荡，脸风干一样泛着蜡黄，又黑又浓的头发不见了踪影，一顶藏蓝色八角呢帽戴出斗笠的感觉，让人想起秋后田野里仍迎风守望的稻草人。亲戚们大都情绪激动，不少人离开时，眼圈红红的。但是，父亲从没红过眼圈，也从不配合探望者做出激动的样子。

父亲出院的第三天晚上，母亲说，益县邵村有一个气功大师，手段了得。邻村王家庄范某某，和父亲得了一样的病，也是被医院撵回来的，在那里理疗半月后，能吃下饭了，这都一年多了，那人还活着呢，吃得也不少。母亲建议父亲去试试，“我打听好了，沿二号路向西北走，出了弥县进益县，到一个有大加油站的大路口拐向正西，再走到一个有小加油站的小路口向南拐，路西第一个村就是邵庄。到那里一说气功大师，谁都知道。家里常年住着十个八个治病的，外市外省的都有呢！”

我以为，父亲会一如既往地反对母亲。可是这次，父亲却低头想了想，抬起头，脸上罕见地有些许笑意，说：“中，反正是死马当活马医吧。”

我倒不是希望父亲放弃任何可能生存的机会，只是母亲的话可疑——我怀疑其真实性；父亲的话也可疑——父亲的态度完全不像往日的他。

平时，母亲说起父亲，就是“叫他向东他往西，叫他打狗他撵鸡”。父亲几乎从不附和母亲说一个是，只会和母亲唱反调。母亲后来琢磨着学会了正话反说，倒常常歪打正着得到她想要的肯定效果。

在我的记忆中，父亲总是和母亲犯别扭——要知道，一切并不是母亲的错。

我记得年轻时的母亲，既白净又美丽。当然也记得父亲粗眉大眼高鼻梁，很像当时正播放的《血疑》里的大岛茂，初中时曾有几个女同学，到我家玩时若遇到我父亲，会马上脸红。父亲的两条黑浓眉几近相交，显得特别严肃。母亲说，眉心窄的人，容易心窄——

母亲的眉毛有点像八字，但眉心有两指宽，靠近左眉头，还有一粒朱砂痣，好像针尖刺破皮肤刚刚渗出一滴鲜血。父母的亲事是姥爷和爷爷订下的，这对亲家的相交缘于一场大雨。

姥爷家在李家庄，和我们菜籽庄隔着宽大的弥河，一东一西。那年六月里，爷爷到比李家庄更靠东的侯镇赶集卖菜，下午回来，刚刚走进李家庄，雨点就像白亮坚硬的雹子一样砸下来。爷爷的手推车轱辘上沾满了黄泥巴，他竖起车子，想抠下那层沉重的泥巴。正在道门口看雨的姥爷喊爷爷进来避雨，还给爷爷拿来毛巾。等了半下午，大雨没有停下的意思。姥爷建议爷爷晚上住下，明天再走。爷爷说，不回家，怕家里老婆孩子担心。姥爷找来一块塑料纸，说，想走就趁天还没黑快走吧，车子先放这里，明儿天好了，再来推，保证一根草渣也少不了。

那时的路还都是土路，雨后泥泞不堪。一直隔了三天，爷爷才去姥爷家推车子，去时从家里捕了一只下蛋的黄花大母鸡。姥爷盛情挽留爷爷吃中饭，老哥俩还滋溜了大半斤景芝老白干。从那时起，俩人就成了“老伙计”，弥县话里，这是好朋友的意思。后来，姥爷提出，咱们要好上加好地好下去，俺家的大闺女，和你家大儿子年龄相当，将来做个儿女亲家吧。爷爷满心欢喜地应允了。这事儿过了不久，爷爷就因风寒感染肺炎去世了。

父亲联中毕业后，正好盐场建筑队招工，他成了工人。一个冬天，奶奶注意到，父亲脖子上围着一条蓝白相间的毛线巾。奶奶问起来，父亲低声说：“一个工友给织的。”没多久，父亲回家时，身上穿着一件宝蓝色手织毛衣。奶奶再问起来，父亲还是低声说，工友给织的。奶奶问：“和织围巾的是一个人？”父亲的脸红了红，两眼瞅着地面，说：“是啊，过一阵子，我想叫她来咱家玩玩呢。”

奶奶啥都明白了，但她不接父亲的话茬。她说："你年纪也不小了，你爷从李家庄订下的那门亲事，也该正式订婚了！"

父亲吃了一惊："那是随口说说吧，能作数？"

奶奶哈哈着干笑几声，说："看你这孩子说的，说过的话能不作数吗？人家老李，对咱家可是有恩呢！"

"他家那闺女，大字都不识一个！"

"女子无才便是德，不识字的媳妇，我好支使！"

"我给你领回个媳妇来还不行？"

"你在外面当工人，再说个媳妇也在外面，你这儿子，我不是白养了？"

奶奶在家里，一直是说一不二的，爷爷去世后，家里的大事小节，什么都是奶奶做主。而父亲，一直也是孝顺的。他的亲事，最终听从奶奶的安排，娶回了大字不识一个的我母亲。

与父亲的抗拒不同，母亲早早就做好了嫁给父亲的准备。小青年要模样有模样，要个头有个头，最难得的是，父亲腰杆直得像擀面杖，头发抿得一丝不乱，确实不同于村里下庄户地的年轻人。而且，还会干建筑，将来除了自己家垒屋盖墙方便，就是给娘家兄弟们帮个忙，也方便出力啊。

母亲怀着满心欣喜与期待嫁于父亲。婚后的日子一开始，她才明白，自己是剃头挑子一头热。父亲好看的一张脸总板得青石一样坚硬，对她爱答不理，母亲说做什么事，父亲极少表示赞同。

这么多年过来了，父亲的做派还是老样子，几乎从不附和母亲说一个是，只会和母亲唱反调。母亲后来琢磨着学会了正话反说，才能歪打正着得到她想要的肯定效果。

这次母亲提出去做气功理疗，父亲竟然一口答应，脸上还浮现出罕见的笑影。

接送父亲做气功理疗便成为我的任务——妹妹的小孩子还在吃奶，弟弟正在省城上大学，而我刚刚从单位离职。

第一天去时，我起个大早，七点到了父母家。父母早已什么都拾掇好了，父亲说："你们这些年轻的……就是懒，出门也要等到太阳老高！"母亲撇了撇嘴说："你爷跟接新媳妇似的，早等不及了，问了三四遍了！这还早着呢，路上别心急，安全第一！"

我们先顺着羊临路朝西南方面走。公路路基据说是当年日本人侵略时修建的，颇有些历史，多年使用下来已经成了一件反复穿着的旧衣裳，每年都要打上一两茬补丁。在我记忆中，这条路面从来就没有一平如水过。我担心父亲的身体，小心避开路上每一块突起或者坑洼。父亲说："人家的破面包车都开得比你快！你也开快点，去晚了，排的号太靠后！"公路两旁的杨树像列队守护的士兵，顺次向后退去，不时有几只花翅喜鹊，在树梢上跳跃、飞起。父亲忽然说："今日喜鹊喳喳叫，就有好事来传报！"我听了哭笑不得。平时，母亲喜欢讨个彩头，有喜鹊飞到院里那棵比屋顶还高的老柿子树上时，母亲总会说这句话。如果父亲恰巧听见，必定会鼻子里冷嗯一声，迷信。没想到长久的潜移默化，父亲竟然也学会了讨彩头。

我怕父亲累着，让他闭眼休息一会儿。父亲说："不累，你开车才累，我唱段京剧给你解乏！"父亲开腔唱了句，"穿林海，跨雪原，气冲霄汉……"就吭哧吭哧地咳嗽起来。我抽了两张纸巾递给父亲，说："还是歇歇吧，我也不大懂得京剧！"车里安静了三五分钟，父亲又哼了一句："手提红灯四下看……"腔调哆哆嗦嗦，尾音还没拖出来，咳嗽又如突来的狂风一样停不下来。我靠边停下车，打开车门，扶起父亲拍打着。狂风终于过去了，父亲摇摇头说："不中用了！"

我不知该说什么安慰父亲。以前，我只听外人说过，父亲年轻时是文艺活跃分子，会唱不少京剧选段，只是从来没听他在家里唱过。刚才那两口破碎的京腔，足以让我相信，父亲确实有一副好嗓子。

终于到了邵庄，打听着找到气功大师的家。我打开车门，想扶父亲下车。父亲坐在车里，先抿了抿前额，又正了正衣领，拍了拍胳膊上看不见的灰尘。下了车，父亲不用我扶，倒背着手慢悠悠踱进了院子，两条颤巍巍的腿走出了方步的样子。快进屋门时，父亲的两手又放在前襟下交握着，头低了低，原来端平的肩也塌了塌。父亲像没见过世面的小孩子一样，坐在客厅沙发上，垂着眼皮，任由我去和主人打招呼。

气功大师面红皮白，四五十岁的样子，说起话来有点结巴，但语速快，嗓门很大。他问了我几句，得知父亲是胃癌，让我扶父亲躺到一张铺着天蓝色无纺布隔离垫的小床上。他从父亲胸口开始，顺着往下按压，一边按一边问疼不疼。检查完了，大师说："别听医院瞎、瞎叨叨，放心吧，在这里专心治、治上个把月，你还能活上好几、几年！"他示意我把父亲扶进一间治疗室，要发功治疗一个小时，让我先在客厅里等着。

大师上午给上门求诊者治疗，下午和晚上，给家里住着的外地病号治疗。大师家的正房是五间包厦大北屋，东屋、南屋、西屋盖了一圈，偏房都摆设成客房，外地来治病的直接吃住在这里。有两个病号在院里倒着走路，边走边甩胳膊。有两个病号在客厅里看电视。

我也坐在客厅里看电视。一个老太太斜着身子从外面走进来，手里提着红蓝白各色方便袋盛的各样蔬菜，盯了我一眼，穿过客厅，去了厨房。我想，也许是大师的母亲吧。身边一个病号悄悄告诉我："这是大师的老婆，脾气不大好，对我们这些男病号，尤其不好——

大师看她看得紧，见不得她和别的男人说笑！”

父亲完成理疗出来时，我正边看电视边和大师老婆择菜。父亲站在治疗室门口，重重咳嗽了一声，我急忙站起来，跑过去一手扶着父亲一手给他捶背。但父亲只咳了一声，并没再刮狂风般接着咳上一通。大师老婆抬起头看了一眼，也站起来，跟到父亲面前。她紧扯着我的外套下摆，脸先朝着父亲，又转过来朝着我，问:“你……你们，来治什么毛病？”我张了张嘴，父亲的话抢在了前面：“食道的毛病，不大好了！”我看见老太太锁了锁眉头，眼眶里有星星点点的亮光闪烁。我以为老太太要说什么，但老太太瞟了一眼父亲身后的气功大师，点了点头，又摇了摇头，转身回到沙发上，低下头择了几根菜，就端起菜盆去了厨房。水龙头哗哗啦啦，不锈钢盆碰在陶瓷水池沿上，发出叮叮当当的声音。

回来的路上，我问父亲，治疗感觉如何。他说：“大师发功时，整个肚子里都热乎乎的，应该有用！”顿了一顿，父亲说，“你专心开车，先别和我说话，我闭眼眯一会儿！”

刚到胡同口，母亲已经从门里迎出来，拉开车门扶出父亲。母亲看了看父亲，扭头看看我，又扭回头看着父亲，嘴角朝上拉了拉，问：“治的咋样，管用不？”父亲点了点头，说：“难为你了，能打听到这个高人！”母亲的头哆嗦了两下，额前的花白刘海也跟着左右摇晃。哆嗦完了，母亲说:“人家王家庄姓范的，和你一样的毛病，在那里治了十来天，见好哩！”父亲说：“管不管用，先治几天看看吧！”

老二天一早，我又拉着父亲到了气功大师家。停车的动静惊动了大师家的一只黑白花狗，吠叫并摇着尾巴跑出来，大师老婆迎了出来。我下车和她打招呼，拉开车门扶父亲，父亲却说：“不用，我自己就行！”大师老婆伸了伸手，胳膊又夸张地朝上一弯，在头发上挠了挠，再把额前的刘海朝耳后抿了一把，呵呵笑了两声，对父亲说：“又来了？今天好点没？”父亲从车里出来，没有抬头，嘴里却答着：“见好，见好，这不又来了！”父亲慢悠悠地迈步朝里走，大师老婆跟在身后，问：“这是你闺女？这么大了，真孝顺！”父亲对我说：“妮儿，喊婶子好！”

父亲进了治疗室，我仍然坐在客厅里，随着外地病号看电视。大师老婆在治疗室门口站了一会儿，掩上门扇，走到客厅里，挨着我坐在沙发上。我朝一边靠了靠，问她：“婶子，今天还择菜不？拿出来，我帮帮手！”她答应一声，去厨房里提出三四个装菜的方便袋，放在茶几上，又挨着我坐下。我问她：“拿个盆子装菜吧？”她又答应一声，站起来去厨房里拿来两个不锈钢菜盆。

我拿起芸豆择菜，她也拿了一把芸豆。我已经择了好几把了，她的那一把还在手里慢慢地择。我抬头看了看她，她正盯着我看，见我抬头，她赶忙也低下头择菜。她手里的一把菜择完了，没有再拿，朝我靠了靠。一种压迫感让我浑身不自在，我手里继续择菜，眼睛假装正被电视吸引。忽然，她朝我头上伸过手来，我本能地朝后撤了撤身子，她的胳膊夸张地朝上一弯，在头发上挠了挠，再把额前的刘海朝耳后抿了一把，呵呵笑了两声，说：“你的头发真浓，也是纯黑色的吧？”

我一愣，摸了摸头发。上月我焗油染了红棕色，这还不足一个月呢，我问她：“是不是我的黑头发根全露出来了？”

“黑头发好看，好看！”

“婶子，现在都流行给头发上亮色，黑的看着闷得慌！”

“我就喜欢……一头黑发！”她叉开右手捋了捋头发，稀薄的黑色表面下，露出一层毫无杂色的雪白，叹了口气，“唉，年轻时我就没长出好头发，上了年纪，早早地全白了！”

我心里很想知道她的年纪，还没好意思问出口，她就说：“我今年也是五十五，早就像个老太婆了吧？”

我吃了一惊，原来她才和我父母一样大。我父母同岁，都是五十五岁。在我眼里，母亲算是装年纪的，相较父亲，母亲看起来老着十岁，而相较我母亲，眼前的老妇看起来又老着十来岁。我知道，母亲大半辈子受了太多的辛苦和委屈，很难想象，她过得比母亲的日子更沉重。

父母结婚时，父亲只请了三天婚假，婚前一天，结婚一天，婚后一天，然后就骑着那辆虽旧却擦得一尘不染的大金鹿上班了。结婚前，母亲自觉不自觉地忽略了一个事实，父亲在盐场建筑队上班，她在家务农，将来的日子，势必会有无数个夜晚独守孤枕，至于拉扯孩子、上坡干活儿，许许多多的辛苦操劳，她必须既当女人又当男人。

盐场离家五六十里，盐场工人一月休班两天。同庄也有在那里上班的，一般把休班分成两次，半月回家一趟。可是，父亲都是一月一次，第一天上午先在宿舍里洗完自己的衣服，也许还会看点书，吃完午饭再回家，天热的时候还睡一阵午觉，到家时，就差不多傍晚了。回来后，父亲先去奶奶屋里坐一阵子，然后才回小家。母亲问：“回来了？”父亲答一声：“嗯。”把工资掏出来交给母亲，然后就去庄里转悠，到了饭点才回来。母亲说：“洗洗手吃饭吧。”父亲答应一声：“不急。”

我和弟弟妹妹相继出生，母亲把满腔的爱都倾洒在我们这些孩子身上。任谁一到五六岁，母亲就送进学校。母亲常常说：“我这一辈子不识字，闷得慌啊，想上哪儿也去不了，想做啥也让不认字给难住，所以，你们都要好好上学，上高中，考大学，就是留洋，借钱我也会供给。”母亲没上过一天学。当年姥姥重男轻女，舅舅们都上过学，三舅和四舅还都是高中毕业，但母亲和大姨二姨，却连校门都没进过。那话，母亲说了有几百次吧——“你们都要好好上学，上高中，考大学，就是留洋，借钱我也会供给。”父亲说：“哼，要是供起三个大学生，我的腰也得累弯了。”我记不清父亲是何时说的这句话，好像他只说过一次，但这话钻进了我的脑子，就像一粒气枪子弹打进了树干里。

我说过，父亲是联中毕业的。在他们那个年龄，算我们菜籽庄的文化人。但是，只有在春节前后，我才能为父亲的有文化而自豪几天。父亲能写飘逸的行书春联，还能写清秀的蝇头小楷。大红的春联都贴在了门窗框上，小楷则写在白色宣纸上，贴在我们的小书房里。在我记忆中，这是春节前父亲郑重其事必做的两件大事。来求父亲写春联的乡邻很多，求父亲写小楷的也不少。父亲的小楷最常写北宋周敦颐的《爱莲说》，写完了，父亲还会摇头晃脑地再读上两三遍，有时读到最后，竟然激动得眼泛泪光。父亲会治印，有一枚半圆形莲花章，每次写完，一定会在首句“水陆草木之花”右侧钤上一朵红莲。父亲的红莲不是常见的竖茎莲花，而是侧头朝左，面对《爱莲说》全文含苞待放。父亲说，这叫引首章。数不清父亲替别人家写了多少副春联，也数不清父亲写了多少张小楷送了人。有时来人讨要小楷，而恰逢父亲不在家，大方的母亲就会从书房墙上揭下张贴好的小楷。父亲回家后，瞅见书房墙上空出的位置，脸色就像冷透了的地瓜干窝头。父亲一句话也不说，坐在书房前重新备好纸墨，另写一副小楷《爱莲说》，盖上红莲引首章，等不及墨迹干透，就把新写的小楷补到墙上。也许，过不了多久，这张补上的小楷也会被人讨要去。

我父亲还会拉二胡、会下象棋，会用毛笔画墨竹。凭着这些“才艺”，父亲结交了不少朋友，外面的人都夸他是个人才。父亲的影集里，他与同学或工友一起时，笑得那么开心，清亮的阳光和飞扬的微风从每张照片里渗透出来。可是，他在家里的时候，却如一根水泥电线杆，高高的，硬硬的，冷冷的，很少主动说一句五个字以上的话。我回忆不起什么时候见父亲开心地笑过，仿佛父亲在家的日子总逢阴云压满天空，院子里又凉又安静。栏里的花猪和墙根下的白羊都忽然变得听话了，谁也不敢胡乱嚷出一声，拦在篱笆网里的几只黑母鸡，也没有争先恐后地偷偷找个缝隙钻出来。

说来好笑，我小时候一直不知道我们孩子和父亲有着最密切的血缘关系。我呢，是从母亲身上掉下来的，母亲呢，是从姥姥身上掉下来的——一直到读初二时，我还和同学们这么说，并做出结论称，姥姥肯定比父亲更亲。我一点都搞不明白，这个男人在我们家里，和别人家的男人，对于我们孩子有什么不同。那年秋天，嫌我洗的衣服滴水弄湿了玉米棒，父亲一把揪下我晾晒在厦子底下的衣服，劈劈啪啪甩在地上。我失声大叫着撵父亲走，别在我们家，然后跑进屋里号哭不停。母亲劝慰我，说：“潮巴（傻瓜）闺女，那是你爷啊，怎么能撵他走呢！他就是那么个脾气，不好多说话，不会恋惜孩子，可他挣的钱全都拿回来交给我，这才能供你们三个上学啊！”

奶奶晚年患过脑血栓，整天躺在床上，母亲端汤喂饭，把屎接尿，把奶奶养得白白胖胖，天天晾晒在院子里的尿布，都刷得雪白。谁都夸奖母亲孝顺，可是，父亲从来没有说过一句感激的话。我老姑（父亲的大姑）是当庄的婆家，她曾经和父亲说：“照顾着孩子，又做着坡里的活儿，还把老人伺候得这么好，你家里的真不容易啊。”父亲哼了一声，说：“她可是俺娘当年看好的媳妇，她不好好伺候婆婆谁伺候？”

我记不清从什么时候起，母亲落下了一紧张或激动就哆嗦头的毛病。

眼前的老妇，脸上依稀透着当年的眉清目秀，但满是皱纹的面庞已经宛如干透内瓤的橘子。右肩背后有一片碗口大的明显隆起，脖子有点右歪，上衣前缝也跟着向右倾斜。她若和气功大师站在一起，估计很多人如我一样，以为他们是母子。

有时候实话说出来是伤人的，所以，我嘴里只说了一半实话：“哪里啊，婶子，你长得真俊，看起来连五十岁都没有！”

“哈哈，你这闺女真会说笑！”她的脸由干橘子变成了秋后的金丝菊花。笑完了，她说：“看你，长得随你爸，人又年轻，咋看咋好看！”忽然，老太太伸手朝我的右脸颊摸了摸，那眼神怪怪的，仿佛我是她失散多年的亲人。我吓了一跳，身子朝一边闪去。

大师老婆尴尬地擎了擎手，胳膊又夸张地朝上一弯，在头发上挠了挠，再把额前的刘海朝耳后抿了一把，呵呵笑了两声，却低下了眉眼，“你和我那个孩子……长得很像，她（他？）要是活下来，年纪和你相当，可能比你还大两三岁，应该也是长得这么好看！”

哦，原来她有这么伤心的往事。我一下子不知道该怎么来安慰她，想了想，终于问了句：“婶子，你现在几个孩子？”

她的眉眼又低了低，带着头也朝下低去，说话的声音好像从地表干裂的缝隙里勉强钻出来：“后来我没再生孩子……”

我暗骂自己问错了话，闭上嘴啥也不敢再说，两眼只看着手里正择着的芹菜。大师老婆也没再说什么，站起来朝厨房走去，绊倒了旁边的一只马扎，啪的一声，突兀得令人心惊肉跳。

第三天再到大师家时，迟迟没见大师老婆露面。不用帮着择菜了，我坐在客厅里看电视。插播广告时，我站到电视柜边的橱架前拿下几本书翻看。都是些旧书，书脊上的字已经磨没了，我看了看封面，有《唐诗三百首》《宋词三百首》《麻衣神相》《梅花易数》《毛线编织大全》等。我打开了《唐诗三百首》，扉页的右下部用工整的淡蓝色笔迹写着，1977 年 5 月购于弥河县新华书店，签名为王红莲，名下盖有一枚半圆形莲花章，莲花不是竖茎的，而是侧头朝着书页外沿含苞待放。半点报时的自鸣钟咣当一声，我抬头看了看，并没有发现哪里摆着挂钟或座钟。我又翻看了每一本书，扉页上有的写着"某年某月购于某某书店"，有的写着"私人藏书恕不外借"，但无一例外都签有王红莲的姓名并盖有那枚莲花章。这印章看起来实在眼熟，但又好像与我常见的有所不同。我掏出手机，拍下了两本书里的签名和印章。

治疗间的门打开了，气功大师朝我招了招手。我慢慢扶出父亲，坐在客厅的沙发上。父亲看了我一眼，又看了看电视，电视台经典回放，播着《渴望》。父亲好像被吸引了，两眼不眨地盯着屏幕。我问父亲："看一会儿还是现在走？"父亲说："看看这一集吧，快完了！"果然，不一会儿，片尾曲出来了，"悠悠岁月，欲说当年好困惑……"我站起来，父亲说："这歌好听，听完再走！"父亲的声音有点发涩，我扭头看了看，两粒晶莹的泪珠正从他眼里朝外冒——父亲终于也走到了容易感动的站点。我说，那我先去上个厕所。

从厕所出来，我回到北屋，电视上已经播着广告，父亲也不在了。我转身朝外走，出了道门，看见大师老婆陪着我父亲等在车边。大师老婆低着头瞅着脚尖，我父亲的头朝左扭着，看着一棵高大的柿子树，上面还挑着几只经霜未落的冻柿子，映着太阳光，通红发亮，倒像专门悬挂上的琉璃灯。大师老婆好像刚刚说完一句什么话，我听见父亲深深叹了一口气，那动静，震得高处的琉璃灯晃了晃，啪嗒，跌下一只柿子，摔成一小摊血水。父亲的话说得很低，但我却听得清清楚楚："这辈子，还能有啥指望呢？活着都做不了主，更别说死后了……"

第四天，父亲不再去气功大师家。他说，气功大师说了，治了三天，得在家里歇上两天，连着治疗，怕身体受不了。

由于身体虚弱，父亲出院后从没洗过澡。父亲说，让气功大师治了三天，浑身出了几次汗，想洗个澡。母亲调好水，我把父亲扶到浴室门口，母亲帮着父亲仔仔细细洗了澡。

洗完澡，父亲躺在床上睡了大半个小时。睁开眼，父亲说，觉得身体好了许多，想吃点苹果，还想吃点橘子。我洗了一个苹果，切成小瓣，放在盘子一边，另一边放了五个小蜜橘。父亲的消化系统和肾脏都毁坏了，现在所谓的吃水果，只是把苹果或者橘瓣嚼嚼，过一会儿再吐出来。我把痰盂朝父亲身边推了推。

母亲在外间收拾卫生，我去院子接听电话——在村子里，手机信号不好。那天，我和母亲谁也没有注意到，父亲把半个苹果和三个蜜橘咽了下去。

母亲收拾完了，进到卧室，父亲指指盘子，让她吃点水果，坐下歇歇。父亲这突然的客气和关心，母亲受宠若惊，把盘子里剩下的苹果、蜜橘吃得干干净净。母亲隐约觉得，父亲看他的眼光有点热乎，母亲的脸上有也点热乎。

父亲说："刚他娘啊，我感激你最后让我去做气功理疗，就打这事儿上，我才开始记你的好！这辈子，我还应该感激你给我生儿育女，帮我照顾老母亲，操持家里。我这一辈子，对你有愧啊……”

母亲一手捂住了自己的嘴，眼泪就像泉水一样冒个不停。母亲的另一只手捂住了父亲的嘴："他爷，你别多想，我啥也不知道……你别多想，听大师的，按他的要求再去治上半月二十天，说不定你还能活上三五年、七八十来年呢！”

父亲忽然嘿嘿笑了两声，说："走到这地步了，承认不承认的，都不丢人！我有数……我快要走了，你把那俩孩子，也都叫回来吧……”

送走父亲后，我调出手机里拍下的莲花章，仔细比对书房墙上《爱莲说》首句前的莲花章。两枚印章确实极为相似却又大不相同——父亲的莲花侧头朝左，王红莲的莲花侧头朝右。在反复比对中，我合拢两枚半圆形印章的直边，两章合二为一成为圆形，正中间，一枝即将盛开的并蒂莲鲜红娇艳。

父亲遗留下二十多枚各类闲章、肖形章，我和妹妹、弟弟分别挑选了几枚留作纪念。我们没有发现父亲那枚莲花印章，此后，谁也没有再提起它。

玉兰花似雪

1

中秋节中午，大女儿像模像样地整了几个菜，辣炒鲜虾、油炸鲅鱼、葱丝拌海螺、清炒桂河芹菜，还有一海碗毛蛤菠菜汤。树芬仍然躺在床上一声不吭，学信先让大女儿拼了几样菜端进西里间，然后，爷俩大眼瞪小眼地守着一桌丰盛饭菜，好像在演一部彩色默片电影。学信胡乱往嘴里塞着，只是为了完成填满肚子的任务，丝毫不去分辨这些并非天天吃的佳肴有何妙处。大女儿倒上半杯白酒，他也像口渴的人终于找到水一样几口就灌了进去。

学信咽不下了，大女儿也放下筷子，桌面上还显得满满当当，宛如各个菜肴尚在等待筵席即将开始。今年春节前，大女儿领着孩子跑回娘家。大女婿象征性地来叫了叫，道歉也没有诚意，被树芬数落几句，接着扭头就走了。眼下大女婿中午没来，晚上会不会来吃顿团圆饭？二女儿经历了老父母焦灼的等待和无数次催婚后，终于在三十三岁上结婚，并在今春生了一对龙凤双胞胎。二女婿对二女儿及双胞胎真是好得没话说，对学信和树芬这岳父岳母也好得没话说。不过，二女婿的前妻因交通事故身亡，二女婿对前妻留下的大儿子、对前岳父岳母，更是好得没话说。今天中午二女婿过不来，就是要先送大儿子去姥姥家。别说当了后娘的二女儿经常回家抱怨，就连学信和树芬，有时也觉得酸溜溜的。

收拾完桌面，学信示意大女儿再去和树芬说说话，他自己则进了东里间，虚掩着门上了床。那边清晰传来大女儿的轻声安慰和劝说，树芬却是不作回应。

那件事，他得耐心等着树芬点头。

迷迷糊糊中仿佛一阵锣鼓喧天，身着大红缎面喜服的年轻女子朝他深深鞠了一躬。女子抬起头，容貌模糊的脸上水光一片，他起身抬手想替她擦擦泪，女子却突然抡起胳膊扇了他一耳光……那声耳光响亮逼真，右脸颊也生生地疼。学信惺了惺神，发现自己的右手还在脸上，睁开眼，看见手心里一抹殷红。都这季节了，家里怎么还有蚊子？除了脸疼，学信还觉得胃疼，缩腿弯腰蜷起身体好一阵子，那里的绞痛才慢慢平复。

大女儿出嫁时，穿一身洁白的婚纱，恍惚中，学信脑海里晃动着那个面容模糊的女孩儿，也是身穿洁白婚纱，亭亭玉立，美如天仙。二女儿出嫁时，穿一身大红缎面的中式喜服，学信脑海里又闪现那个面容模糊的女孩儿，同样身穿大红缎面的中式喜服，俊秀大方如古代公主，还绵延不绝地响着喜庆的唢呐声。只是，那女孩儿身穿嫁衣在他脑子里无数次来来回回，却终究没有展露她的样貌——三岁女童的笑脸，无论如何也无法顺利地长在一个即将出嫁的新娘子身上。

西里间那边静悄悄的，估计大女儿陪树芬在床上午休了。学信起来套好衣裳，夹着马扎子走出门。走了几十步，却不知道该去谁家里或谁面前坐坐。现在社会条件好了，人们随便行动行动就能赚钱，一年三百六十天就像人们开出的富矿，每一天都是闪闪发亮成色极好的金子，就算六七十岁的老头儿老太，随便去人家大棚里帮一天工都能拿回一百多元。大家都很忙，各家各户没有闲人，大街上也没有闲人，整个村子空得像个大木桶，每走一步都能踩出咣当咣当的回声。自己虚岁六十六，还有一个多月才过六十五周岁生日，竟然就早早成了闲肉。他顿住脚四下张望，思考去哪里寻找可以碰一下触角的同类，互相交换点有用或没用的信息，平缓平缓满脑子轰隆轰隆的呼啸声。马扎子从右腋下移到左腋下，他朝着村老年活动中心走去。他早就知道村里有棋牌室，有些七老八十干不了重活儿的老年人在那里凑群扎堆，总觉得自己还没到那一天，还从来没去过。

棋牌室里缭绕着淡蓝色烟雾，呛得学信狠咳了几下。他先在棋桌前站了一会儿，有人递来一支烟，又啪了一声打开打火机给他点上。村里人很敬重这个老木匠，他几乎为每家每户都打造过门窗、床柜或桌椅，手艺好，干活儿仔细，仿佛每件木工品都是他给女儿精心准备的嫁妆。又有人招呼学信坐下甩一把够级，他摆摆手。有时家里也撑牌桌，他能记住谁出了什么牌，能算出谁手里拿着什么牌，所以牌打得好，大家都说他聪明。转到麻将桌前，学信看一眼就知道，四个老头在玩吉林麻将。吉林麻将的玩法确实来自吉林——庄里有十多户人家早年闯过关东，当时大都住在吉林市一带。学信也曾是玩吉林麻将的高手，但在菜籽庄里，他一次也没有碰过那些白白绿绿的长方块。

2

学信活了六十多年，在吉林的那五年，是他的人生分水岭。

三十五年前，学信和树芬半夜里叫醒两个女儿，背起简单到不能再简单的行囊，像躲开洪水猛兽一样逃离菜籽庄，辗转奔向东北方向的吉林省——生了两个女儿后，树芬必须得按要求节扎，两口子不甘心。那时，这对中年夫妻均健壮如牛，抱定生不出儿子绝不回还的勇气与决心，对未来人生充满无限光明与美好的憧憬。但是，在吉林住了五年后，一家人返回菜籽庄，去时四口，回时还是四口。五年时光，一家人仿佛只是穿过一条长长的圆形隧道，出来又回到原点。只是，此时的树芬，十指蜷曲不直如风干鸡爪，腰疼、背疼、腿疼、脚后跟疼，身体已破败似一张历经陈年累月暴晒的旧渔网，任何一条小鱼游过来，都能撞出一个大洞，这注定她以后的人生大部分时间都将躺在床上度过。学信的身体破败不甚明显，只是过早地呈现出与年龄不相符的苍老景象，原本笔直的身条掰弯如拆掉弦的竹弓，头上的白发比黑发多了，大地色脸面宛如揉皱了的破棉布，牙齿松动易塞且怕冷怕热。甚至，离着老远，就能传染给人一种从内到外的颓败气息，并羼杂着一股地瓜腐烂般的酒糟味。

邻居们在背后指点议论，学信和树芬装作什么也听不见。两个女儿沾染的东北腔，像下在地上的薄雨一样，都在父母的呵斥中很快蒸发得无影无踪。她们从不与其他跟着父母闯过东北的孩子扎推，也从不向身边的伙伴们说起东北的趣事。从吉林捎回的一人一副羊拐——都是上了红彤彤一层油漆的——都藏到了抽屉的最深处，然后和菜籽庄的其他孩子一样，玩起普普通通的五颗小石子凑成的一副“果果”。

回家后的岁月清贫与艰难毋庸赘言，好在两个女儿都很出息。大女儿大学毕业后进了机关，去年刚刚升职为副科级；二女儿成绩差点，初中毕业就进了弥县县城的商场工作，已经在楼层经理的职位上干了两年多。虽说两个女儿的各家生活都有些一地鸡毛的不如意，但总算是不用学信太过担心。

今春，学信突发脑血栓，手术放置了两个支架。正如大夫预言的一样，胳膊和腿经过刻苦锻炼，现在已经恢复到基本正常，外人看不出他走路时左腿和右腿有何不同。不过，大夫还说，保持心情舒畅，避免大喜大悲和过分激动，要是下一次发作，就不好说了；若有第三次，命就不好保了。身体突然出现的这一罢工征兆，令他忍不住去戳那道藏在心底的大疤，并很快做出一个决定。

3

无数次，学信想象自己穿越时空回到三女儿出生那天，阻止那个吉林妇女抱走孩子。他知道树芬肯定也是多次这么想象过——有时候从外面回家，能看到妻子脸上尚未拭干的泪痕。但是，两口子对此事避而不谈，仿佛住在吉林的那五年，已经完全封入那条又长又黑的圆形隧道，再也碰摸不得。

三女儿的出生，就像一棵盛果树上长出一颗多余果子。那时他们以为，这棵果树还可以不停地坐纽结果，直到长出那颗他们期待已久的硕果。谁也没想到，果树生了病害，再也不能结果了。

但是，送出去的三女儿已成泼出去的水，再也收不回来了。

离开吉林前，无计可施的学信终于想到一个小伎俩——虽说不能解决根本问题，但起码能在以后的漫漫余生中留下些许安慰与寄托。他想尽办法打听到三女儿养父母的村庄，又去镇上照相馆租来一台傻瓜相机和一幅布景，选在三女儿三周岁生日那天上午进村，乔装打扮作摄影师到处招揽生意。从三女儿的衣着、气色、胖瘦来看，养父母确实很疼爱她。那天，正是在过三周岁生日，学信如愿拍到了三女儿的一张生日照片——怕被怀疑，他只敢就同一个场景咔嚓咔嚓按了两下快门。洗出来后，两张照片一摸一样，都是三女儿正对着写有“3 岁”的生日蛋糕伸出食指和中指，满脸的笑意仿佛要从照片里淌出来。

学信曾一直以为，三女儿跟着养父母生活得很幸福，就像那张三周岁生日照片上定格的瞬间一样。

学信四十六岁那年，刚过了阴历九月十八生日的第二天，一个老太太就像顶着大雪奔了一路似的来到这里。她的头发全白了，褶皱丛生的瘦脸也因连日辛苦而苍白如纸。老人从背包夹层里取出两张照片。一张是女孩正对着一个写有“3 岁”的生日蛋糕伸出食指和中指，满脸的笑意仿佛要从照片里淌出来——正是当年学信装作摄影师去村里拍下的那张。另一张上，女孩十多岁的样子，身后是黑色大门上贴着的红彤彤对联，穿一件有点小了的蓝色棉猴，小脸冻得通红，眼神怯懦地看着镜头。十多岁的小女孩儿眉眼都长开了，既不像大女儿也不像小女儿，她比她们都漂亮，但学信一眼就认出，这就是他们的三女儿。

老太太个子很矮，腰也弯了，说话时费力地朝上仰着头，几乎要做出翻白眼的样子才能抬起松弛下垂的眼皮。她用很啁的东北腔说：“我是玉兰的奶奶。”

老太太仅喝了一杯茶水就要走，无论学信和树芬怎么挽留，她也不肯留下来吃一顿午饭。她说，自己只是来送个信儿说句话，出来时间长了不放心孩子。原来，玉兰五岁那年，养母开怀生了儿子，自此，她便从天上掉到了泥里。奶奶眼瞅着孙女从一个蜡烛包里的小肉肉一点点变大，虽说没有血缘关系，可是一路照顾下来，孙女却也一天一天长进了奶奶的心里。奶奶心疼孙女，现在她的身体还算硬朗，但也是马上就要七十岁的人了，就像秋天的寒蝉一样，谁知还能活几天呢？奶奶怕自己走了之后，孙女就真的陷进泥坑出不来了。老太太的意思是，希望学信能过去把孩子接回来。老人说着说着哭了："我也不舍得孩子，可是又有什么办法呢？"

那一年对学信来说非常特殊。夏初，他觉得右耳后下方的脖子处肿胀，起初以为是干活儿低头累的，没太在意。夏末，那个地方开始胀得发疼，有时晚上疼得睡不着，轻轻用手一摸，就像拿刀片刮上一刀，浑身汗毛直竖。两口子悄悄去了弥县人民医院，彩超和 CT 检查出来，一位刘大夫说，甲状腺肿瘤，必须立即手术。学信觉得，生这种病毕竟不是件好事，让人知道了，又将给这个家庭留下一个明晃晃的大疤，说不定还会影响两个女儿将来的婚事。两口子没有知会任何远近亲友，学信次日就进了手术室。刘大夫在学信脖子前面横割了一条近二十公分的口子，取出了肿瘤和两边的甲状腺体，做了病理，确实是恶性肿瘤。刘大夫说，都已经割干净了，三个月后做一次碘 131 放射治疗，如果不再生出新的肿瘤，那就没有问题了。不料，出院前才发现，学信右耳后下方肿胀着的最大肿瘤还安安稳稳长在那里。半月后，学信又去省肿瘤医院挨了一刀。

接连两次手术，学信虚弱得像一棵严冬里剥去大半树皮的小柳树，明春能不能再抽条生叶还不好说。大女儿上高二，小女儿上初二，正是需要父母庇护的时候，这两口子却像一所透风漏雨即将坍塌的老房。

两口子谁也没敢接老太太的话把儿。老太太把两张照片翻过来给学信看，一张背面板板正正地用铅笔写着：吉林省吉林市小白山乡三角子村白玉兰，另一张写着一个电话号码。她说，你们想去，就按这个地址姓名去找，这个电话是我的，只要活着就一直用。老太太走时，抄上了学信家的电话号码。

4

吉林麻将又胡了一把，有人问学信玩不玩，他摆摆手说："不会，不会。"老赵拍拍学信的肩膀说："嗨呀，这麻将，别人不会你也得学会啊，好歹也是闯过关东的，改天我好好教教你！"老李则说："不打就别再看了，快回家伺候客儿去吧，你家那俩闺女又能耐又孝顺，好酒好肴都给买来了吧？"

庄里那一茬闯关东的十多户人家，当年都是为了过去偷生个儿子。他知道老赵也在吉林送养过闺女，据说给了一户双职工人家，那边承诺供孩子上大学，老赵还说那闺女是"有福之人不落无福之地"。老李家好像也送养过，还不止一个，但他家人从来不承认。老赵家和老李家都是生了儿子才回菜籽庄的。

现在，他们这么轻轻松松地玩吉林麻将，还笑话他不会玩。学信知道他们并没什么恶意，但听着这些打趣的话，却仿佛看见自己心底的那道大疤又被血淋淋地戳破了。

是的，他只有两个女儿。闯过一通关东后，仍然只有两个女儿。

是的，别人只知道他有两个女儿。在吉林那五年里发生的事儿，他原本就没想让乡邻知道。

就像没人知道学信送养过女儿一样，乡邻和亲友也都不知道他患过癌症。十多年来，除了脖前横着的那条淡淡刀疤和每天三次要喝的六个药片，他也快要忘记自己曾经有过命悬一线了。但从今春开始，他的命又悬在一根头发丝上。他无比清晰地明白，自己应该去东北看看那个不为人知的三女儿。

打开常年锁着的三抽桌抽屉，学信从最里面拿出包在一页红格信纸里的三张照片。照片都已发黄，四周像穿旧的衣服袖口一样泛起了毛边，那页信纸也已软塌塌的像一块棉布。他明白，不仅他，妻子每年也都偷偷拿出几次照片，仔细端详在照片里或笑或怯懦的三女儿。

学信把三张照片摊在妻子面前，说了他的打算。树芬霎时脸色灰白，盯着学信的脸看了半天，哆嗦着下巴不说一句话。最终，树芬双手按着太阳穴趴在床上，一声一声地抽噎起来。

学信只好悄悄找大女儿商量。他知道，对于大女儿，吉林的五年时光就像胶片底版一样储存在大脑里，只需要送进暗房冲洗一下，一切就都变得栩栩如生，清晰无比。

大女儿先尝试拨打照片背面带有区号的固话号码，里面是机械又年轻的女声："您好，您所拨打的号码是空号，请核对后再拨。"学信担心大女儿拨错了，自己也拿出手机拨打那个号码，里面仍然是年轻又机械的女声。女儿说："现在都用手机，像咱家一样还留着座机的，不多了。"学信用指甲画着另一张照片背面，说："吉林省吉林市小白山乡三角子村，就是那里。"大女儿百度搜索，确实找到了吉林市小白山乡，但是，辖区内的八个自然村并无三角子村，却有一个三家子村。学信说："反正就这么个发音，差不了。"

大女儿建议，这事儿得瞒着母亲办。等到国庆长假时，她再多休几天带薪假，领着父亲过去。到时就和树芬说一套编好的说辞：大女儿单位有去西安旅行的机会，可以带一个家人，今年先带父亲，明年再带母亲。大女儿再三叮嘱学信，嘴巴一定要紧，可不敢和母亲说实话。

想到这里，学信抬手打了自己一个嘴巴。几个打麻将的老头儿听见响声，都惊奇地抬头看过来。学信摇了摇头就近坐在一把椅子上，嘴里喃喃说："蚊子，蚊子，都这时候了还有蚊子！"几个老头儿都心照不宣地笑了笑，老赵说：“肯定是你老婆不让打麻将，手痒得难受吧？”

前天下午，大女儿打电话问他要身份证号，说准备买火车票。挂了电话，一扭头，树芬正眯着眼看他，紧紧抿着嘴唇，下巴肌肉崎岖不平。一瞬间，他就像灵异附体一样，嘴巴根本不是自己的了，把大女儿想和自己去小白山乡找白玉兰的计划原原本本说了出来。

树芬在电话里高声责骂大女儿。她右手举着手机，左手按着眉心和太阳穴，骂着骂着，最后失声恸哭起来。学信明白，那些话，都是骂给他听的，简直就是历数他的一份沉重罪状。三十多年前的事，他参与合谋了，妻子也参与合谋了。从那里遗留下的所有疼痛、懊悔、委屈、忧伤和思念，这些年来早已成长为一颗颇具规模的恶性肿瘤。妻子一直忍着一直忍着，并和那肿瘤同生共长，时时担心它会在某一刻迅速扩散夺命。

从前天晚上，树芬开始绝食。

今天一早，大女儿过来，坚定地站在父亲的立场，想动之以情晓之以理地说服母亲。可是，当大女儿得知母亲已经绝食三天，马上又像误入结冰不牢的河面一样，瞬间变得小心翼翼进退两难。

5

棋牌室里的老人们一拨一拨地往外走，老赵又拍拍学信的肩膀说，改天我好好教你打吉林麻将，别人不会你也得学会啊！老李跟着说，快走吧，你家俩闺女给你买了好酒好肴，还不麻麻利利回家享用去？学信用手掌在两条大腿上搓磨了几下，站起来讪讪笑着点头，慢慢地把他坐的椅子推进一张桌子底下。最后一拨老头儿也要走了，学信慢慢走到门口找他的马扎子，有人扭头嘱咐学信：别忘了把灯都关好，记得锁门啊。

灯关了，门锁了，老年中心大院一下子暗淡下来——早已黑天了。午睡后的胃疼又泛上来，疼得手和脚都哆哆嗦嗦。学信放下马扎子，在门口前坐下，掏出一支烟放到嘴里，又摸了摸，才发现没带打火机。咬着未点燃的烟好一阵子，才觉得整个人不那么哆嗦了。他得好好想想，回家再怎么和树芬商量一下。若她就是不点头呢？

学信夹着马扎子走出老年活动中心大院。一到大街上，早已亮起的路灯灯光像海水一样瞬间将他淹没，恍惚间，不知道自己该从哪里上岸逃生。他放下马扎子，缓缓坐在一杆路灯底下。二女儿到了吗？是不是也该听听二女儿的意见？如果二女儿支持他去，那就是三比一，估计妻子能同意了吧？

电话响了两声后，二女儿那边接起电话："爸，别急，我们弄着孩子收拾收拾就晚了，已经出城了，再有二十分钟就到家了！"

"你们慢慢走，注意安全……我就是想问问，你娘都和你说了吧？"

"我正想和你说说呢！爸，你的身体什么情况，医生怎么说的，你没数吗？"

"就是啊，今天脱了鞋和袜，不知明早穿不穿。我想趁着还走得动，过去看看她，多少给她留点钱……"

二女儿在那边嗤嗤笑了，"爸，你可得长命百岁啊！有钱也给我们点呗！"

"你说，你三妹妹知不知道她的身世？"

"爸，别人家的座机早都撤走了，你却还一直留着老古董，不就是想等那边来个电话？可来过吗？"

“她会不会埋怨我们？”

“我妈就是担心这些！这么多年都没通过音信，一下子找过去，你会不会过于激动？见了面，她若不愿意叫你一声爸，你会不会伤心难过？还有一个可能，你千里迢迢赶过去了，却根本找不到那个人家……”

二女儿接连的质问如同一粒粒冷硬透骨的冰雹，劈头盖脸朝着学信砸过来，无处遮蔽无处躲藏。和这么多年来的习惯一样，每逢他们两口子有所争执，大女儿站在他这边，二女儿站在树芬那边。不过，这一次二女儿说的，却让他无言以对。

二女儿可能感觉到自己说话态度过于冷硬，也在那边调整了语气，软着腔调开始善后：“爸，你听我说，这事儿不是一朝一夕就能办的，咱得从长计议。我和姐好好商量一下，我俩负责打前站，先去打听打听、找一找，有了准信儿，见了真人，再陪你过去，或者动员三妹妹过来一趟……”

学信站起来慢慢朝家走，除了偶尔路过一辆三轮车或轿车，宽阔的路面上就是一道忽长忽短的影子与他相伴。乡邻们都在家里过团圆夜吧？这是菜籽庄内最大的一条主干道路，两边是去年刚刚安装的玉兰灯。上尖下圆的乳白色灯罩宛若白玉兰的洁白花瓣，上下三层共十几个花瓣，围成了亦呈上尖下圆的一大朵含苞待放的白玉兰花朵。

白玉兰，他把这个名字含在嘴里，生涩又热切。时间已经过去太久了，久得他都快要忘记自己还有个女儿名叫白玉兰了。那名字仿佛是一条长长的路，多年不走，荒草杂芜疯长，路便几乎掩埋殆尽。他抬头望着东边那面圆白如银盘的明月，觉得藏在心里的那道大疤又明晃晃地浮了起来，那里因为近期频频的戳刺已经发炎得厉害，须得用刀片割一下并流出脓和血，才能缓解内里肿胀的疼痛难忍。

自己还能见到这个最小的女儿吗？

如今，三胎都放开了，很多年轻人却明明白白表示连二胎都不想生。像学信那样跑到东北躲起来生三胎，仿佛是远在天边的历史了。而那个随着特定历史遗留在吉林的三女儿，对于学信而言，亦是远在天边——她肯定怨恨过亲生父母吧？

广阔的大地上昼夜轮回，从来没有什么真正停留和等待过。人活一世，不过是草木一秋。时间会带走一些人，另一些人将在大地上延续他们的血液和生命，延续他们的声音、容貌和脾性。不知几千里之外的玉兰，延续的是他的还是妻子的声音、容貌和脾性？

学信自言自语着，再次抬头望着东边银盘样的明月，然后转身朝着与家相反的方向走去。他也不知道要去哪里，只是双腿机械地朝前迈动。忽然，右腋下夹着的马扎子轰然跌落，眼前的玉兰灯炫目一片宛如繁花似雪。

学信想高喊一声什么却又喊不出来。在躯体接触地面的瞬间，他分明看到身着大红色缎面喜服的年轻女子前来搀扶，那女子长着一张三周岁孩童的笑脸……

银她娘

菜籽庄的老人们都说，银她娘年轻时是四邻八乡数得着的“筐头”姑娘。菜籽庄村民多青菜贩子，筐头是一筐蔬菜最上面卖相及品质最好的一层。如今，从银她娘双眼皮大眼睛、高挺的鼻梁上依稀可以得到印证。

银她娘本名黄凤莲，娘家是菜籽庄东邻刘家村的。1960 年，黄凤莲七岁，父亲饿了三天后，得到锅盖大的一个马料豆饼，一气吃了半个，又喝下两碗凉水，撑破了胃。半年后，母亲改嫁。黄凤莲十岁时，母亲因患产后风而亡。以后，黄凤莲由奶奶抚养长大。

虽然缺吃少穿，但黄凤莲长相出挑，高个儿，苗条，二十岁时，先后有五六个媒婆来家里给她找婆家，奶奶一个也没应，总说，我家凤莲还小呢。同村小伙子刘长喜，经常在黄凤莲下地干活儿时过来帮忙。那年秋天，黄凤莲告诉他，让父母多准备些彩礼，托个村里有威望的长辈，明年出了正月去找黄凤莲奶奶提亲。刘长喜回家和父母说了，父母修葺了家里的房子，冬天，不管天有多冷，只要不是风雪堵门，一家三口就推着两辆独轮车出去赶集，贩卖各种青菜，年底贩卖松蘑、木耳、八角等干货，也卖香、年画、过门钱等年货。人都累瘦了，好歹腰包暂时肥了点。出了正月，刘长喜母亲托本家族的八老嬷到了黄凤莲家。这次，奶奶没再说凤莲还小之类的话，她抹了抹一双老眼中溢出的泪珠，拉着八老嬷的双手说："长喜是个好孩子！他家许的彩礼，也很看得起我家凤莲。可是我也没办法啊，长喜是个独生子，和我们家不合适！"

黄凤莲有个长她五岁的哥哥黄玉明，个子很高，长相不差，但因患有胃病长得面黄饥瘦。家里穷，又无父无母，二十六岁了，还没说上媳妇。奶奶的意思，凤莲得给哥哥换亲，她嫁的男人，也要有个姐姐或妹妹嫁给凤莲哥哥。

奶奶的话放那儿了，这事儿也不难办。在媒人的介绍下，当年，凤莲及哥哥看了三次对象，秋后就和后来成为银他爷的菜籽庄王春利定下了亲事。十月，黄玉明娶了王春利的妹妹王春梅；腊月，黄凤莲嫁给了王春利，成为"王春利家的"。在菜籽庄，没人称呼已婚女人的真实姓名，刚结婚的，暂时借丈夫名代称，叫"某某家的"，等有了孩子则借孩子名代称，叫"某某他（她）娘"。

王春利只有母亲。母亲年轻时外号"八角子"。"八角子"是一种常生于枣树上的虫子，淡绿色，身上纵向长着一条条刺毛，人一旦触到它就会被蜇伤，皮肤奇痒疼痛，且痒痛长时间难消。王春利十五岁那年，父母吵过一架后，父亲上了吊。寡母拉扯着一对儿女，终于给他们换亲各自嫁娶了。王春利幼年患过偏瘫，右腿短一截且不能直立，右胳膊下架着一根木拐。婚后，这根木枴成了黄凤莲的噩梦，说不准因为什么事，王春利就举拐砸人。两次头破血流后，黄凤莲跑回了娘家。可是，哥哥没法给她撑腰出气，因为王春梅见机行事，也跑回了娘家。奶奶劝黄凤莲："孩子，忍忍吧！等有了孩子或上了年纪，他就变好了！"

结婚半年多后，黄凤莲怀孕了，王春利抬拐就打人的习惯仍没收敛。怀孕三个多月后，一次吃早饭，黄凤莲喝尽了锅内最后一碗汤，王春利没喝够，拉过拐来就抡向黄凤莲。这次，黄凤莲见了红。王春利他娘让儿媳妇躺在炕上别动，自己迎着初冬冷风，一双小脚跑出去请赤脚医生。医生来望闻问切后，开了保胎药，让黄凤莲卧床静养半月，他看了一眼额头沁汗的王春利："想保住孩子，不能再打孕妇了！"

转过年来夏初，黄凤莲阵痛了两天两夜后，终于迎来了一个站位出生的男孩。孩子的模样，完全是王春利的缩小版，黄凤莲瞅来瞅去，孩子还像奶奶，还像姑姑，自己怀胎十月，鬼门关边走一遭生出的儿子，就是没有一点像她这亲娘，心底生出一股莫名的悲凉，感觉无论如何也对孩子亲热不起来。晚上孩子哭闹五六次，她不仅累，还从心底觉得烦，没有一点初为人母的喜悦。不过，在农村，头胎男丁是值得举家欢庆的大喜事。婆婆疼了两三个月的腰也不疼了，里里外外迎送来道喜的乡邻。在二十世纪七十年代，十包挂面，两斤红糖，一斤油条，就是乡邻送给产妇的好礼品，偶尔也有谁家送上十个或二十个鸡蛋，那是顶好的珍品。鸡蛋是送给产妇的，产妇一个月子却吃不到几个，一两个，三五个，十个八个，每天都能吃一两个鸡蛋的，就是大犒劳。因为答谢回礼必须是熟鸡蛋，很多人家预算了回礼后，鸡蛋剩不下多少，甚至不够。黄凤莲生了儿子有功，又要奶孩子，生产后每天都能吃一个鸡蛋。菜籽庄风俗，孩子十二天时亲朋好友都来家中祝贺，叫"送中米"。对亲友及乡邻的熟鸡蛋回礼都在这天完成，同时，问问孩子父母双方的亲戚，如果给孩子取的名字不犯哪个长辈的名讳，就定下名。儿子出生第十一天，王春利和母亲数算前来送中米的亲友人数并预算回礼。数来数去，鸡蛋还差五到十个。王春利说："这个馋婆娘，天天都吃鸡蛋也吃不腻。这倒好，鸡蛋不够了！"婆婆说："每早上溜一个鸡蛋吃，她还没让让我呢！我生你时过月子，有鸡蛋也得先让让公婆，他们不吃才轮到我。一个月子我总共吃了五个鸡蛋，照样奶水哗哗的！”黄凤莲躺在里间房的床上，隔着半块深蓝粗布门帘，可以清楚地听到婆婆和丈夫在数落自己的不是，越说越多，仿佛他们恨自己恨得牙根都疼。她翻了个身，把两行清泪抹在了头下的长枕上。外间的娘俩，越说声音越高。忽然，她听到王春利咔啦一声拿过木拐，站起来挪进里间。黄凤莲忽地坐起来，紧紧把孩子抱在怀里，娘俩缩在了床的最里边。王春利坐在床沿上朝黄凤莲举起拐：“你这个败家婆娘，放下我儿子，看我打不死你！”黄凤莲死死把孩子抱在怀里：“你打啊，你打啊！有本事连我带你儿子一块儿打死！”王春利骂道：“你这个该死的疯婆娘，别以为我不敢！快放下孩子！”黄凤莲看着丈夫狰狞的面孔，又低头看看儿子的脸，鼻子里哼了一声说：“给你的宝贝儿子！”说着，把孩子扔向了丈夫，王春利一下子没反应过来，“啪”的一声闷响，孩子掉在了地上。婆婆在外间，假装听不见小两口打架，其实是支起耳朵听热闹。听到孩子掉到地上，她才急了，一掀门帘进了里间，先弯腰抱起孙子，孩子没哭，仿佛熟睡中没有被打扰。她骂道：“真是个狠心婆娘，欠砸的贱货，天生活该挨打！”婆婆抱了孩子又到了外间，听到里间木头撞击肉体的声音及儿媳的哭号，觉得很解恨。她坐了一会儿，感觉怀里的孩子不对劲儿，忙摸摸他的小鼻子，已经冰凉，没了气息。

没再送中米，孩子也没再取名。黄凤莲在菜籽庄，仍被叫做“王春利家的”。

一年多后的冬天，黄凤莲生了个女孩儿，送中米时，孩子取名为铁，寓意孩子结实。从女孩儿出生那天起，婆婆的脸色就沉得能拧出水来。天冷，生产后的前两天，黄凤莲用便桶在里间方便。第三天，王春利提着便桶从屋里出来时，婆婆站在门口说："你还真是疼媳妇！生了闺女有脸了，天天窝里拉窝里尿，自己不嫌臭，别人还嫌恶心呢！"从此，在月子里，不管多冷，黄凤莲都要到院子东南角的厕所里方便。遇到连阴天，孩子的尿布干不了，需要用炉火烤干。黄凤莲的奶奶心疼孙女产后体弱无力，有时过来帮忙烤烤尿布，晌天时帮忙做饭，半下午把干了的尿布叠好再回家。奶奶来了三两回后，半下午回家了，王春利站在院子里骂："来看孙女还是来看重外甥？来烤尿布还是来吃晌饭？嫌我们伺候的不好，你回刘家村坐月子啊！"下一次奶奶再来时，还不晌天，黄凤莲就让奶奶回家了，并叮嘱奶奶，千万别再挂念自己，不用再来帮忙了。黄凤莲的饭食，天天除了面条就是面疙瘩，第十六天时，黄凤莲馋饼了，但自己双手无力，就让王春利给擀几张饼吃。王春利说："好多毛病，吃白面饭食还挑剔！人家袁孝仁家的过月子，天天都吃地瓜干面子！"黄凤莲赌气说："好，那咱也吃地瓜干面子！"接下来的十几天月子，黄凤莲真吃起了地瓜干面做的黑窝窝头。出月子时，别人看得见的，是铁她娘的双手十指指甲全从底端凹进了绿豆粒大的小坑，别人看不见的，是她双脚后跟，双膝盖，腰，臀，双肩，都又痛又沉。

在铁三周岁多时，经常抱着肚子喊疼。黄凤莲的婆婆说："小孩子，没有不肚子疼的，不是吃了凉饭，就是喝了凉风。没事，我晚上求求红旗山上的黄仙，给孩子讨茶，连讨三晚，喝了就好了！"所谓红旗山，是弥河县城北邻的一个大土堆，附近工地施工后遗留的"尾巴"，后来那里插了一面绸布红旗，附近的神婆在神仙附体时说，这是在此修炼成仙的黄家（即黄鼠狼）的"属地"，叫红旗山，此处的黄仙道行深，医术高明，可以为善男信女布医施药。讨茶，就是晚上摆上一杯茶，点香请黄仙来，放进仙药，病人喝了就能治病。奶奶连着替孙女向黄仙讨茶三晚，铁服用后却不见起效。婆婆对黄凤莲说："我给孙女求黄仙讨茶，你连供品也不准备，这是心不诚哪，说不定根本没请来黄仙！还有二十天就是四月十三，李家官庄赶李老爷庙会，我要去进香，再求李老爷施些仙药！"李老爷，本名李莪华，清朝一代名医，弥河县人，医术高明，特别体恤穷苦老百姓，到穷人家治病，只需几个烧饼一壶酒，去世后被当地人尊称为"李老爷"，都说他化作神仙去了，但只要生病的人们求他，他还是会给送来灵丹妙药。四月十三是李老爷诞辰日，在他老家赶庙会，香火极旺。人们说，在李老爷庙会上，香灰、纸草灰都可以包治百病。还没等到李老爷庙会，铁就经常疼得在地上打滚，肚子胀得鼓鼓的，身子朝左侧躺时肚子朝左偏，朝右侧躺时肚子朝右偏，好像里面装满了水，有时水还在里面起浮晃动。奶奶逢人就说："这孩子是个'花姐'，偷着下凡来的，老天爷这是要收她回去呢，看来等不到李老爷庙会上求仙药了！"北邻大婶子悄悄地和黄凤莲说："你年轻没经验，这孩子，是肚子里有蛔虫，你去找村里赤脚医生周大夫，买几个宝塔糖让孩子吃，打打虫子就好了！"黄凤莲说："我身上哪有分钱买药啊，我家的钱，都是我婆婆拿着，攥得噶巴噶巴响，一个子儿都掉不出来！"大婶子说："宝塔糖便宜着呢！你去和周大夫说说，先赊着，以后有了钱再还，给孩子治病要紧！"黄凤莲找到周大夫一说，周大夫忙给了五粒宝塔糖，说："你孩子这情况，估计肚子里的蛔虫不少了，就怕虫子在肚子里乱窜，厉害着呢！你快先回家给孩子吃上两粒，我给这两个爷们儿打了针就去给孩子看看！"铁吃了两粒宝塔糖后，又喊肚子疼，要大便。黄凤莲把孩子抱到南墙边，铁蹲下，一会儿工夫拉了三大坨，都是白花花的，一条条筷子粗的蛔虫扭动着抱成团做垂死挣扎。铁站起来，肚子明显不鼓了。铁说："娘，我饿！哎呀，又疼了！”黄凤莲还没反应过来，铁已躺在地上，没了气息。周大夫过来时，铁已经浑身冰凉，他看着铁拉在地上的蛔虫大便，叹了口气：“这孩子救晚了，肚子里蛔虫太多了！”

黄凤莲由“铁她娘”，再次恢复成“王春利家的”，直到银出生后送中米取名。银是黄凤莲生的第三个孩子。连失一子一女后，再生的孩子很娇贵，取了一个象征财富的名字，银。这时，婆婆已经故去，虽然王春利的脾气仍然很大，但已经不再动辄抡拐就打了，黄凤莲成了家里的女主人。她像老母鸡护小鸡爹毛乱啄人一样，谁敢妨碍她照顾女儿，她六亲不认。银小时候病过几次，感冒，发烧，肚子疼，惊风，每次患病，黄凤莲都及时为女儿延医求药，所以银很健康地长大，结婚，生子，直到今天，黄凤莲在村里还是借用这个女儿的名字行世，银她娘。

银之后，黄凤莲又生了一个女儿，取名叫铜。铜小时候，也得到了母亲悉心呵护并健康成长。在铜十六岁之前，地里的农活儿，主要靠银她娘及当时未出嫁的银。铜十六岁那年春，二十岁的银出嫁了，地里的农活儿就全压在了银她娘一人身上。她咬牙忍受着月子病落下的脚疼、腿疼、腰疼、肩背疼，没白没黑地下地干活儿。铜上初三，成绩是年级里前五名，一直在班里当班长，班主任说，她考重点高中绝对没问题，而且有望保送升学。银她娘在铜身上看到了生活的希望，孩子上学没钱不行。王春利能做的，就是逢一排六的菜籽庄大集时，到集街北头摆个修鞋摊位，打一个鞋补钉两毛钱，绱个全底鞋掌五毛钱，一集能赚十块八块。家里主要的经济收入，就是银她娘从土里刨，别人家在地里种小麦种玉米，她在地里种香菜种韭菜。

秋末的一天，银她娘要出一个畦子的香菜，第二天运到菜籽庄大集上卖掉。由于浑身疼，她除了用锨刨香菜时必须站着弯腰干活儿，择菜、码菜时就坐在地上。银她娘正值更年期，月经不规律，那天她在又潮又凉的地上坐着忙活了大半天，半下午往车上装香菜时，才觉出来自己来了月径，顿时觉得浑身疲惫无力。香菜装了满满一三轮车，无人帮忙，得自己把车子推出香菜地，然后蹬着运回去。银她娘骑着三轮车在生产路上走了不远，忽然感觉全身热乎乎的血液全沸腾着跑到了双腿上，双腿霎时又疼又沉，好像有无数把锋利小刀在肉里游走。银她娘硬咬着牙骑着三轮车往家走，到了家门口，下车时跌坐在了地上。她拉起双腿裤管，一双小腿明显都粗了一圈，腿肚子都变成了紫青色，她不由自主地用右手食指在右小腿梁上摁了摁，手指尖立即陷进了皮里，抬起手指，腿上留下一个坑。从此，银她娘只要走上三五十步，小腿就开始肿胀，用手指一摁一个坑。王春利主动提议，让老婆到县城的医院去检查，县医院的医生建议到市里的大医院去检查。大医院的医生给她做了检查，又让做了腿部彩超，说，这是小腿静脉瓣膜破裂，导致静脉运血困难，所以，双腿不能长时间站立或行走，平时以双腿平放为宜。起初，银她娘以为，浑身的月子病疼痛都能忍受了，再加这点症候大不了就是多咬咬牙。可是，只要她站或走的时间稍长一点，双腿就肿胀疼痛得厉害，而且沉得拖不动腿挪不动脚。地里的农活儿，银她娘再也干不了了。

不用父母说什么，铜在一次月考结束后，背回了自己所有的书本及文具。同学来家里叫了两次，老师来家里叫了三次。老师说，学杂费，可以向学校里申请减免，还可以帮着联系社会上的爱心人士资助，只要铜继续上学，将来考个名牌大学没问题。铜说："不仅是我自己上学的问题，这个家，我得顶起来！"

从此，铜从母亲肩上接过了锄、锨、耙子等农具。虽然地里的活计铜还不熟悉，但她舍得力气，不会的活儿就让母亲教。握笔拿书的双手不再白嫩并很快磨起了泡，泡退了，长了硬茧。不出一年，铜就成了干地里活儿的好手，来年秋天，地里的产出收入，并没有比往年明显减少。

深夜里，铜有时也会失眠，会想起学校里的老师同学，会假设自己如果还在学校是什么样子，想到老师说到自己将来的高考可以考名牌大学，越想越多越清醒。这是命啊，她强迫自己啥也别想了，数着数迷迷糊糊睡去，早上早起时，发现枕头上又是湿的。

十九岁时，铜已经出落成一个亭亭玉立的大姑娘了，在菜籽庄里，是出了名的能干。庄里的乡邻们嫌自家的儿女懒时，常说："看看人家铜，你有她一半懂事就行了！"

那年阴历七月的一天，早上四点多，屋里屋外还都像笼罩在无边的浓烟中，铜闭着眼摸索着起床了。她先出来上了趟厕所，又用瓢到屋门口东边的土陶瓮里舀了一大瓢水，咕嘟咕嘟喝了几口，剩下的倒进脸盆里，洗了洗脸，人清醒了许多。父母还都在睡梦中，她这就要准备上坡干活儿了。夏天气温高，玉米地里的杂草疯了一样地长，必须要勤锄，太阳出来后太热，铜每天都是天不亮就扛着锄下地。平时，铜都是在地里忙活到半晌午，天热了就往家走，早饭，父母给她留在锅里呢。这一天，天有些阴，不太热，铜干着干着就快晌天了，忽然在头顶上露出了大太阳，铜这才觉得肚子太饿了，赶紧用脚搓了搓锄头，扛着锄往家赶。银她娘觉得小闺女天天下地干活儿太累，在院子西边的梧桐树下支起鏊子烙白面饼，要改善伙食呢。银她娘擀饼，王春利烧火，单饼已经烙了二十多张，还剩下的一块面，要烙上两张油饼，给铜吃一张，老两口合吃一张。油饼是千层饼，先把面剂子擀成饼，然后倒上豆油摊均匀，撒上葱花、细盐，再把饼卷成剂子，重新擀开。烙熟的饼，面白，油黄，葱花白白绿绿，香气扑鼻。铜回家时，银她娘刚刚烙好了一张油饼，她招呼女儿趁热吃。铜洗了洗手，扒了棵葱，从饭橱里端出咸菜碗，撕了一块油饼就吃。一张油饼很快吃完了，这时，银她娘从鏊子上挑下了另一张油饼。铜感觉还不饱，又撕着这张油饼吃。鏊子底下的火已停了，银她娘把烙好的单饼一张张摞起来，又把案板扫净竖起来，回头一看盛放油饼的盖垫上，油饼仅剩巴掌大的一块。银她娘心口"噌"地蹿起一股火来："大热的中午头，我和你爷烧火烙了一晌午饼，这还没吃上一口呢，你就把两个油饼快吃上了？！"

铜看了看放着几摞单饼的盖垫，又看了看还剩一小块油饼的盖垫，后知后觉地明白过来，母亲仅擀了两张油饼，有些不好意思："我这不是饿极了嘛，我不知道你就是擀了两张油饼……"

"你不知道，你就不会用眼看？瞎眼骨头，小白眼狼，没点孝心，吃好吃的怎么不先想想爷娘吃了没吃？就这样的，将来还能指望你孝顺？"

铜心里觉得委屈。自己多吃张油饼算什么大事，值得母亲这么上纲上线？铜的眼里立即蓄满了泪水，把刚刚撕到手里的一块油饼扔到了盖垫上，回头就进了自己的那间东屋。银她娘又朝着铜骂道："小浪货，耍什么小性子脾气！你们一个两个的，要不是你娘我，谁能在这个王家门里活下来？！"

王春利扭头看了看铜的背影，回头呵斥老婆："你少说两句吧！她连高中都没捞着考，还不是为了照顾我们这俩没用的人？她天天起五更爬半夜地干营生儿，累得够呛，多吃点油饼又咋了？大不了我不吃了！”

王春利不说还好，这一说，银她娘更生气了：“你们一家人，个个都是白眼狼！从你娘算起，你们家里老的少的谁对得起我？我这浑身这疼那痒，还活个啥啊……”银她娘也不收拾案板、鏊子、擀面棍啥的了，小板凳也不坐了，随着转动的梧桐树影挪了挪身子，一屁股坐在了地上，拍双手，拍大腿，擦着泪历数婆婆、丈夫及孩子们带给她的伤和痛。

这些让王春利气短的话，都听得耳朵起了茧子，随着年龄渐大，他已不再动不动抬拐打人。他站起身来拄着拐往屋里挪去，在屋门口和铜打了个照面，铜啥也没说，王春利回头看见铜快步走到院子东南角的厕所里去了。王春利烧鏊子热了一中午头，又让那娘俩一搅和，没了吃饭的胃口，脱下身上的灰色的确良褂子往炕沿上一搭，倒在炕上阖上了眼皮，昏昏沉沉地迷糊了一觉。睁开眼时，从窗户里望见银她娘右手卡着一张单饼，左手攥着一棵葱，正在大口吃着。他看了看表，快两点了，估摸着铜应该早起了晌觉，到村后的菜园子里忙活去了。王春利披上那件灰色的确良褂子，穿上布鞋，拄上拐，朝厕所走去。离着厕所还有两米时，他吓坏了。厕所西边垒着一个圆形粮囤，囤底是用蓝砖码的，每两摞砖之间都留有一个砖的空儿，平时各种农药瓶都放在囤底的砖空儿里。铜半侧着身子蜷腿躺在囤南边，嘴边沾着些许白沫。王春利想拉起女儿来，铜的手已经又凉又硬。

如今，王春利去世两三年了，银她娘还生活在那三间红砖房里。银她娘已年逾花甲，皱纹把她的面孔分割成了一块块大小不等的田地。菜籽庄的人们说，银她娘能吃能喝能骂。不论冬夏，只要不是刮大风、下大雨或下大雪，每天中午，银她娘都会在木栅栏门外坐着高马扎吃午饭，都是烙葱油饼就生葱，都是边吃边骂，骂婆婆，骂丈夫，骂儿子，骂女儿，骂得最多的是铜。如果你仔细听听就知道，她时常翻来覆去重复着嘟囔同一句话："小浪货，还不让我吃油饼，我偏吃，有本事你也来吃啊！"

姐弟

1

风箱“呱——嗒，呱——嗒”，响得缓慢，黏滞。大姐直勾勾地盯着灶头，红红火苗蛇芯子般向外舔着。二姐头朝大姐，背朝门口，像只皮球团缩在马扎上。刘竹站在饭屋门口，把书包从右肩膀头拉下来提在手上，和两个姐姐打招呼：“我回来了！”大姐受了惊吓似的扭过头来，应一声“回来了”。二姐一声没吭，只是直了直背，仿佛团缩的皮球一捏扁长了一下，但接着又团了回去。刘竹知道，两个姐姐肯定是在说什么女孩子之间的秘密，他一走开，她俩还会继续低声私语。男女有别，姐姐们大了，有时会背着弟弟说些悄悄话。刘竹没敢迈进饭屋，喊了句，我做作业去了，提着书包转身往北屋走。

西边的太阳看不见了，余晖映得天上发红，还羼着些淤泥般乌紫的浓云。刘竹摸了摸自己的肚子。刚才放学时，有同学喊他去打一会儿乒乓球，他摆了摆手，拖起书包就刮着旋风往家赶。他饿了，想麻利利地回家，不管凉的热的，先吃上点垫巴垫巴。但现在他啥也没说。二姐打嗝似的，肩膀一抖一抖，肯定是遇上什么事儿了。他要是进饭屋里转一圈，二姐会像换衣服被人看见一样难为情的。

刘竹进了北屋，坐到那张枣红色三抽桌前——是干枣的红色，漆面也像晒干的枣子一样，皱巴，斑驳。打开数学书，做老师布置的作业，翻到“四舍五入”那一页，盯着出神。

都说“大的惯，小的娇，当中间的吃气包”，姐弟三人，二姐就是夹在当中间的那个，虽然算不上吃气包，但在父母眼里，还真是没有大姐的惯和小弟的娇。就是这样，二姐却最爱笑，尤其是看了连环画小书《婴宁》后，二姐的笑声变得比原来更清亮了，经常哈哈、哈哈地大笑。为此，她在家里还得了个外号，笑笑。现在，二姐为什么哭呢？要知道，太阳在阴天时可以不耀眼，二姐的笑容可是天天都闪亮啊。

二姐上联中时学习不错，中考时却发挥失常，没能考上高中。刘竹现在上五年级，秋后升联中。二姐常常唠叨刘竹，你可一定要好好学习啊，我下了学才觉出上学真好，自己当时怎么就不再努力一点呢。每天傍晚放学后，二姐还都要拉着他问问学校里的事儿。

可是今天，刘竹放学了，二姐都没回头照个面。

2

吃晚饭时，谜底揭晓：二姐下了决心，要去广州打工。爸爸妈妈的第一反应，都是不赞同。倒不是不信任二姐。二姐从小就是“营生儿迷”，特别能干，也特别懂事。

刘竹出生时，二姐才七岁。那时，大姐要上学，妈妈要过月子、带孩子，二姐就天天跟在爸爸股屁后面，下地干活儿。拔草，追肥，点玉米种子，凡是能做得了的，她都学着做。她说，要不，那么多农活儿全落在爸爸一个人身上，多累啊。从那时起，二姐就一步一步成了上坡干活儿的好手。邻居们责骂贪玩的孩子，常拿二姐打比方：“看看人家玉兰，一个女孩子，什么活儿都会干！”

二姐下学后，还经常到程乡的乡办企业打工。她有力气，肯吃苦，在哪里干活儿，都干得住。去淀粉厂搬玉米袋子，去铁木厂刷油漆，去乡政府种花栽树，去学校食堂蒸馒头，什么活儿赚钱多，二姐就干什么活儿，从来不嫌累。赚的钱，自己一分不留，全都交给妈妈。她和妈妈说：“让弟弟好好学习，上完联中上高中、考大学，出国留洋更好！”

现在，二姐说要去广州打工，爸爸妈妈紧张了——一个姑娘家，怎么能跑得那么远？

二姐说，她有两个联中同学，都是菜籽庄西邻王家庄的，去了广州一家电子元件厂，一个月能赚近千元呢。那两个同学一起给她写的信，叫她也过去打工——上学时，她们三个是关系很铁的“老伙计”。大姐说，其实，只要那两个同学可靠，考察好了，去看看也行。到了那边儿，及早给家里写信。要是觉得不好，就快快回来，要是觉得还不错，那她也过去，亲姐妹一块打工，也好有个照应。

爸爸妈妈都知道，二闺女从小就很有主意。只要她认准的事儿，谁也别想拦住。妈妈揭了揭月份牌，三月十六是好日子。头天晚上，全家人一起包了三大盖帘水饺，猪肉白菜的。出门的水饺，回家的面。出门前吃一顿水饺，在外面，就能总记着家的味道，就能尽早踏上归途。虽说不舍得玉兰去广州打工，但马上就要出远门了，爸爸妈妈的脸上还是做出喜气洋洋的表情，念叨着路上平安，一帆风顺，多多发财之类的吉利话。

妈妈还叮嘱，到外面要吃得饱，穿得暖，到哪儿也要身子正，手脚干净，千万别和手脚不干净、心眼子不好使的人走得太近。大姐很认真地对二姐说：“反正年纪也不小了，什么是好，什么是坏，应该分得清了。一个人到外面，别再犯什么大错误，你让人戳了脊梁骨，咱全家都得受人笑话。”刘竹觉得大姐这话说得有点重，他看了看大姐，大姐的脸皮朝下吊着，没有一丝笑模样。刘竹想了想，二姐要出那么远的门，他也笑不出来。转身拎起用鲜黄色床单打起的简单包裹，挎在自己肩上，跟在二姐身后说:“到广州那边赚够了钱，就早点回家啊！”二姐手里提着一个带拉链的蓝灰色布包，大姐推着自行车，一家人浩浩荡荡朝外走去。

一直到了菜籽庄西头的公路边，二姐停住脚步，接过刘竹右肩的包裹，伸手给他理了理拉扯变位的上衣，右手又朝他头上捋了一把：“你是男的，是咱家里将来的顶梁柱，一定要好好学习！只要你撑起了咱家的门面，那就谁也不敢欺负你两个姐姐，嗯……”二姐好像还有什么话要说，大姐插了一句:“咱本本分分做人，不招事惹事，谁会欺负咱？当然，刘竹必须得好好学习，你二姐出去打工，也是为了多赚钱，好供你以后上大学呢！”二姐又张了张嘴，却啥也没再说，倒是眼里，两串泪珠骨碌碌淌了出来。她转身朝着父母，忽然跪下嘣嘣嘣磕了三个响头。磕完了站起来，肩头的包裹坠得她打了一个趔趄。妈妈反应过来：“这孩子，就是出去打个工嘛，这么正规正矩干什么，又不是不回来了！”二姐的两个嘴角都朝下扯了扯，好像要放声大哭的样子，说:“我第一次出这么远的门，心里也是……”妈妈抬起两手给玉兰擦了擦眼泪：“笑一笑，你是笑笑啊！出远门要高高兴兴从家里走，一切才吉利呢！”

刘竹没有看清二姐是不是笑了笑。爸爸说：“走吧，到了那边早往家里写信！”大姐也说：“走吧，别耽误了车！”大姐骑上自行车，二姐跳上自行车后座，朝家里人招手：“我走了，回去吧，回去吧！”大姐把二姐载到庄西三里路的大路口，等上公共汽车，先到县城，再从县城坐上南下的汽车。

3

二姐走后第十天，家里收到了平安信。信是写给大姐的，大姐去村委办公室取来，吃晚饭时，拿出来念给全家人听。信里说，二姐在电子元件厂上班了，厂里吃，厂里住，挺安全的。早上七点上班，中午十二点下班吃饭，下午从一点上到六点。活儿不算太累，就是不知道能不能按时发工资。听同学说，前三个月的工资，厂里扣下当押金。然后，再干三个月的实习期，工资是成熟工的百分之七十。从第七个月起，就发全工资。二姐说，她先干上一年半载看看，要是觉得可以留下长干，再让大姐过来。在信里，二姐又专门问刘竹，最近成绩好不好，叮嘱他努力学习，将来出人头地，为全家人争光。

要升初中了，刘竹当然很努力学习——大姐二姐上学时叫联中，现在都叫初中了。他让大姐回信时告诉二姐，让她放心，升初中时，他一定考个好成绩。刘竹考上初中了，分在初一一班，学号是二号——应该是按考试成绩排的。刘竹很自豪。他当了学习委员，还当了语文课代表。

刘竹的班主任叫田槐，教语文课。第一次上语文课时，老师让刘竹念新课文，刘竹拿起书，把一篇《凡卡》念得抑扬顿挫、声情并茂。快下课时，老师就点名让刘竹当语文课代表。以后再上语文课，老师几乎堂堂都会提问刘竹，刘竹从来没有答错过。刘竹有时到办公室找田老师，有时，也去他家里——他家就住在学校西北角的家属房里，两间红砖红瓦的北屋，一个小天井，道门口边有一间同样红砖红瓦的伙房。田老师对他这个学习委员、语文课代表很器重，去家里，就是让他去领作业，领任务，田老师在家里也办公。有时还专门给他检查一下背诵的课文或者古诗，开开小灶。遇到老师家正在吃饭，还要让他吃上点，一捧花生啦，两只大虾啦，老师一定是放到他手里，让他吃掉。到家里的次数多了，老师还说："我家里的文学书很多，读书对写作文有好处，你想看，周末就来拿上一两本，别给我弄丢了就行。"有时不急着上课，老师也会和他闲聊几句，问家里是哪个庄的，家里有几口人，父母都做什么，周末在家里干活儿了没。不过，刘竹有点纳闷，老师闲聊时容易走神，明明面对着刘竹，却好像和他身后的另一个人说话。

刘竹想把这些也都写在回信里，大姐却瞪着眼说："真是个小孩子，这些鸡零狗碎的事儿，还值得写信？咱每个人都扯上这么一通，那还不得写上十张纸？"回信都是大姐写，大姐寄。大姐既然这么说，那就不写这些了。等二姐回家时，再好好和她说吧。刘竹写日记，就把这些全写进日记里，他怕自己忘了。等二姐回来，问他学校里的事儿，他把一些有意义的事儿忘了怎么行？

田老师讲课讲得风趣，批作业批得认真。田老师很年轻，也就二十几岁，要个头有个头，要长相有长相，可谓一表人才。班里的女同学们，一说上语文课，就特别高兴。有两个女同学，都是菜籽庄的，原来像野马一样闹腾，可现在，忽然变得端庄、文静起来。在语文课上，得到老师提问，她们会脸红呢。当然，班里的男同学，也都很喜欢上语文课。作为班主任，田老师并不天天板着脸批评大家，更从没有打过谁，可是，同学们都很听他的招呼。

刘竹是学习委员和语文课代表，跟田老师亲密交往的机会最多，这让他感觉在同学们中间特别有面子。刘竹还知道，田老师的妻子，就是学校后勤管劳动课的张老师。张老师的长相，还行吧，但比起田老师来逊色点。据说，张老师是程乡教办张主任的女儿，是她先看中的田老师，张主任托校长保的媒。他们结婚四五年了，但一直没有孩子。也有同学传小道消息，田老师怕是要离婚，可这婚不好离。不过，刘竹去田老师家时，从没见过他们吵闹打架什么的。张老师不太爱笑，但刘竹每次去他们家时，她客客气气，有时也冲他微笑一下。所以，刘竹并不相信那些小道消息，心里骂那同学胡咧咧。

到田老师家的次数多了，刘竹也不再像开始一样那么拘谨。有时，看到茶几上、电视柜上有书报啥的，会顺手拿起来翻一翻。那一天，田老师正在洗头发，刘竹看到电视柜上放着一本八开大的相册，拿过来坐在沙发上翻开看。这个相册是田老师专用的，里面除了他的单身照，就是他和学生们的合影。刘竹并不认识田老师的学生们，所以，看得很潦草，重点找着田老师的面孔看。翻到最后一页，刘竹站起身，准备放回相册，但是，他又坐下了，他看见了二姐——一张二姐和田老师的合影，就是在校园里的一个花坛前。二姐两手板板正正地举着一本语文书，头朝着左侧的田老师倾斜。不知是不是洗相技术的问题，二姐的脸特别红，很像父亲喝酒后的样子。二姐的嘴角朝上翘着，两只眼睛眯得有点小了，但是，眼珠却放射着晶莹的亮光。田老师没有看镜头，眼睛藏在褐色的镜片后，目光有点低。刘竹又找同一页的大合影，在一张毕业照里，看见了二姐。学校的领导、老师们坐在中间一排椅子上，女生们蹲在椅子前的地上，椅子后面站着男生。二姐正蹲在田老师跟前。刘竹擦了一下眼，二姐的脸，就是比第一排其他女生的脸更红。二姐的脸，从来都是粉朴朴的，大姐都说那是“气煞太阳”，怎么在照片里就成红的了？

田老师拿着一条毛巾擦头发，刘竹忍不住问：“田老师，你也教过我二姐啊？”田老师怔了怔，反问道：“你说谁？”刘竹答：“刘玉兰啊！都说我和二姐像一个模子里刻出来的呢！”田老师拿着毛巾朝里间走：“噢，刘玉兰，我教过……”刘竹很想和田老师聊聊二姐，他预计田老师会问到，刘玉兰现在忙啥之类的。他呢，要向田老师打听打听二姐上学时的情况，学习认真不认真，和老师同学们相处得好不好。刘竹说："我二姐去广州打工，走了三个多月了。"田老师没接刘竹的话，却说："你先回教室吧，我再把你们的试卷归归类，一会儿我捎过去！"

4

中秋节前一个周末，刘竹放学回家，看见大姐坐在灶头前捧着一张信纸发呆，左手食指咬在嘴里，风箱都忘了拉。刘竹恶作剧地闯进去趴上看，大姐"欻"地一声就把信纸团了起来。刘竹眼快，看到信纸的末端，落款是"玉兰"，还注意到，信纸上，像滴上了一两滴水。哦，原来二姐写信时，给家里人写一封，再单独给大姐写一封！但是，二姐写给大姐的，又是什么事呢，大姐那么害怕他看见？大姐站起来，把右手中指压在拇指下面，张开嘴哈了哈，一伸胳膊轻轻地弹在刘竹额头上："不带这么吓人的！吓死我了，我还以为是小偷呢！"大姐装出要笑的样子，但刘竹觉得大姐更像哭。确实，大姐两只眼睛红红的，樱桃似的，脸上还留着湿洇洇的痕迹。

"二姐她，在广州过得不好吗？"刘竹试探着问了一句，大姐却"哇"地一声哭了起来。大姐两只手捂着脸，眼泪在指缝里肆意横行。刘竹不知该怎么劝大姐，只是拉拉她的袖子，嘴里嘟囔着："别哭了，我二姐到底怎么了？"大姐只是哭，啥也不说。

二姐在临去广州前，身子一抽一抽地哭，现在，大姐又拿着二姐的信哭得惊天动地。二姐到底是遇到什么难事儿了？她们只知道哭，却不和他说，亏她们平时还唠叨什么他将来是顶梁柱。灶膛里的火灭了，烟反蹿出来，呛得刘竹吭吭地咳嗽，咳完朝脸上抹了一把，手里湿漉漉的。

饭屋里下满了浓雾，浓雾里弥漫着一股铁腥味，刘竹恍惚分辨不出眼前的是大姐还是二姐。呜呜的哭声终于变成了一吸一吸的抽噎，大姐趴到灶前，用一根玉米秸挑起灶膛里积下的柴草，呱嗒呱嗒拉起风箱。一团红火苗呼啸着喷出来，嘶啦嘶啦，燎了大姐几缕刘海，一股焦臭味压住了刚才的铁腥味。

刘竹站着没动，大姐也没有抬头，脸仍朝着灶膛，说："其实也没什么事儿，我就是太想玉兰了。每逢佳节倍思亲啊，她过中秋节也不回来。哎，你可别和咱爸爸妈妈乱说啊，让他们白白担心——啥都别说，也别说我哭了。"

5

入冬后的一个周六晚上，刘竹做了个梦。他好像站在河边，而二姐，却坐着马扎漂在河中央。二姐穿着一件鲜黄色的大棉袄，手里在织毛线，好像是一条毛裤，织了一多半了，也是鲜黄色。忽然，河水全变成了红色，波涛汹涌。二姐坐在马扎上晃悠，毛裤掉到河里了，人惊得啊啊大叫，胳膊四处乱挥，人也马上要掉到河里。刘竹一下子惊醒了，浑身冒出一层汗，他伸手把枕头翻了个个儿，安慰自己："梦是反的，二姐好着呢！"他想继续睡，想继续梦到二姐，梦到笑得阳光灿烂的二姐。

从小到大，刘竹还没和二姐分开这么长时间呢。爸爸和妈妈天天忙着赶集啦，上坡啦，平时，就是大姐和二姐在家里哄着他。特别是二姐，从小体格壮，都说她像假小子，有的是力气，哪怕是从坡里干了一天活儿回来，也还能领着刘竹满处疯跑。在场院里，和庄里的孩子们跳大绳，用沙包“砸敌人”，玩“木头人不动弹”，唱着“雉鸡翎，扛大刀，俺这边的人马尽管您挑”撞人墙。有人嫌刘竹个子小，力气小，不愿带他参加某个游戏，二姐就拉着刘竹的手往那里挤：想不带我弟弟，你们就甭想玩儿！

天越来越冷，离期末考试也越来越近了，考完试，就该放寒假了。刘竹憋着一股劲儿，他要好好学，争取能考个全班第一，全年级前五，到时让二姐高兴一下。对，放了寒假，二姐也就快回来了——她中秋节没回家，但春节一定会回家。

那天下午，天很冷。教室的后玻璃窗外钉着一层塑料薄膜，北风吹得薄膜不时粘贴在玻璃上，扑答扑答直响。下午预备铃打过了，田老师却还没到教室。第一节课是语文，他向来都是踏着预备铃进来，先给同学们讲一两个笑话，或者起个头，领着同学们背诵一两首唐诗。他说，怕有的同学午觉还没睡醒，先弄点动静，热闹一下，省得一会儿上课打盹儿。田老师的这一招很管用，也很受同学们欢迎。那些平时要预备铃过后几分钟才到教室的同学，这节语文课前，必定在打预备铃前就坐好了。有的同学开始窃窃私语，教室里扑哧扑哧像锅里的粥刚刚煮沸。班长吆喝一声：“大家别吵吵啊！”安静了有半分钟，又有同学叽叽喳喳，还有人在嘿嘿发笑。刘竹站起来，干咳一声清清喉咙，说：“咱背一下《望庐山瀑布》和《观书有感》吧！望庐山瀑布，李白，预备……”于是，教室里响起整齐又兴奋的背诗声。两首诗齐整整、有气势地背完了，上课铃也响了，但田老师还是没来。

同学们又开始交头接耳。不对啊，田老师上课，从来还没迟到过，也没旷堂过啊。就是别的老师，如果哪一节课不来上，也会提前安排好，或者，让其他的老师来代课。有个同学忽然想起来似的：“哎，午休时我出来上厕所，老远望见，好像田老师家门口那里围着一些人！”这个同学这么一说，又有几个同学也说上了："是呢，我从厕所出来时也望见了，好像有人在那里呼天抢地似的！”“对对对，我也看见了！”有人建议，让刘竹去田老师家看看，很多人附和，是啊，课代表去看看吧。刘竹离开位子，跑到班长面前和他商量。班长也说："要不，你就去看看吧。”他站起身子，刚要准备往外跑，忽然，一阵啾哇啾哇的声音由远及近，他站着没动，又听见那啾哇啾哇的声音由近及远，像是往学校西北角去了。班里这时静及了，同学们都噤了声，只面面相觑。说不上为什么，刘竹心里忽然生出一种恐惧，他扭过头，和班长说："要不，咱俩一起去看看吧！“

田老师家的院门口外围着一些人——其实也就十个八个，有家属房里几个老师家属，还有几个没上课的老师。有几个老师家属站在外围，一边看着事态，一边低声议论。

“现在的女孩儿太不像话，这不是破坏人家家庭吗？”

“随随便便许了诺，小姑娘就信以为真！”

“还生了孩子？”

“真看不出，是那样的人！”

救护车停止了声嘶力竭的叫喊，后屁股两扇门打开着，有穿白大褂的从那里下来。救护车正挡在田老师家的院门口。刘竹拿不准是否继续往里走，班长却拉着他的手，穿过人群，绕过救护车，悄悄往院里钻。

突然，刘竹如五雷轰顶——他的大姐和二姐在田老师家院里！二姐穿着一身鲜黄色运动服，斜倚在大姐怀里，嘴角像刷牙一样淌着白沫。大姐蹲在地上，脚边不远处，有一个褐色的玻璃瓶，贴着蓝标签，写着黑字：一六〇五。大姐的声音已经不像大姐了，像薄薄的刀片，一下一下，划割着周围黏稠的空气："玉兰，你潮（傻）啊！玉兰，你潮啊！玉兰，你醒醒！玉兰，你醒醒！"

弥河县人民医院急救科，刘竹跟着抢救的大夫跑。二姐被抬进了一间抢救室，刘竹要进去，却被推在门外。还好，有大姐陪在二姐身边。还好，抢救室门上有个小玻璃窗，刘竹扒着门框，探着头朝里望。

二姐很痛苦。胳膊和腿，都胡抡乱甩。头、腰、屁股，都疯扭狂动。大夫、护士，五六个人一齐按住二姐，有人拿着一把长长的不锈钢剪刀，从正面中间劐开毛衣。往身上夹夹子，粘吸头，往嘴里塞管子，还有人一下一下按二姐的肚子。他们用着各种手段折腾二姐——刘竹知道那是在抢救，可是他认为那就是折腾。二姐的身子，还在使着蛮劲扭摆。

不知怎么，二姐的裤子拉扯得往下滑，裤腰上面露出一丛黑色毛发。刘竹像被兜头泼了一盆开水，脸上烫得发疼。他很内疚，怎么就看了二姐的隐私呢。他已开始发育，下面也有这么一丛黑色毛发。他知道，这些是绝对隐私。他安慰自己，不是故意要看二姐那里的，不是故意的，他想看的，是医生们怎么抢救二姐，怎么把二姐治好。

刘竹迅速把眼光朝上挪开，却吃惊地发现，二姐的小肚子上，竟然有一层细细密密的粉红色麻子。他们家的人，都没谁生过麻子啊。也不对，他在心里管那些叫麻子，可那些和麻子并不一样。麻子一般是圆的或椭圆的，像一粒干瘪的黄豆。可这些都是扁形的，像微型的葵花子。麻子是一个小坑，这些只像一道裂缝。可是，不管这些叫麻子，他也不知道该叫它们什么。奇怪的是，这些粉红色麻子，还都放射着亮闪闪的珍珠光泽。

6

二姐终于抢救回来了。可是，她的神情总是呆呆的，躺在床上，啥也不说。出院时，她两只胳膊紧紧抱着一个枕头，谁说也不放开。坐进面包出租车时，二姐说了一句："走吧，去广州打工！"

回了家，二姐一日三餐照吃。只是每次吃饭前，她都会说："我要去广州打工，我要去广州打工。"父母觉得，二姐遭过伤害，脑子受了刺激，也不把她的话当回事，只是含糊地应付她："好好好，你先吃饱饭，养好身体！"或者，"过完年，天暖和了，就去广州！"家里每天都有人陪着二姐，既是照顾她的吃饭、休养，也是怕她真的悄悄跑到广州。家里的院门，天天都上着一把五星牌铁锁。

田老师并没受什么大的处分，只不过被调到程乡中心小学去了，还是教语文，没当班主任。

刘竹忽然不想再上学了，当然也不想参加期末考试。但他只是那么想了想，就又坐在教室里很努力地学习了，而且，这努力要比原来的努力还强上几分。他告诉自己，一定要好好学习，好好学习，考上高中，考上大学。

星期六下午回家，二姐先是拉着刘竹的手哈哈着笑，一边笑一边说："好弟弟，好弟弟，你将来一定要考高中，上大学，给咱全家人争脸！"接着，又抱着刘竹抽抽搭搭地哭。哭够了，二姐再拉着他的手笑，说："好弟弟，你是最好的弟弟，二姐打工赚钱，以后供你上大学！"妈妈看着这对姐弟在一起又哭又笑，伸手擦了擦眼，去了饭屋。

星期日是菜籽庄大集，爸爸妈妈到菜市卖粉条，大姐到布市接缝纫活儿，只留下刘竹在家陪二姐。二姐从她的床底下拖出一个蓝灰色帆布包，拉着刘竹的手说："好弟弟，你和二姐最好了。爸爸妈妈和大姐，都不让我去广州打工，可是，我一定得年前去一趟广州！"

刘竹马上就要十六岁了，厚唇上，已悄悄生出一弯细黑的茸毛，嗓音也变得粗重。他的个头，比二姐还高出一拳。他感觉自己像个大人了，懂得为一些事情操心了。他不明白二姐为什么非去广州不可。他问二姐："广州到底什么样子啊？"

二姐笑笑："人很多，有地铁。我也说不好，反正工厂很多，这家不想做了可以跳槽到下一家……"

"广州乱吗？"刘竹又问。

"我们天天上班，很少出门，乱不乱都跟我们关系不大。"

刘竹"哦"了一声，说："我就怕你……"

二姐摇摇头，指着脑袋："我的脑子，没什么大问题，一到广州就会好的。"

二姐说完，眼圈红了，揉了一下，又说："其实，这次我就不应该回来。"

那一刻，刘竹相信二姐的精神是正常的。他似乎明白了二姐一定要离开家乡的原因。他一阵难过，做出了一个他在以后的人生里一直引以为豪的决定："二姐，我陪你，去广州！"

截锯

已经三月下旬了，一天暖过一天，高屋法庭院内小花园里的连翘，熙熙攘攘地伸展着挤满鲜黄花瓣的枝条。不过，调解室在法庭三层办公楼的一楼，窗子上是当年建设时流行的蓝绿色玻璃，阳春的光线透进来，不带多少温度。赵兴光感觉手脚发凉，头像刚从冷水里捞出来，心口发紧。劣质二手烟充满了调解室的边边角角，赵兴光把手中的烟屁股扔到了地上，又照着红火头使劲碾了一脚，习惯性地伸手往右裤口袋里一摸，掏出一个哈德门烟盒，里面已经空了。他啪地把烟盒摔到了墙角，懊恼地用手扒了扒，像秋风吹过的荒草一样东倒西歪的头发，换了个姿势继续东倒西歪。

孙玉美直腰坐在墙边的椅子上，红色的羽绒服开着拉链，人瘦瘦的，挺着肩，红色腈纶方围巾已从头上抹到了脖子上。她一直低着头，不抬眼看赵兴光，右手用拇指和食指揉捏着左手的食指，两只手上的指甲都修剪得很短，指甲缝里很干净。

怎么会到离婚的地步呢？赵兴光真的不大敢相信。两人虽然是经人介绍的，但他们是一眼就彼此相中的。在此之前，赵兴光已经相了二十多个对象了，孙玉美更厉害，相的对象过了三十个。说来蹊跷，就这么两个被人笑称为“挑花了眼”的青年男女，竟然一见钟情。赵兴光相信这是缘分。他们交往了半个月，就交往到床上了，处男处女初经人事，又过了两个月，孙玉美怀孕了，接下来，所谓的奉子成婚。虽然当时赵家父母借着这事，认为孙玉美非他家不嫁，在彩礼一事上一再压缩，闹了些不愉快，但终于还是顺利结婚了。农历五月结婚，当年年底，孙玉美就生了个大胖小子，全家人欢天喜地。那时候，谁能想到将来会有这么一天到法庭上闹离婚？

“到底怎么样，你才不离婚？”赵兴光问。

孙玉美抬了抬头，看着赵兴光：“你说，咱这日子能还舒舒坦坦地过下去吗？”

孙玉美知道赵兴光爱她，很爱；她也爱赵兴光，很爱。但那又如何？她实在撑不住了！

赵兴光在高屋镇淀粉厂当工人，合同长期工，一个月两千多点，只靠他一人的工资养着老婆孩子，很吃力。孙玉美没有奶水，儿子赵小龙从小吃奶粉，就生这么一个宝贝儿子，自然不敢给他乱吃，赵兴光定期到县城的大超市里买名牌奶粉，婴儿奶粉贵得离谱，一个月总有千数元的开销。赵小龙七八个月时，孙玉美也想出去找份活儿干，结婚前她在菜籽庄纸箱厂上班，稍累点，黑白倒班，厂子里很忙，但效益还不错，工人的工资也可以，一般每月都能过两千。但是，孩子谁给哄呢？在菜籽庄，奶奶哄孙子，天经地义。赵兴光的母亲却提出来，孩子可以主要由她哄，但她不能一年到头天天哄。

赵家父母很年轻，不足五十岁。赵兴光下面有个妹妹，正在上高中，学习不错，读完高中，肯定还要考大学，在农家，供个大学生不是件轻松事。赵父是个盐场工人，虽然有份固定工资，但工资不高，比起村里外出干建筑或种大棚的男人们，远差了一截，就图再有个十年八年就退休了，到时可以清闲地拿到退休金。平时家里的大事小节，就靠赵母张罗。赵母很能干，到建筑工地当小工，到人家大棚里干季节工，秋后外出给人家拾棉花，她得扎头竖腚地给女儿攒学费，儿子当年学习成绩一般，初中毕业就算了，但女儿学习好，考上了重点高中，说啥也得供她上大学。如果赵母全天候哄孙子，她就相当于“失业”，直接影响给女儿攒学费。

赵母提出的要求看起来很有理：她不再去建筑工地当小工了，那个太占时间，收入也不算高，但是，大棚里的季节工、秋后拾棉花，她还是要去的，这时候她干一个月，能顶赵父两个多月的收入，也差不多能赶上赵兴光或孙玉美的两个月工资，一年总共才那么两个月左右的黄金机会，不干太可惜了。要么，在这两个月，孙玉美先不上班，来哄孩子，要么，到时候由小龙的姥姥哄着。对于孙玉美，长期干着的活儿不干了，离开一个月两个月哄孩子，再回来时，这岗就可能让人给顶了，不合适。而且，虽然一大家子人还在一起吃饭，但各自的账务是独立的，老两口赚的钱是老两口的，小两口赚的是小两口的，婆婆赚的钱再多，也顶不了孙玉美的工资。让姥姥哄小龙，这更不现实，孙玉美在家里也是老大，她有妹妹有弟弟，一个上职专，一个上初中。要供两个孩子读书，对于小儿子还有将来盖房子娶媳妇的大事，孙家父母的生活压力更大，没有空闲时间哄孩子。在菜籽庄，奶奶哄孙子是义务，姥姥哄外孙是人情，姥姥不哄，谁也说不出什么。

为哄孩子这事，小两口没少闹别扭。赵兴光很孝顺，很为自己的父母着想，也是为妹妹着想，但是，这样就不替媳妇着想了。双方亲家也没少闹矛盾，气得孙玉美的母亲说：“俺闺女麻麻利利地给你们姓赵的生了孙子，烧包不是？要是结婚后三年五年不要孩子，让你们猴急上几年再生孩子，到时倒贴钱你们也拿着当宝贝疙瘩抢着哄！”

到了吵架的份上了，谁也不会说好话，赵兴光的母亲反唇相讥：“要不是你闺女浪着急急忙忙上俺儿的床，也不能这么麻利生了孩子！”

“谁浪跟得上你浪？要是有一个相好的就在脸上点一个痦子，你满脸点了痦子都装不下！”

“有本事，也让你闺女满脸点痦子去！”

因为婆婆的作风问题，全家老少更是没少吵架。在菜籽庄，人们管女人作风乱叫“创殃烂”，“殃烂”的意思本是指脏、乱。菜籽庄是个大庄，一个自然庄，五个行政村，赵家在菜籽二村，孙家是菜籽五村的。在孙玉美和赵兴光谈对象时，孙家父母托人打听过赵家户情。婚前打听对方及家庭的为人、风评，当地叫“哨听”，男女结婚前，双方一般都各自找人哨听哨听。孙家父母哨听到了赵母的作风问题，很不同意这桩婚事，都说“媳妇跟婆脚”，他们怕自家闺女嫁过去受人笑话。但是，孙玉美和赵兴光这两个阅人无数的青年男女不仅看对了眼，而且，赵兴光迅速地以播种的方式占领了高地，孙家父母不好再使劲反对。“要是有一个相好的就在脸上点一个痦子，她满脸点了痦子都装不下”，这是孙家父母托人哨听到的一句说赵母创殃烂的原话。从一开始，孙家父母就很看不起赵母，这事儿，他们也和孙玉美说过，并嘱咐她，嫁过去之后一定要和丈夫好好过日子，千万不可受婆婆的影响。

新婚后，小两口还继续胶着恩爱，奉子成婚，他们的恋情像初春的嫩叶一样没长够身子，还得继续长着直到盛夏能洒下最浓郁的阴凉。孙玉美平时就住在婆家（在农村，很多新媳妇结婚后未生育前，仍习惯于住在娘家），只有在赵兴光值夜班的时候，孙玉美才住到娘家，赵兴光下了夜班，电话打了，知道媳妇在岳母家，他会直接赶到岳母家，先睡一觉，然后接着媳妇回家。

那一天，下了夜班的赵兴光在岳母家补了觉，领着孙玉美回家时，已经傍晚了。到家，道门口的大铁门打不开，是从里面关着的。孙玉美没有多想，在大门上拍了几巴掌叫门，咣咣咣，赵兴光却抓住了她的手："别拍疼了手！"赵兴光脸色很难看，他掏出手机打电话，好一会儿，电话通了，他只说了两个字"开门"。时隔不长，赵母出来开门。孙玉美扫了婆婆一眼，婆婆的脸色不正常！而且，怪热的天气，婆婆外面穿着件厚外套！孙玉美一下子全明白了。

赵母讪讪地打招呼："回来了？我这就做饭去！"赵兴光没理母亲，拉着媳妇的手直接往小两口的房间走——家里共有五间北屋，两间住着老两口，另三间收拾成了小两口的新房。推开门，孙玉美看到床铺上不像她走时收拾得那么齐整，心里顿了顿，没说什么。她往床底下的暗橱里放置几件随身物品，一件军绿色的男式内裤就在床前地上！内裤很肥大，一看就是经过长久穿着和水洗的，绝对不是赵兴光的！

孙玉美原以为，虽然婆婆创殃烂的事儿在庄里并不是秘密，但媳妇嫁过来之后，婆婆会收敛或谨慎，肯定不会让媳妇"看戏"，男女相好这事，一般都是避人的，长辈更怕这点儿事让小辈撞破。没想到，新媳妇嫁过来不足一月，就知道婆婆的创殃烂不仅仅是传言，而且，婆婆竟然趁她不在家，用她的床铺！这让孙玉美恶心得不行。

结婚后还没出"满月"，新媳妇就闹着分家，孙玉美自己也觉得不太妥当。显然，赵兴光对于母亲的事是心知肚明的。但作为晚辈，这事怎么说？

以后，孙玉美每次回娘家，或较长时间外出，都要在新房门子上锁一把黄铜的三环锁。大铁门她没法从外面上锁，有时回家，仍不免会遇到大铁门从里面关着。她不再伸手拍门，和赵兴光一起回家时，就由赵兴光给母亲打电话，她自己时，就先在道上或到邻居家里站站玩玩。有时，也有多事的村民瞅一眼孙玉美手里提的包或方便袋，意味深长地说一句："家里关着门啊！"别人的眼光，别人的这类话，让孙玉美从脖根到耳根都泛红。

一天，她又提着包到邻居家坐会儿，这邻居是本家的一个二嫂，她看孙玉美手中的包和袋子时，都是不着痕迹，有时在路上遇到，很真诚地说一句："兄弟家的，到俺家坐坐玩儿吧！"孙玉美有时就过去拉点家常，她觉得二嫂不是多事儿的人，觉得和二嫂挺投缘，聊天儿时也不仅限于客套话、无聊话。这天，孙玉美不自觉地说起了婆婆，话里很有埋怨和不齿。二嫂说："睁一只眼，闭一只眼吧！这么多年了，大叔都不管。大婶子也很不容易，大叔一个月才回来一次，至多两次，再就是忙秋忙麦、过年过节时回来，平时家里就靠大婶子一人撑着。有些事儿，我这侄媳妇本不该乱传言，不过你是自家人，有些事知道了反而好些。我嫁到赵家门里也有小二十年了，记得才来时，常听见大叔大婶子吵闹、打架，那时，大叔真是往死里打大婶子，然后大婶子就跑回娘家待上好几天不回来。后来慢慢就没有这些动静了。听说，大叔的亲兄弟，就是咱二叔劝过他：'自己有毛病你还没数？有这么个老婆，给照顾着儿女家下，就行了！只要她不提离婚，她不离家出走，她爱怎样就怎样吧，反正坏名声也早都捂不住了，你还较个啥劲儿？'听说大叔有点毛病，好像是前列腺炎这类的，关键时候下面就疼。唉，你想想吧，这两个人也都挺可怜的！"

孙玉美听了二嫂的一席话后，在心里仍然有些瞧不起婆婆的同时，也不免有些可怜她了。不过，婆婆的这种殃烂事撞见了，孙玉美很难装作没事儿人。孙玉美想到了眼不见，心不烦。她和赵兴光商量，和公婆分家单过吧。分家本不是难事，但是，赵家就这么一个儿子，只有这一口五间北屋的房子，分了家，也还是要在一个院子里。孙玉美的意思是，在院子里打一道隔墙，公婆走一个道门，小两口自己另开一个道门，不从一个大门口里出入了。这让赵兴光很为难。小两口和老两口住在一个院子里分家各自起炉灶过日子的，在农村不少见，但是，同住在一个院子里却从中间垒上一道墙的不多，在整个菜籽庄，还没有一户人家这样做。他怕让村里人笑话，既是显得他不孝，有了媳妇忘了娘，又印证了赵母创殃烂的传言，说明赵母的行为让自己的儿子儿媳都忍无可忍了。赵兴光也能体味妻子的感受，别说没有血脉关系的儿媳，就是他这亲儿子，其实早也戗不了母亲的创殃烂了。他淀粉厂的同事们，和他一样多数是高屋镇附近村庄的，别人下了班一般就赶回家，结婚前的赵兴光，却宁愿下班后住在厂宿舍里，除非回家拿东西、放东西、忙秋忙麦、过年过节或父亲歇班时，其余的时间他很少回家。垒墙这事儿，赵兴光没直接说不行，他说，这事儿得问问父亲的意见。赵兴光心里说，如果父亲没意见，父亲都不嫌说来没面子，那大家皆大欢喜，如果父亲不同意，这道墙就不能垒。

赵父要保持他最后一丝作为男人、作为家长的尊严，他不同意在院子中间垒墙。

这道墙终究没有垒起来，孙玉美觉得日子越过越堵。

这户人家的院子里，越来越热闹起来。

有人闯到家里，指着赵母的鼻子骂，撕着她的头发打。最厉害的一次，来人拉着七八人的队伍大闹，把出来说情的孙玉美也打了，一巴掌甩在她的鼻子上，两行鼻血立即淌过了嘴唇；来人砸了赵父赵母屋里眼皮底下的所有家什，还到孙玉美那边，砸破了电视屏，摔了影碟机，推倒了饮水机，掀翻了茶几子。

小两口吵架，吵完了，孙玉美又抱着赵兴光哭，赵小龙也在一旁吓得哇哇地哭。

婆媳吵架，然后见了面不搭腔。

亲家之间打架，孙母领着儿子、侄子来赵家闹，还把赵家老两口的门窗玻璃砸烂了。

赵家对外说起来："儿媳妇光听她娘家瞎出主意，事事都听她娘的，自己都不知道日子怎么过！"

孙家对外说起来："女婿其实也刚好，就是太听他父母的话。他是要和媳妇过一辈子，还是要和娘爷过一辈子？"

小两口的日子就在这种疙疙瘩瘩、打打闹闹中过了近三年半。孙玉美感觉自己要疯了。孙母说："当初我说啥来？不让你和他家做这门亲事，你着了魔，不听，现在懊悔了吧？我算是看透了，除非是你婆婆死了，你这种日子过不到头。不如趁你年轻，早和他散伙吧！"

乍听母亲说这话，孙玉美的心里像被一把钢钎狠狠凿了个洞。婚后的日子，是过得很委屈、不舒服，但凡事都要图个面，她和赵兴光，赵兴光和她，他们是有爱情的，虽然早过了热恋期，感情也被磕磕碰碰的日子磨得很平淡了。难道，他们的爱情之树在春天舒展了新绿的嫩芽，盛夏洒了一地的浓郁阴凉，经过肃杀的秋风扫落叶，马上要迎来全面凋零的严冬？自然界尚有四季轮回，冬天来了，春天也就不远了，那么，他们的爱情，他们的婚姻，也会四季轮回吗？过了这个严冬，还会再有春天吗？

孙母说："你提出来离婚吧，看看赵兴光他们家怎么答复。要是他们答应，院子中间打道墙，各过各的舒坦日子，也行，你们一家三口，毕竟小龙还有亲娘亲爷。要是他们不答应，我看就算了吧，你这苦日子过不到头。小龙是男的，离婚肯定跟赵家，他爷爷奶奶还年轻，他掉不到地上，而且，我们家也离着近，他们敢差待了孩子，我们就把孩子要过来！"

陪赵兴光来调解的，是赵父。在儿子收到法庭送来的离婚诉状和传票后，他曾就此事专门咨询过菜籽庄一个干律师的同村人程律师。程律师刚参加工作两三年，家里还保存着上大学时的一些法律教材。咨询过了，赵父还专门借了一本《民法学》，研究关于离婚的相关法律规定。根据掌握的法律知识，他知道，虽然是儿媳起诉离婚，但现在，是否会离婚成功，主动权是在儿子手中。赵父想劝儿媳收回离婚的想法："玉美，你这是第一次起诉离婚，如果兴光坚决不同意离婚，法庭不会判离的！"

"哟，你连这也打听清楚了？我起诉的，我当然知道！我也打听过了，一回起诉离婚不成，法院判了不离六个月后，我可以再起诉，到那时，他同意就同意，不同意，法院也得判离！"

"看来你铁了心要离婚？你以为这个家离了你就不转了吗？"

眼瞅着父亲和妻子戗了起来，赵兴光转头劝父亲："爷，你先出去透透气，俺俩先商量商量！"

儿子的一句话，让赵父一下子憋红了脸："都说山老鸹尾巴长，有了媳妇忘了娘！你天天向着媳妇，不听爷娘的话，她照样不是要和你离婚！"

陪孙玉美来调解的，是孙母。这时也忽地站起来，尖尖的嗓音提高了许多："他向着媳妇不听爷娘的话？如果不是你们老两口在背后乱戳事，他俩何苦要离婚？”

这种场合里，没有心平，没有气和，什么刻薄的话，都可以跑出嘴。但最终承担这个结果的，还是赵兴光。他不愿意因为双方父母的原因，而加速自己离婚的步伐。他使劲跺了一下右脚：“求你们了，都别说了！你们先都出去，俺俩的事儿，俺俩自己先商量商量！”

赵父：“哼！”

孙母：“哼！”

两个老人还是打开调解室的门，都走了出去。

小小的调解室里只剩下这对夫妻，一下子显得很空旷。赵兴光朝妻子努努嘴，示意她坐下，他怕俩人站着，不自觉地就高声吵嚷起来。

“咱俩，还没到离婚的份儿上吧？”

“不离婚，咱这日子怎么过，你拿个主意啊！”

“老的，也挺不容易，别和他们一般见识！”

“要是不住在一起，什么一般见识二般见识，光咱一家三口，绝对用不着天天鸡飞狗跳！”

“我不相信你会狠心和我离婚。是小龙他姥姥的意思吧？你别总是只听你娘的！”

“我们亲娘亲闺女，不听俺娘的，听谁的？你还不是什么事都听你爷的？”

“我还听你的啊！老婆最大！”

“那好，回家马上在院里垒道墙去！”

“你知道，这是不可能的。你又何苦非得逼我做办不到的事？”

“我逼你？是你们全家人都在逼我！这日子怎么过？你就是宁肯离婚也不肯垒那道墙？”

“那，我再回去和咱爷商量商量，看能不能说动他。”

“只要那道墙垒了，好说，我跟你回去过日子；不垒这道墙，这婚非离不可！我嫁个男人，都不能给我争取利益，我图个啥？”

庭前调解，以一种僵持局面结束。

离婚案件如期开庭审理，法官调查两方的基本情况及关于离婚的一些事实和理由后，还得先行主持调解。说来说去，双方又说到了垒墙的问题上，孙玉美坚持垒墙，赵兴光却做不到。陪着到庭的赵父发话了：“玉美，你要是非得坚持不垒墙就离婚，那我支持你们离婚！两口子日子过得是不是顺心合意，和那一道墙没关系！长锯没有截锯快，日子没法过了，利索索地早散早好。你早再嫁，俺早再娶！”

赵父心里吃准了孙玉美并不是真心想离婚。哼，她就是想通过起诉离婚，来提条件，赵兴光这么好的男人，她到哪里另找去？再说了，就算离了婚，凭自家的条件，儿子说不定再找个大姑娘，还可以再生二胎，说不定他就可以再抱一个孙子了；而孙玉美，离婚的回头女人，还能再嫁个小青年不成？肯定是改嫁越改越差，只能找个年纪大些的，很可能还得去给人家的孩子当后娘！

赵兴光同意了离婚。这是孙玉美第一次起诉离婚，却不是法庭上常见的那种一方起诉离婚，另一方坚决不同意离婚。法院很快下了判决，儿子赵小龙由爸爸抚养。

离婚后很长一段时间里，赵兴光还有一种不真实感。下了夜班后，不由得掏出手机，想给孙玉美打个电话，号码都拨上了，才反应过来，已经离婚了！回到家里，屋子里空荡荡的，孩子跑到道上疯玩去了，或者在奶奶那边看动画片。天黑了，只有等他亲手打开灯才有一室清辉，那节能灯，初开时惨淡淡的散着冷白，要过好一阵子才逐渐明亮起来，能照出柜子、电视橱、床头橱上积攒的薄薄的一层灰尘。十多天了吧，屋地竟然没有打扫一次，地上有一团干巴了的黄色橘子皮，三两张花花绿绿的糖纸，一个亲亲虾条的空包装袋，都是儿子制造出来的些许垃圾。没有炒菜做饭的烟火气息，也没有洗涤、晾晒衣物的香精味或太阳味。半夜醒来，只有儿子幼小的身子蜷在他身旁，不再有妻子那份温软，赵兴光甚至开始怀念孙玉美夜里打嗝、磨牙、放屁的污浊气息。

相爱的两个人，怎么说离婚就离婚了呢？爱情，难道不是婚姻存在的基础和依据？他和她，真的就无望在一起生活下去了吗？也许，如父母所说，分开一段时间，孙玉美就能领悟出赵兴光这个男人的好处，也许，就会主动提出来复婚呢，那时，她和她娘家人的姿态肯定会低些了，复了婚，平平静静过日子，还是和和美美两口子。只是，在这段离婚的日子里等待复婚，太难熬了，到底有几成希望，赵兴光越来越没有把握。有时，实在忍不住了，赵兴光会给孙玉美打个电话。开始，孙玉美还接电话，虽然语气是冷冰冰的，但对他及孩子还都有些关切，后来，接了电话，那边没什么言语了，再后来，有时根本不接电话了，有事得由赵兴光先发个信息，她才接电话。

离婚两年多了，复婚的事还没有眉目，另娶，也还只停留在赵父当初的豪言壮语上，菜籽五村那边却传来，孙玉美家正在给她忙活再婚！赵母心急了，她赶忙给丈夫打电话：“你不是说，他们肯定能复婚吗？孙玉美她不等咱儿子了！你快点托上人，去她家里说和去，只要她能提出条件，咱就满足，分家就分家，垒墙就垒墙！”

孙玉美新婆家还是当庄，菜籽一村的。孙玉美早年曾和那男的看过对象，当初她没看上他。

孙家一派喜气洋洋。赵家父子及家族长辈进了孙家，赵父自己在床沿上坐下，招呼自家长辈也坐下，赵兴光自己找了个马扎，也在屋门口里边低头坐下。孙母冷眼看着："你们这是来干啥？来给小龙他妈道喜的？俺受不起！"

"嫂子，小辈们年轻，有点矛盾就闹离婚。咱这不是还有小龙嘛，亲娘亲爷的一家人多好啊！"

"你早怎么不说这话？是谁说的'长锯没有截锯快'？是谁说的利索索地早离早好？我们还是那句话，孙玉美和赵兴光离婚，不是因为赵兴光不好，要怨就怨他爷娘！"

"当时就是为垒道墙！我们回去垒墙还不行？"

"你当我们闺女是啥？你们赵家门说不要就不要，说要她就再回去？晚了，我拿闺女的登记证给你看看？"

孙玉美再婚了，赵家也得张罗再娶。只是，赵兴光一个普通的乡镇企业工人，拖着"油瓶"，还是男孩，家里还有一个创殃烂的娘，大姑娘自然摇头不看这种对象。就是离婚的，丧偶的，也少有人愿意和他看对象。这事急不得，赵兴光也不心急。

赵小龙平时跟着爸爸、爷爷奶奶，有时也去妈妈那里或姥姥家。孙玉美再婚前住在娘家，小龙到姥姥家时一般是赵兴光接送。孙玉美再婚了，那里还有一个男人，赵兴光过去送总有些别扭。而且，小龙已经上幼儿园大班了，学校就设在菜籽一村，平时都是小龙自己上学放学，自己去看妈妈或者回家，路很熟。

腊月十五那天，是小龙的六周岁生日。下午放学后，他从学校直接去妈妈那里，妈妈早和他说了，给他买了生日蛋糕呢。早上在家里，奶奶给他做了长寿面、煮了鸡蛋，但那些他不稀罕，一天在学校里，心里就盼着早点放学（幼儿园孩子中午不回家），软软的蛋糕，甜甜的奶油，嗯，上面一定还有漂亮的小黄花，小龙感觉自己能吃上一整个大蛋糕。不对，蛋糕得切开，让妈妈也吃，能不能捎块回家，让爸爸也解解馋？老师一说放学，小龙背着他的小书包一溜烟就跑了，同学们还在慢腾腾地出校门呢。一条胡同，两条胡同，再过三条胡同就到妈妈那里了，小龙呼哧呼哧跑得正欢，因为用力累得小脸红通通的。胡同里忽然蹿出了一辆摩托车。

"吱……啪……"摩托车没刹住，撞上了小龙。

小龙朝前飞去，摔在地上，惯性带着摩托车继续向前蹿，前轮轧过了小龙的右脚。变了调的童声撕裂着号叫在胡同口，凄厉，惨痛，像炮弹炸出的碎片一样流落到附近的角角落落。一两分钟后，后面的同学来了，近处的村民来了，孙玉美也从家里跑出来了……冬日太阳落得早落得快，西天边，落日的余辉映得一团一团的紫灰色云彩泛着黄晕，也映得人们心里惶惶不安。

小龙右腿下端血肉模糊，只是哼哼，神志不清，摩托车早已不见影儿了。孙玉美吓傻了，只知道抱着小龙哭，她丈夫急忙拨打 120 求助，接着又给赵兴光打电话。赵兴光正在上班，摘了脸上的防尘面罩就往外跑，当值的班长看见他慌张的样子，问他干什么去，他才记起上班外出得请假："我儿子放学后被人撞了，我得去医院，你帮我请假吧！"赵兴光边说边走，没有回头看班长，班长却跑过来一把扯住了他："你带钱了吗？还是带着存折？"赵兴光想起自己身上没带几块钱，存折，也是在家里。班长把上班的十几个同事们都喊了过来，大家一听这事儿，都掏自己的口袋，班长拿着纸笔帮着大体记了一下，连整带零，两千来块。班长说："先拿着这些钱去，用不着最好！你直接去医院吧，打电话让你父母从家里带些钱过去！"

孙玉美跟着 120 急救车陪小龙到了弥河县人民医院，随后赵兴光来了，赵父赵母也来了。医生给小龙实施了截肢手术，从右小腿末端往下，都已经没有办法修复再造了。小龙还在昏迷中，头部撞伤，脑积液，引流无效，需要手术。

到底是谁撞倒的小龙，无人看见。后来小龙清醒了，他只记得是辆摩托车撞了他，骑摩托车的是个小青年，他不认识。

小龙在医院里住了三十九天，医疗费花了五万多元。医生说，再过一年多时间，小龙的右腿下面可以安装个义肢，练习走路。

当初小龙住院时，孙玉美从家里带着了所有的现钱，一千多块，后来的治疗费，都是赵兴光交的。以后小龙安义肢，也将是一笔不小开支。赵父想了想，这不是个事儿，虽然离婚了，但孩子还是叫赵兴光爸爸，叫孙玉美妈妈，孩子受伤，爸爸作为抚养人有义务拿钱医治，那做妈妈的，就没义务吗？况且，这还是小龙在去孙玉美家的路上受伤的！赵父又去咨询程律师，得知，离了婚的父母，原则上一人一半承担孩子的医疗费。赵父请程律师代写了诉状，到法院交了诉讼费，以赵小龙、赵兴光的名义，要求孙玉美支付小龙住院医疗费及将来安装义肢费用的一半。开庭时，孙玉美没有到庭，法院缺席审理并判原告胜了官司。判决后，孙玉美也没上诉，判决书很快生效了，赵父又向法院申请了执行。

赵父没能看到法院执行来小龙的医疗费及义肢安装费——事实上，后来赵兴光也没有在执行上再较真，任其不了了之。

孙玉美再婚后不久，从赵家迁走了户口。一年多后的秋后，村里大调地，要赵家把原来分给孙玉美的地退回来，什么时候加了人口，再从机动地里给分地。要退回的那块地里，曾盖了一间小屋子，用于瓜菜成熟期晚上看地。屋子很简易，黄土加麦穰子和泥垒墙，几根旧檩条，上盖旧瓦。赵父趁着休班，到地里拆这个小房子，想把旧檩条、旧瓦拾掇一下运回家里。他半下午时从盐场赶回了家，往地里走时，天已向晚。拆小屋子的工程量极小，预计吃晚饭时就能回家了。赵母做好了饭，加炒了菜，和小龙在家里等着。天早已全黑了，在家里能听到邻居们刷锅刷碗的叮当声，赵父还没回来。赵母给他打了个电话，却没人接听，她忽然间慌了神。菜籽庄的地离村庄较远，赵母叮嘱小龙先吃饭，自己推了自行车往地里骑去。赵父斜卧在小屋南墙边，两根檩条压在他身上，空气里迷漫着血腥的气味，天已经全黑了，赵母却能清楚地看到赵父头上及檩条上凝固的暗红血迹。

盐场给了两万来元的抚恤金——赵父属于非因工死亡，抚恤金的支付标准很低。事发时，离赵母的五十五周岁生日还有两个月，再过这两个月，她才是法律意义上丧失劳动能力的老年人，是丈夫的被扶养人。差了这两个月，她还属于有劳动能力的人，因此，虽然丈夫去世了，丈夫的工资也停发了，但是，她却不能按月领取遗属补助。顶梁柱倒了，赵母的天也塌了。

赵父过了一周年祭日，全家人脱了服，赵母希望，家里能有点什么喜事冲一冲，去去家里这几年来的晦气。她到处张罗着托人给赵兴光介绍对象，模样不论，离婚或丧偶不论，有无子或女不论，要多少彩礼不论，只求女方能痛痛快快嫁过来，和赵兴光正正经经过日子。她盼着，家里能像个正常人家。

赵兴光又开始了看对象，陆陆续续地看了十几个。虽然对方都是拖儿带女有婚史的，情况不比赵兴光好，但是，看过对象后，都没了音信。一年多后，终于有个女人同意和赵兴光结婚过日子。女人是四川人，七八年前，从老家过来，嫁到了弥河以东的张家村，离菜籽庄有二十多里路。女人生有一个儿子，十岁了。不过，女人的户口一直没有从四川迁过来，和张家村的男人只是举行了结婚仪式，并没有登记。女人说，那个男人总喝酒，喝了酒就打人，所以，不和他过了。想去法院离婚来着，但本来没有登记，法院也没法给判离婚。她离开张家庄到处打工生活，已经三四年了。开始时，那个男人还有时跟踪上她，然后找人把她弄回家，打一顿，关在家里，不久她再想办法跑出来。这一年多了，那个男人没再找她。只是，她自己带着儿子，不敢回去问那男人要儿子的生活费，这是一个很大的负担。

赵兴光和四川女人结了婚——说是结婚，就是让人看了日子，选了时辰，吹吹打打，热热闹闹，把女人迎娶进门，并没有到民政局办理结婚登记。婚后，赵兴光托人，把女人的儿子安排在了菜籽庄小学读书。赵兴光以为，他接下来的人生，可以这么安安稳稳、有妻有子地生活下去了，赵母也这么以为。这几年来，赵母的作风收敛了许多，从来不再在家里创殃烂，类似的暧昧，总能避着儿子、孙子。四川媳妇娶上门后，婆婆天天好吃好喝伺候着，媳妇带来的孩子，她也是细心地照料，表面上看不出多少与对待小龙的差别。媳妇好吃不懒做，性格很温和，做事却很麻利，只要不刮大风下雨，她天天外出打工，纸箱厂，大棚内，建筑工地，劳务市场，哪里工钱高，她就到哪里干活儿。虽是再婚夫妻，两口子看起来却很和谐，赵兴光把工资折交给女人拿着，女人下工回来，经常从路过的夜市上买些肉食、蔬菜、水果、孩子零食等，家里的伙食不再仅靠赵母一人采购，全家人吃得不错。一个多月后，村里的人都说，后娘没虐待小龙，他明显长高了一截，白胖了，身上的衣服也比原来光鲜了。小龙管四川女人叫妈，四川女人的儿子也管赵兴光叫爸。

三个月后的一个周末，女人说："我要领孩子去趟弥河县城，给他拍套写真集，然后寄到我老家给他姥姥看看。"赵兴光说："带足钱，拍得好点，也洗几张大点的拿回家挂上。你看哪个照相馆好，有空我也领小龙去拍，他还没拍过呢！”女人起了个大早，赵兴光也起了个大早，用摩托车把女人娘俩送到菜籽庄西三里路处的大路口坐客车，然后，赵兴光直接上班去了。傍晚赵兴光下班回家，女人和儿子还没回来，赵兴光想打电话问问，女人的手机却提示关机。赵兴光想起了什么，打开了一个抽屉。结婚时给女人买的“三金”，金戒指，金项链，金耳坠，女人平时并不戴，今天出门时也没见女人戴上，但是却不见了；平时女人放在里面的身份证不见了；总放着的十张八张粉红百元钞不见了；再底下，赵兴光的工资折不见了……

门口，红彤彤的过门钱鲜艳如血，双喜字、对联上的“洞房花烛夜、金榜题名时”大字还都乌油油地泛着亮。房屋前脸在结婚前用铝合金门窗包了厦，新刮了瓷粉的墙面白得晃眼。新床、新被褥、新橱子、新柜子、新电视、新电脑。刷了鲜亮黄色油漆的后窗子打开着，一阵风透进来，从天花板中央扯到四个墙角的红绿拉花沙啦啦地响。结婚还不满百天。摆设一新的新房没能再等回那个四川新娘。

后来，赵母再托媒人给儿子介绍对象，赵兴光又陆续看了四个。第四个对象是在媒人家看的，媒人也是菜籽庄的。女人听媒人介绍了赵兴光的情况后，和媒人说：“只要男人没有打女人的毛病就行。”女人左眼视网膜脱落，右耳耳膜穿孔，都是她以前的男人打的，她是看在儿女的情面上，才没把那男人送进监狱。女人比赵兴光大十多岁，她的女儿已经结了婚，儿子也订了婚。女人坚持离婚时，女儿和儿子都觉得面子上过不去，劝过母亲不要离婚，但又心疼母亲。一场婚离下来，女人的神经也受了刺激，有时说起话来颠三倒四。好在，儿女都大了，她想再找个人家，只要男人能和她安安稳稳过日子，就行了。看完对象，女人对赵兴光很满意，女人顺便到赵兴光家看看宅院。女人要走，赵兴光去送她。出了胡同往大道上拐时，赵兴光从摩托车反光镜里看到，小龙身子藏在胡同口，只向外探出头来，朝着赵兴光前行的方向张望。

晚上吃完饭，赵兴光在看电视，小龙在做作业。忽然，小龙站起来，走到了爸爸身边坐下，低着头，并不看电视，一会儿，他拉了拉爸爸的衣袖。赵兴光看着儿子，想起他送女人时儿子藏在胡同口的目光，笑了笑："有什么事你说，是不是你不满意我看的那个对象？"

灯光下，小龙的脸明显涨红了："她太老了，都快赶上奶奶了！也太丑了，都没奶奶漂亮！"

"奶奶不能照顾咱一辈子啊，咱以后还要照顾奶奶呢！我再找个人，就是为了以后照顾奶奶，也照顾你！"

"哼，你再结了婚，是不是就不要我了？你会不会再生一个孩子？我同学们都说，有了后娘，就有后爷！"

"哪能呢，我就你这么一个宝贝儿子！就像你说的，她都那么老了！不会再生孩子了，还是只有你这一个儿子！"

"妈妈不要我了，爸爸你可不能也不要我了啊！"小龙的话里带了哭腔，泪珠子已经淌出来了，迎着电视，蓝莹莹的闪亮。

赵兴光伸手给儿子擦去了眼泪，他觉得自己脸上也痒痒的。想起来，和孙玉美离婚，整整十年了，小龙已经十三四岁了，接下来，就是小龙的青春叛逆期了。

续弦

西山墙上的石英钟指着九点整，闹房的最后两个小青年起身往外走，他们都用右手食指和中指夹着我敬的烟，口袋里都装着我给的糖。刘亮是二婚，闹房的人不算太多，也不算太闹，但是，他显然是累坏了。公婆早已去了天堂，我们的婚事指望不得父母，一切都是刘亮里里外外操办。刘亮被村民们灌了不少酒，脸红红的，有些微醉，和衣躺在床上，打起了轻鼾。我心里也有些微醉，终于，我嫁给了自己心爱的男人。

关了房门，我站在婚床前低头在刘亮的额上印上一个深深的吻。

“醒一醒，洗漱一下睡觉了！”

“困，不洗了，就这样睡吧！”

“我们还要洞房呢！”

“都洞房过多少次了，今天太累，算了吧！”

“人家说，结婚当晚必须要洞房，否则不吉利！”

听我这么说，刘亮睁开了沉重的眼皮，我伸出双手把他拉起来，他拖着拖鞋去洗漱。

上床。关灯。洞房之夜草草了事。刘亮说了四个字:“真累，睡吧！”随即，他吧嗒闭上眼皮睡了。

与刘亮的疲惫不同，我一点都不打盹，我还深深沉浸在结婚的巨大喜悦里。借着透过窗帘的月光，我仔细打量着这个和我结了婚的男人。他比我大二十岁，今年四十五岁了，虽然他白天看起来和三十来岁的男人没什么区别，但睡着的他，确实看起来比我老很多。他的头发是我给理的，很短，是为了让里面间杂的白头发不明显；额头很大很亮，记得看他年轻时的照片，额头还要小些；嘴角、眼角的外侧，都有线描一样的皱纹。有句话怎么说的？真正的爱情没有年龄界限。是的，我爱他，非常爱他。

刘亮和我父亲是同学，曾是关系不错的同学；我和刘亮的女儿刘霞也是同学，也曾是关系不错的同学。我初中毕业后，先跟着熟人在城里一个服装店里干了几年售货员，后来见相邻的一个理发店生意不错，就跟着理发店老板学了理发，再后来就到菜籽庄的集街上开了个理发店，小本生意，但总算是自己做了老板。菜籽庄的大集四疃八庄都有名，集日时熙熙攘攘，集空里，集街仍旧是附近村庄的商贸中心。我娘家是与菜籽庄一河之隔的河西村，我在菜籽庄集街上租了间沿街房当门面房，晚上回家住，很方便。刘亮是菜籽庄的，我的门面房就是他帮着找的，离他家不足三百米。

因为双重的同学关系，刘亮、刘霞父女都很关照我。有时他们家里做了好吃的，或者给我送些来，或者直接叫我过去吃；遇到雨雪天气，晚上我就不客气地住进刘亮家，和刘霞挤在一张床上。

爱情这东西，常常没有什么理由，来得也悄无声息。忽然有一天，当刘亮把一盘炸小梭鱼推到我面前让我多吃些时，我的脸无端地红了，心里突突跳得厉害。以后，我每次见到刘亮都有这种感觉，隔一两天没见到他，就会恍然若失。我们恋爱了，是我先追的刘亮吧？他肯定也对我有意思。

初恋，热恋，亲吻，拥抱，上床，我们像天下所有的恋人一样，沉迷在浓得像黏粥一样的恋爱里——那时对于刘亮，不叫恋爱，是偷情，我是他的相好的，因为他那时已经有了妻子、女儿、儿子。我是初浴爱河的小年轻，尝到了恋爱中的甜蜜，对，是甜蜜，像蜂蜜一样的甜蜜，同时，又总带着一份犯了禁忌的心悸，就像小时候因为家里穷买不起水果，我们几个小孩子跟着大孩子到人家瓜地里偷脆瓜吃一样，既好吃，又担惊受怕。这种刺激，对刘亮应该也是极有诱惑力的，我们就这样偷偷摸摸恋爱了一年半。然后，机缘巧合，刘亮的原配死了。

想来，对于刘亮的偷情，他的原配肯定有了感觉，虽然她没能捉奸在床过，但女人的第六感觉是很准的，更何况，不管我们保密工作做得再好，风言风语总有流传。在她死之前的大半年里，刘亮常在面对我时唉声叹气，并痛说革命家史，不外乎当年婚前缺乏了解、婚后才知她如何不讲理、如何不体谅不疼惜人云云。我感觉到了，只有在我的怀抱里，刘亮才会放松、快乐。

据说，刘亮的原配是自杀的，我没有兴致仔细探寻她的死因。我只记得听到那个消息时是一个明媚的春日。前段时间总是持续阴天，是那种既不下雨又不出太阳的晦涩、寒冷、压抑的阴天。那一天忽然放晴了，明晃晃的太阳爽朗朗地跳了出来，天空蓝莹莹的没有一丝云彩，空气锃明瓦亮得闪眼。菜籽庄是搞社会主义新农村建设的典型，沿街房外面路沿上都种了红皮的樱花树，那些樱花仿佛一夜之间全部开放了，粉嘟嘟的一簇一簇迎风招展，空气中氤氲着淡淡的香气。明明是春天，我却感觉像是海滨的夏天——我没见过大海，通过看书读报看电视的经验，我觉得海滨的夏天就是这个样子，太阳透亮，天气晴好，又有着海风的凉爽，穿了漂亮泳装的人们都顾盼生辉。

一桩突然事件的发生，常常是有人欢乐有人忧。我从小就是一个善良的人，因为母亲善良，父亲善良，有要饭的到了家门从不往外撵，都是好言好语施舍，遇到饭点，甚至还请某个素不相识的人坐下来与我们同桌吃饭。逢庙会，我也都会提前为会上专职乞讨的残疾人准备好零钱。退一步说，我至少不是一个恶毒的人，可是对于刘亮原配的死，我确确实实很高兴，虽然对于刘亮来说，这是一件非常麻烦的事，他的痛苦很难熬。一双儿女，肝肠寸断，非正常死亡，死因不明，原配的娘家人当然不会轻易放过刘亮。刘亮到原配娘家跪送死信时，被大舅子小舅子等一干人七手八脚打了一通，鼻青脸肿，左腿走起来一瘸一拐。娘家人看在两个孩子的面上同意下葬，但出殡当天，小舅子的耳光就像来回扇的扇子挥到了刘亮的脸上，有在现场看见的人传说，刘亮挨了二十多个耳光，当时两个脸颊就红着肿了起来。

我们的恋情，在刘亮原配死后约半年时浮出水面。我们正大光明了，男无妻，女无夫，郎有情，妹有义，有什么不可以？

但是，这个早已存在的事实的公之于众，却引起了地震般的后果。我父亲气炸了肺，我母亲一听说就立即背过气去了。父亲和我的两个哥哥把我关在了家里。我父亲无论如何也无法接受，他的女儿竟然和他的同学拉对象。是啊，刘亮的年纪足可以当我的父亲，而我的年纪和他女儿相仿。但谁规定谈恋爱的两个人非得年纪相仿了？

为了阻止我和刘亮来往，父母劝说的话已经说到词穷了，但仍改变不了我坚强的心。软的不行，家人就来硬的，回想起来，那真是非人的待遇啊，虽说我小时候因为顽皮，父亲也经常揍我，但这次才是真的痛下打手。痛打落水狗？差不多就那意思，我被关在家里，父亲和两个哥哥就像打死狗一样打我，巴掌，鞋底，烧火棍。院子里有一根电视天线杆，是生铁杆，大哥二哥先拿一个凳子放在天线杆下，把我拉到凳子上紧贴着杆子，用绳子紧紧绑着，然后再拿走凳子，我就那样悬空被绑在天线杆上，我忍受着父兄劈头盖脸的殴打。追求真挚爱情的心让我无比坚强，我一言不发，更不答应与刘亮分手。你能想象得到吗？我到底挨了多少打！我的左大腿上一块巴掌大的皮淤血坏死，三天后，那块皮还是乌黑发亮，我疼得神志不清，开始说胡话，不顾家人的忌讳大声喊刘亮的名字。母亲当然也不赞同我与刘亮的交往，但母女连心，母亲心疼我，求父亲把我送到医院。大哥也怕会把我打出毛病，送到了县里的人民医院。医生说，左腿上的那块皮已经坏死，必须植皮。父母、哥哥可能觉得是下手太狠了，但他们实在不肯表示输给我。

母亲是个有些迷信的农村妇女，她到村里一个神婆那里去问询。神婆点了烟后，下凡的神仙说，我命中必有此一劫，家人越阻我越勇，对我应该冷处理，甭管，任由我去，早晚会自己撞到南墙调回头的——这是母亲问了神婆后，和父亲商量时，我无意间听到的。父亲最终叫来了刘亮，由刘亮出了我的治疗费。父亲说：“你可真是我的好兄弟啊！闺女大了，当父母的管不了了，爱咋样咋样吧！”

相较于我在亲生父兄那里受的这番折腾，我那曾经关系极好的同学刘霞撕扯我的头发连哭带骂，简直不值一提。

恋爱中的阴霾，借着我的坚强，我的坚持，当然更有我和刘亮磐石般的爱情，就这样过来了。如今，可谓拨得云开见日出。结婚之后，我就是刘亮名正言顺的妻子了。

婚后的生活，柴米油盐，平淡琐碎，却是脚踏实地的幸福，我仍旧开着理发店，刘亮靠在菜籽庄木材市场开拖拉机赚取运费。这就是岁月静好吧，虽然，有时也免不了有些疙疙瘩瘩的小事。我不时会遭到刘亮一双儿女的白眼。刘霞说:“别指望我会喊你娘或婶子,你不配!现在连你的名字都不值得我一提!”当他们必须要和我说话时,只招呼我:哎,你如何如何。这些我都不介怀,婚姻里有我,有刘亮,我爱他,他爱我,这就是最重要的。我想和刘亮生个孩子,相爱的两个人哪能没有爱情结晶?刘亮已经有两个孩子了,不可能批三胎,但刘亮说,他使劲赚钱,我们想办法偷偷生一个,只要怀孕后能想办法躲过计生办的按月查体,孩子生出来了,交上罚款就能落户。我憧憬在当母亲的欢欣里。只是结婚后,刘亮在床笫之事上没有偷情时那么热情了,不过,他眼里的疼爱宠溺总令我动容,我忍不住会主动缠着他欢爱,刘亮说,来日方长,得细水长流,不能一下子把他掏空了。

谁也没想到,结婚半年之后的那一天下午,突然出了一件事。

刘亮开着拖拉机从外地送货回来,和一辆摩托车相撞,那人赶着要到厂里上四点的中班。那人没带头盔,当场撞在路边的一棵杨树上又摔到地上没再挣扎,120把他送到医院,结论是抢救无效。交警出了事故认定书,刘亮负主要责任,这意味着,如果给人家拿不出足额的死亡赔偿金,刘亮就会被判刑,交通肇事罪。好在那人是邻村的,经中间人五六次来回调停,商定由刘亮赔偿二十万元,死亡的家人不再追刘亮的罪刑。不过,对于一个农民之家来说,刘亮和我并没有攒下多少钱,凑巴凑巴,十万元也不太足,他们说好了,先付十万元,另外十万元三个月后付清。

付了人家首笔十万元,剩下的十万元,就需要费劲了。刘亮到处借钱,我也想方设法找亲戚朋友借点——因为我家人反对我们的婚事,娘家人不愿意借一分钱给我,我只能找朋友同事多少借点,总共才借了数万元,剩下的,只能刘亮自己想办法了。

离支付第二笔十万元还有一个月时，仍有两万多元的缺口，刘亮除了靠在木材市场多拉货多赚钱，还要费尽脑子想如何再找谁借点。一天吃晚饭时，刘亮接了一个电话，他看了我一眼，接起了电话。听声音对方是女的，刘亮打过招呼后对她说："你要急着用钱？"刘亮又看了我一眼，拿着手机去了卧室，并带上了门。是借给钱用的债主催着要钱？他可能怕我会为他担心吧？

五六分钟后，刘亮出来了。看到我问询的目光，刘亮解释说："是刘好友的会计，我从那里借了两万，现在他急着要进货用钱，让会计问问我。我说再用两个月，会计让我自己和刘好友说说！"

屋漏偏逢连阴雨！刘亮看着我担忧的神情，笑了："没事，刘好友是我的老伙计，明天我和他说说就行！"

刘好友是本村里的，在木村市场卖木材，买卖不算很大，但也不小，进货应该不差那两万块吧？这么想着，我心里宽了些。刘好友那个会计我认识，叫李汝梅，刘好友的一个表侄女，三十来岁，很利索的一个小媳妇，能说会道，不管是熟人还是新客户，都能三言两语把人家说得哈哈大笑。她在刘好友那里干了三年多了，有几个木材市场的老板想挖她，但她都不动心。当然，听说刘好友给她开的工资也很可观。刘亮经常给刘好友运送木材，我去替他结过一次账，李汝梅说起话来很亲切，一口一个嫂子地叫，还说刘亮真有福，娶了我这个漂亮媳妇。

又过了一天，刘亮说要出趟远门，再去找战友借点钱，已经电话联系好了，中午不回来吃饭，傍晚也可能不回来，让我不用等他。到了傍晚，我给刘亮打电话，想问问他当天是不是回来，但电话提示关机。是手机没电了？果然，他的手机充电器还在电视橱边的插台上放着。

次日半下午，一辆警车停在了家门口，车里下来两个警察。他们先说了些程序性的话，确认我是刘亮的妻子。我不敢多问什么，压着心里的紧张等警察说。

“这是刘亮的刑事拘留通知书，你签个字收一下！”

“交通事故不是处理完了吗？我们下个月就能给人家凑齐赔偿款了，不是不用判刑了吗？”

“噢？你说的交通事故和这个不是一回事。这是另一起交通事故——也不算交通事故，刘亮涉嫌故意杀人。”

“他又出了什么事？”

“全和你说了吧，反正事都发生了。知道刘亮有个相好的叫李汝梅吧？刘亮借了她两万块钱，她前几天想把钱要回来，刘亮昨天借了辆面包拉她去渤海森林公园玩了，回来就把她轧死了。他弄得现场像交通事故，但一看就是第二现场，他也已经供述了……”

警察还说了些什么，我都没听进去。“相好”“杀人”两个词震得我头痛。

警察临走前说：“你们可以给刘亮委托个律师。”

这些都是真的吗？我感到浑身软弱无力，又看了看那张纸，“刘亮”“故意杀人”，还有公安局鲜红的公章，都刺得我双眼恍惚。我不是在做梦吧？

刘霞听到信儿也回来了。“你这个扫把星！自从你进门就没有好事！上一次我爸撞人还没处理下来，这又出事了！我爸杀人？我爸哪会杀人？肯定是你这个狐狸精的事……”

我陷在了黑暗里。

三天后，我还知道了一件事，我怀孕了。

我决定离家出走。

我在家里翻箱倒柜——婚后我一直懒得管钱，前段时间的借款、存单都由刘亮收放着。

逃难的孕妇没钱不行，当然还要留给刘霞一笔钱让她去找律师，我可不想将来我的孩子背着“杀人犯儿子（或女儿）”的身份。

在刘亮母亲传下来的一个老式五斗橱里，我发现了一本影集，这是原来我从没有见过的。我有些心慌，却又十分好奇，我忍不住打开了。这是在我没来之前刘亮家的影集！有刘霞刘海小时候的照片；有刘亮年轻时的——那时他可真瘦，很帅的一个小伙儿；有四张刘亮、原配及一双儿女的全家福，都是过年的时候照的，年份不同，但都相同地穿着新衣服，都是每个人笑眯眯的……还有刘亮和原配的一张合影！他们那时都很年轻，是的，从照片上配着的年份可知这是他们结婚之前照的，青岛栈桥留念。他们身后两只胳膊互揽着彼此的腰，前面都穿着半截袖上衣的两只胳膊交成V字型，两只手的手指互相扣在对方的手心里。刘亮眼里含着笑，原配的头轻轻依在刘亮身上，她的嘴角微微向上翘着，亮晶晶的眼睛看着前方，也像看着我。他们身后，阳光如碎银般撒在海面。

鬼脸天蛾

1

张大明从梦中惊醒，仿佛由寒凉入骨的河底逃到水面透口气。谁家鸽子咕咕了半宿，还在继续胡乱讲话，不远处那股时断时续的低声呜咽，终于停了。张大明躺在床上闭着双眼，感觉自己的心脏瓣膜像是遇潮膨胀变形的木门，无论如何也关不严，他能在黑暗中清楚看到，鲜红的血液惊心动魄地从缝隙里哗哗流淌。

一辆拖挂车从屋后驶过，车轮轧上减速带时没有刹车，空车厢一阵丁零当啷乱响。张大明睁开黏滞的眼皮，西山墙上钟表下端的电子数字散射出绿色荧光：2019 年 8 月 19 日 3 点 13 分。他闭了闭眼，来到弥县已是差三天三年。钟表圆盘里的秒针咔咔奔跑，仿佛惊恐万分又无处落脚。他在弥县的时间，还有最后一个上午，午饭后，他将坐车离开此地。

昨晚，张大明把宿舍里的东西仔仔细细分类收拾，该锁进橱柜的，再三检查了锁进橱柜，该装包的也装了包。不过，床尾地面上两个硕大的不锈钢串片哑铃，每个二十公斤，他拿不准要不要带走。来到弥县后不久，张大明就买了这对哑铃。每晚站着双手推举一百次后不再计数，直到累得再也举不起一次，浑身淌汗，然后简单擦洗一下，扑到床上在疲倦中入眠。昨晚上床前照旧举哑铃累到手指脚趾都不愿再动一下，扑到床铺上，睡眠迟迟不至，脑子里如烧开的沸水，各种往事在其中浮沉。估计是一点多后，才迷迷糊糊睡着，但又睡得极不安稳，一个又一个梦魇连绵不断。

身体在七十公分宽的木板床上翻了个个儿，脑壳疼，胳膊、背、腰和双腿也都又酸又疼。张大明皱皱眉头，闭上眼——最后梦到了什么？好像开始还开心了一阵子，是文珊来了。他开着一辆崭新的银色五菱宏光面包车，拉着文珊和她同学兜风。他的嘴角最大弧度吊在腮部，文珊玉白的脸庞泛出粉红，笑容清澈若泉水叮咚。到了路口，他轰大油门想快速通过。忽然，前方走来一个警察，右臂向前笔直伸出，九十度竖起戴着雪白手套的手掌。他惊慌失措，脑袋咣当撞到挡风玻璃上，空气中弥漫开一股恐怖的甜腥味……

一切历历在目。张大明摸了摸泛着疼痛的脑门，到底是真实发生还是噩梦一场？

“文珊，”张大明张嘴无声地叫了一下。他们并没有正式分手，只是粗暴地彻底生离。近三年来，一想到她，他就心疼。这绝不是一种虚化意义的夸张说明，而是真真切切的生理疼痛，仿佛一只强力大手紧攥心脏，泵不进氧气，瞬间窒息，生长出刺穿般的尖锐疼痛。他们再也无法见面了，电话不能打，信也不能通。渐渐地，他都以为要把文珊忘掉了。认识吴桐后，张大明更觉得应该忘掉文珊了。张大明没有想的是，或者不愿承认的是，文珊的名字和样子，就如钉子钉在他心底，逐渐锈住，慢慢消融，拔也拔不出来。第一次在超市里看见吴桐，就是因为她的身形太像文珊，特意多看了几眼。

其实，这是分别后第一次梦到文珊。以前再想她，也没有梦到过。或许，这是跟文珊的一次彻底告别？自此，要把文珊埋葬在心底——就是埋葬，他们之间已经没有任何一丝复合的机会了。

小镇西头传来凄厉不绝的救护车呜哇声，张大明后背洇出一层细汗。他知道应该再睡上一觉，好保持一天良好的精神和体力。正是樱桃西红柿点花、拴蔓的时候，每个大棚里除了固有的三个工人，还雇着几个劳务短工，吴桐也天天跟在大棚里忙活。今天上午他仍然进棚上班，就是想和吴桐再有最后一个上午的相处。可是已然睡不着了，再躺下去会浑身又酸痛又僵硬。张大明坐起身，朝床头胡乱一推薄被。摁开灯，刚刚通电的节能灯散发出清冷光辉。对着一间房，陡然间空得发慌。从床头上摸出一支哈德门香烟点上，吞吞吐吐，一会儿工夫，烟卷飘散成灰。扔掉带着红火星的烟头，抬起右脚狠劲碾了一下。平时摆在橘黄木桌上的四大名著，昨晚已经装进了包里。那是他来弥县不久后买的，他最喜欢且反反复复看的是《水浒》和《聊斋志异》，水浒里快意恩仇的爽利，聊斋里妖鬼世界的恐怖，都令人过瘾又着迷。在无数个梦中惊醒的凌晨，他就是捧着水浒或者聊斋坐迎第一缕曙光。

张大明下床穿衣，趿拉着黑布鞋出门上了趟厕所。回来掩上门，倚在门后审视这间居住近三年的职工宿舍。桌椅床凳，锅碗瓢盆，这里俨然已是一个温暖小家，每天都以安静柔软的姿态接纳他僵硬乏力的皮囊。目光如水般洗过屋里每一个物件，昨晚装好的包，上了锁的橱柜，嗯，部分被褥，也需要打卷装包。

2

张大明仔仔细细刮了脸，又认认真真梳了头。拉了拉没有多少皱褶的灰黑条纹 T 恤衫，正了正卡其色七分裤——身上的衣服都是集市上最廉价的处理品。脚上穿的工农兵黑布鞋，右脚大脚趾露了头。脱下来踢到床底下，从包里掏出一双较为干净的迷彩军鞋。他照着门后半条镜片审视自己。面容黑黄且干涩，眼角、嘴角及鼻翼下分布着确切的皱纹。背部习惯性前倾微驼，含胸，腰朝后微弓。双手拇指、食指、中指上均沾染了一层青绿色灰垢，肥皂水都泡不去，好像带了一双经年不洗也经年不摘的脏手套。现在，他样样都往老相里走。张大明不认为这是自己在堕落，反而视为修行一种，是他每天必须恪守的清规和戒律。当然，有些新习惯的养成，也多多少少与金钱有关，从小到大，经济从未如此这般拮据困顿。苏北小镇上那个娇生惯养、生活讲究的小青年，已然恍若隔世。生活已经让他成为一条“变色龙”，完完全全在陌生环境里换了一层外表。

不管这些了，一会儿他得出门，约好了今早请吴桐吃饭。

农业公司的职工宿舍就在霜城镇区主街南头，张大明顺着一路朝北走。正是早饭点，火烧、油饼、馄饨各式早餐，随着油腻腻的一张张小矮桌摆在店铺外马路边，各自飘散出白色热气，整条主街笼罩着一股香油、酱油、香菜、葱花混合的诱人饭香。主街不是太长，南北不足一里路，步行不过五六分钟，开辆轿车或者摩托三轮，也不过轰上一声油门的工夫。主街中段盘着一个圆形小广场，周围种着十几棵柔媚垂柳，一圈冬青和石楠葳蕤闪亮，成丛月季怒放出枣红或粉红大花朵，淡淡的脂粉香气随着渐高的气温升腾飘浮。藏在云层后的太阳正在往上攀升，东北方向的朝霞散发出隐隐约约的金黄色。

吴桐站在小广场八角琉璃亭东面，简简单单白T恤配淡蓝牛仔裤，浑身沐着朝霞，安静得仿如《聊斋志异》中走出的古典女子，秋水澄澄，意志媚绝。

张大明弯起的嘴角怎么也放不平了。伸出右手拖住吴桐左手，她的手不算柔软，握在手里温热干燥。他问：“想吃点什么？”

吴桐仔细瞅了瞅张大明的脸，说：“眼圈发青，又没睡好？”

张大明问：“尝尝小笼包？”

吴桐说：“咱麻利点，回晚了我妈又要问东问西。”

他们朝附近一家芜湖小笼包店走去。张大明的手有点哆嗦，怕吴桐觉察出来，他使劲把她攥得紧紧的。

店里食客很多，张大明扫见角落里还有两张白色塑面长条桌，朝前伸出左胳膊护着吴桐，拉她到最里面坐下，问：“今天想吃什么馅的？”

吴桐说：“张先生最爱吃的蒸饺！”

张大明问：“肉包和鸡蛋汤呢？”

吴桐说：“嗯，吴小姐喜欢！还要再来点辣椒酱和醋！”

张大明捏了一下吴桐的鼻子，收回手揉了揉自己发酸的鼻头，扬手朝老板招呼：“五笼肉包，三笼蒸饺，三碗鸡蛋汤！”

吴桐问：“这么多？”

张大明拉过吴桐的手，一大一小两只手交握着放在桌面上：“给你妈捎一份儿，你就说出来买饭了……哎，你爸回来了吗？”

吴桐吐了吐舌头，低头看两人交握的手：“还没回来，估计也快了。他那干兄弟都多年没联系了，可我爸说，当年在生产队人家救过他一命，非得去葬事上帮忙不行。”

张大明仔细瞅吴桐的脸：“你眼皮肿了？”

吴桐说：“我妈不知为啥哭了大半夜，我也跟着难受。”

张大明把另一只手也拿到桌面上，轻轻拍了拍吴桐的手背。

张大明起身拿来两只玻璃杯、两双一次性木筷，倒热水烫了玻璃杯，掰开筷子放进杯里洗涮，又烫了两个小碟，分别盛上辣椒酱、醋。老板还没把蒸笼端来，估计还要再加点火。张大明坐下，伸手从裤兜里摸出一大一小两把银闪闪的钥匙，放进吴桐手心，两手使劲捧住她的小手，说：“这是我宿舍门和橱柜上的钥匙，你帮我收着。我记性不好，弄丢了钥匙时，就问你要！”

吴桐低头看着自己的手，脸红若初春杏花。

3

吴桐是工友老吴的小女儿。老吴在弥县打工已近十年，自从五六年前农业公司来霜城镇流转土地建大棚，他就一直在这里。老吴老家在鲁南，张大明老家在苏北，两县搭界相交。张大明刚来时，办公室主任看他身份证，说和老吴老乡。张大明心里一阵紧张，过了一会儿才听明白只是邻县而已。老吴接受安排，带着新来的张大明进棚干活儿，相当于师傅带徒弟。

霜城镇地处弥县北部，再往北就是渤海湾了，土地盐碱化厉害，原来这里主要种棉花，种不得蔬菜。如今，公司专门在这里搞无土栽培种植大棚蔬菜。开始一听这名头，张大明觉得很奇怪，无土怎么能大面积种菜？到这里一看开了眼。先从底层铺上隔水层，上面放厚厚一层沙、石子、炉渣等混合材料做成的固体基质，然后再上面铺设管道，成片种植用营养液供应的大棚蔬菜。别说，用这手段种出来的西红柿格外酸甜爽口。张大明钻进大棚打工，留着自己的小心思，什么活计都学得扎实做得认真。老吴带他也算尽心，不过半个多月，张大明就能独当一面。现在，张大明已是师傅级别的种棚工人了。

去年冬天，老吴老婆装菜时跌下大车，左腿髌骨骨折，医疗费花了两万多。老吴手里钱紧，找老乡和相熟工友借钱，向张大明借了两千，后来，张大明又主动送去两千。年底，老吴尴尬表示，暂时不能还钱。张大明说，没什么，自己眼下又不用钱。老吴红着脸说，我儿子要是有你这么能干和懂事就好了。

老吴老婆的腿伤由于固定不佳迟迟无法下地行走。七月初，吴桐从省城职业高校会计专业毕业，直接带着行李来到弥北，一边照顾母亲，一边跟着在大棚里干活儿。

第一次在超市里看见吴桐，张大明吃了一惊，辨认出并非文珊后，又特意多看了几眼。后来相处时间长了，张大明发现，除了乍看时身形和背影酷像文珊，吴桐就是吴桐，和文珊完全不同。

吴桐和张大明说过，她不想去当会计，觉得自己并不十分擅长与数字打交道。她想攒下一笔启动资金，将来办一家学生培训机构。

有一阵子，张大明刻意躲着吴桐。吴桐却专往他面前凑，在棚里干活儿时，跟在他身后和他讨论四大名著，还借看他的《红楼梦》。张大明觉得《红楼梦》太女性化，有点闷，没看过几页。吴桐借走书后，张大明在手机上下载了懒人听书软件，晚上一边举哑铃，一边听“白云出岫”与“蓝色百合”男女双声朗读的《红楼梦》。不到两个月，断断续续听完了一百二十回全本。

农历七月初三是老吴老婆的生日，吴桐给妈妈定了一只八宝蛋糕，傍晚，老吴喊张大明一起过来吃饭。张大明去超市买了一包瓶装崂山啤酒、两根得利斯无淀粉火腿。吴桐吃饱饭，陪妈妈坐在床上看电视，老吴仍和张大明坐在门口内边喝边聊，纱门外天色已暗。最后两瓶啤酒也打开了，老吴的黑脸如同刷了一层红油漆，双眼的内角都生出了白眵。张大明的舌头也有点大了，说话不太利索。老吴又倒满一杯，朝着张大明面前的桌面顿了一下。

“小张，你这弥北土话说得这么溜，醉了也不冒两句家乡话？”

“嘿嘿……”

“你们老家在哪个镇、什么村？”

“老家……据说就在这弥县。我爷爷的爷爷那时候，才去的苏北。”

“去了苏北哪个庄？”

“从我记事，我们就在县城。”

“你从县城来这乡下打工？”

“噢……我家里就是小商贩。”

“这两三年没回家，不想你父母？”

“嗯……他们偏我弟弟，我不混出个样儿绝不回去！”

“你这年纪也不小了，没在家里说下对象？”

“谈过，嫁人了。”

“你就兄弟两个？”

“还有姊妹……不喝了，再喝就得吐了……！”

张大明站起来，趔趔趄趄朝外走，出了纱门去扶墙，头朝门框上撞了一下，咕咚有声，疼得他咧了咧嘴。张大明心底泛起一片广袤的悲凉，妈的，自己活得就像旱厕里的蛆虫。

回了宿舍，张大明扑到床上，把头掩进枕头，无声无息流泪。过了好一阵子，下床开始举哑铃，直累到手指脚趾都不愿再动一下，喝进的啤酒全化成了汗液，但脑子清醒得像在薄荷水里泡过。从简单擦洗开始，就忍不住翻来覆去设想，明天在大棚里见到老吴，如果他还追问晚上的话题，自己该怎么作答。

第二天早上，张大明在宿舍里磨磨蹭蹭，进大棚时好歹没迟到。吴桐过来问他怎么才过来——平时他几乎都是第一个进棚。张大明朝她笑笑，眼光迅速在大棚里巡睃一遍，不可能，老吴今天迟到了？吴桐说，我爸昨晚接到电话，他干娘家的大哥没了，一早回老家帮忙去了，让我替他请假呢。张大明悄悄长舒一口气。吴桐还在继续发牢骚，我妈说托人捎上二百块钱的纸谊就行，他非说那干兄弟对他有救命之恩。

4

七夕那天，老吴还没有回来。傍晚，吴桐叫张大明陪她去看动漫大电影《哪吒之魔童降世》，说早已从网上买了两张票。张大明骑着电动车，载着吴桐去县城。吴桐两手扎扎实实扶在张大明腰上，张大明双腰仿佛捂上了炭火，浑身冒出一层细密热汗，却又强令自己把注意力放在车轮下的路面上。

放映厅不大，除了边边角角，几乎每个座都坐了人。丑得一塌糊涂的哪吒大声嘶喊“我命由我不由天”时，张大明悄悄握紧了吴桐的手，吴桐回握。我命到底由我还是由天？张大明悄悄看了一眼吴桐，吴桐两眼紧盯着银幕上的哪吒。张大明咬了咬牙。或许，命运常在自我一念之间，一念天堂，一念地狱。

散场出来，影院外有人卖LED小夜灯，吴桐凑上去看新鲜。小夜灯底座大都是小动物，有绵羊、佩琦猪、孙猴儿等。张大明想到吴桐属鼠，问老板有没有米老鼠。老板真从大纸箱里找出一只米奇。吴桐却说：“我是女的，应该是米妮。”老板说没有。吴桐问张大明：“你属什么啊？你的属相动物才是我的吉祥物！”张大明刚要开口，忽然想到了那张谨慎保存的身份证。初来弥县时，凭身份证办了张手机卡，又凭身份证办了一张农行卡，到农业公司时又凭身份证签了合同。然后，张大明的身份证一直锁在橱柜底下。

吴桐以为他没听明白，又问："你属什么的？"张大明抓抓头发，抬头盯了一会儿远处那弯红铜色上弦月，说："我是八七年的，属兔。"老板说白兔刚刚卖完了。张大明笑了笑，指着一只绵羊说："羊最温柔，也是白的，选这个吧！"吴桐轻轻拍开他的手，说："我不要，羊太软弱！"最终，吴桐选了一只企鹅，希望自己能像企鹅一样不怕寒冷。

张大明又去买了两杯奶茶，俩人不再耽搁，朝霜城镇返回。回来时九点多了，镇上的路灯仍然辉煌。路过小广场时，张大明把电动车停在路边，牵着吴桐的手进了小广场，里面已无他人。溜达几圈后，他们坐在八角琉璃亭内的长条石椅上。依偎，相拥，亲吻……

忽然，一团冰凉的物体扑棱着落在张大明脖后。他本能地奓煞开两手乱挥，驱赶突然而至的"暗器"。那东西被甩到亭子水泥台阶上，扑腾一阵后消停下来。

那是一只小孩巴掌大的蛾子，双翅黄褐斑驳，背部赫然一只灰色骷髅头。翅膀颤巍巍扇动，头部发出硬纸刮擦玻璃般的刺耳吱吱声。

张大明觉得头发根儿冒凉，脑仁儿木乎乎地乱响。他认识，这是鬼脸天蛾。

他六岁那年，晚饭后跟着爷爷到城郊散步。那个初秋出奇地闷热，不甘心夏天已逝的蝉鸣仍然虚张声势，秋蜇子心急地乱喊乱叫，偶有几只草蛐蛐也凑着热闹唱上几声。再朝前走就是成片的玉米地了，爷爷朝着昏黄路灯下的一条木纹长椅走去。按往日的散步方式，在这里坐上几分钟，爷爷逗着小孙子扯几句闲话，就该往回返了。爷孙俩刚刚坐定，一团黑影坠落在路灯杆底座边，一阵扑棱后，张大明看清了那个不速之客：拳头大的一只蛾子，大翅膀黄褐斑驳，拖着长长的青蓝色肚子，头后背部印有可怕的惨白骷髅头。

爷爷从长椅上弹跳起来，嘴里念念有词，小孙子也紧紧攥着爷爷的衣角。

爷爷说:“这叫鬼脸天蛾。这东西很邪性，它朝着谁飞，极有可能就是送一道索命符。”爷爷叫他不要告诉任何人。叮嘱完了，爷爷拉起衣襟擦擦额头，呵呵笑了两声，说，“傻孙子，爷爷不吓你了，迷信的东西，不管它。”

爷爷抬起左脚，使劲碾踩，蛾子发出绝望的吱吱声，如硬纸刮擦着冬天的窗玻璃。

爷爷跺跺脚，拉着小孙子往回走。又叮嘱一声:“记住，这事儿回去不要告诉任何人。”

两天之后大清早，爷爷打扮一新，骑上自行车出门，他说要去看望一个老朋友。奶奶说，那你好歹给人家捎点礼品啊，爷爷边走边说：“我去商店现买就行。”一个小时后，家里接到交警队电话，说爷爷走到西环路南首时，让一辆大货车扫进了车底。

那只蛾子，还有爷爷的意外死亡，成为小男孩儿童年里不敢说出的巨大阴影。

他无数次想和爸爸或妈妈说说那只鬼脸天蛾，可是一想起爷爷的叮嘱，又没有勇气开口。长大后，他从网上搜索多次，弄明白了，这种蛾子叫芝麻鬼脸天蛾，算是一种害虫。未羽化的幼虫形体酷似豆虫，但不是绿色，而是紫色或深红色，身体两侧带有五彩斑纹。这种蛾子体大貌怪，胸背部的骷髅头太过神秘和诡异，在很多地方的民俗文化中象征死亡、恐惧和邪恶，甚至视其为冥界使者。

他无数次想起爷爷那天的叮嘱。难道说，当时爷爷的恐惧和两天后爷爷的突然死亡，真的和鬼脸天蛾有关？在弥县这三年里，张大明曾无数次猜测，爷爷身上，是否也背负着一层沉重的秘密？

七夕的夜晚颇为凉爽，张大明却感觉浑身是汗，身上的廉价T恤几乎都湿透了。他掀起下摆想扇出点风，但毫无用处。吴桐走到台阶下弯腰看那蛾子，兴奋地说："是人面蛾呢！我妈说过，要爱惜蛾子，因为葫芦、瓠子、丝瓜这些蔬菜，都有夜间开花的，就是靠蛾子传粉呢！"吴桐站起来朝着电动车跑去，从车筐里拿来一把塑料广告圆扇，弯下腰，用扇面托起蛾子，站起举高，使劲朝月季花丛里一扬。蛾子振翅而飞，迎着明亮的路灯，双翅如打开的两把金色折扇，边扇边洒落纷纷扬扬的金粉，宛如在童年的神话故事里飞行，眨眼就消逝得无影无踪。

5

一起吃完芜湖小笼包，吴桐拿着打包给母亲的早饭回家，张大明直接朝大棚走去，手里拎着一只硕大的透明塑料太空杯，里面的红茶水鲜艳如血。天有点阴沉，天空仿佛冬天冻僵的大湖，灰蓝色冰面上卧着大大小小形色各异的固态浪头。迷彩军鞋的胶底踩在柏油路面上悄无声息，只有鞋主人隐约觉出抬脚时鞋底有点黏滞。

张大明无数次设想过，在弥北定居下来，长久地生活下去。也许还会娶一个妻子，她也会玩大棚，他们可以承包甚至新建一个大棚——虽说需要起早贪黑不再享受八小时工作制，但这算是自家的一份产业，人就真的和这块土地融为一体了。将来他可以老在这里，埋在这里，子孙后代生息繁衍在这里，过年啦清明啦还有六月六、十月一，他们会记得到坟上给他这个祖先供奉歆享。

他顿住脚，靠在一棵杨树上，掏出一支哈德门香烟点上。公路沟边的钻天杨都有足球粗了，鸭蛋皮绿的树干上，一只只黑白分明的眼睛迷茫而惊恐，不眨眼皮地死死盯着他。他闭上眼，过往的一幕幕纷至沓来。他开着尚未上牌的崭新银色五菱宏光面包车，拉着文珊和她同学兜风。文珊玉白的脸庞泛出粉红，笑容清澈若泉水叮咚，一切美好得仿佛一幅画。可惜过往生活不是画，无法涂抹或修改。交警过来招停查证，他狠踩油门朝前驶去，交警一跃趴到了车前挡风玻璃上……

那是一名协警，追认了烈士。张大明最初躲在不用身份证的小宾馆里时，当地电视台转播的《花千骨》下方不间断游走着有奖举报字幕，剧中还插播蓝底白字的整屏通缉令。

到弥北打工的第一年冬天，两个警察拿着一张纸来到大棚里。张大明站在绿汪汪的西红柿枝蔓之间，一动也不动，幻想自己化身为一只苍蝇叮落在某片肥大的叶子上。那张纸是悬赏通缉令，通缉对象是一女两男三个人贩子。警察把内容简要地向大棚内的工人们复述一遍，似乎有所搜寻地刻意在每人脸上盯射几眼。警察走了，张大明蹲坐地上，四肢软如煮熟的面条。

小时候母亲说过，有命不得无命之病，是儿不死，是财不散。有命，就还能活下去。可是自己的命，到底还有多久？更何况，如若打回原形，身边亲人必将跟着套上遭人白眼的难堪身份。是的，自己就像旱厕里的蛆虫，只能躲在背人的角落里蠕动。是的，他配不上吴桐，或者说，不配去爱任何一个姑娘。

张大明来到23号大棚东侧的囤形小屋，从腰上掏出钥匙，打开囤门。囤门白铁皮包层，太阳出来一阵子了，白铁皮有点烫手。张大明瞅了一眼挂在囤屋内的白色石英钟，离上班还有二十多分钟，同事们还都没来。又摸出一支哈德门香烟点上，提提裤子叉腿蹲在囤门前。与大棚一条土路相隔，是去年新建的小游园。白色塑膜亭子状若船帆，旁边是小猪佩奇一家，四个粉色吹风机似的脑袋，男猪都穿天蓝色上衣，女猪都穿玫红色上衣，正各自展腰踢腿。蓝天高远，白云如羽，远近蝉声清晰可闻。

一支烟燃完，手指一弹，烟蒂飞落出去。张大明站起来，右脚在烟蒂上使劲碾了碾，回身走到大棚入口处。入口四周的墙面有点返碱，稀稀落落冒出一些白醭。张大明顿了顿，钻进大棚，按动操控台上绿色按钮，第一次放风。

棚里种有贝贝樱桃西红柿，一个月前定的苗，眼下枝繁叶茂，正是点花、吊蔓的时候。一个月后，玲珑红润的小柿子就能采摘上市。除了包括张大明、老吴在内的三个固定工人，棚里还雇着五个劳务短工，都是附近农民，上午七点到十点半，下午三点到六点半，每人日清工资九十元。短工们陆续过来，签了名的钻进大棚开始上午的工作。吴桐过来签名——她目前也是短工，朝张大明笑了笑，露出八颗洁白的牙齿。

吴桐吊蔓时还显得笨手笨脚。张大明知道，她不是做这种粗活儿的人，她应该到城里——至少也是县城，去开一家学生辅导机构。他望着吴桐的背影，仿佛看到她站在一个小教室里讲课，十来个小学生齐刷刷地仰脸望着他。

“张小亮！”一道亢奋的苏北口音雷鸣般劈过来。

老吴回来了，还是穿着的那件分不出是乳白还是浅黄的套头衫，胸前拳头大的“抑毒迎绿”四字广告红得触目惊心。在他身后，是穿着浅蓝制服衬衫的一高一矮两个男子。

这一刻，张大明——或者张小亮——站在绿汪汪的西红柿枝蔓之间，一动也不动。显然，他不能化身为一只苍蝇叮落在某片肥大的叶子上。

他松动一下僵硬的面孔，向吴桐招招手，又朝两个制服男子笑笑，说：“我站在这里不动，就和朋友说两句话。”

吴桐冲老吴喊了一声：“爸——”转身走到男友身边。他紧紧抱住吴桐，低低对着她右耳说：“记住那两把钥匙！我给你写了信，那钱都是干净的，你早点去开辅导班。对不起，忘了我！”

他推开吴桐，拍拍她的肩头，跟随两个制服男子朝外走。他看着吴桐木然的眼光，知道她惊悚的内心里沸腾着一万个为什么。

温柔以待

小板凳弯弯爪

1

按照四舍五入的说法，刘文高在领傻女人回家前，相了约二十个对象。

刘文高二十岁那年，个子不太高，可是五官清朗，人长得很精神。因为上过学，识得字，记得账，算得数，在弥河县菜籽庄生产大队里当了保管。裤腰上挂着一串叮当响的铝钥匙，是掌管大队几个仓库的权力象征，引得各村的媒婆们不时上门。东庄最漂亮的，西庄最能干的，南庄成分好的，北庄大家族的，那些姑娘都想和他相对象。这种昔日的繁华与抢手，如今常常在刘文高夜半醒来时跑到脑海里，以至他有时会怀疑，那是不是哪一夜的一场梦呢？

相的第十二个对象，是菜籽庄西一条河之隔的王家庄的范月梅。范月梅鹅蛋脸，双眼皮，大眼睛黑白分明天生含笑，黑黑的眉毛不用修就像弯月牙，一闭嘴嘴角边有两个小梨涡，身后拖一条齐腰的大麻花辫子，身材修长苗条，但绝非弱不禁风。在生产队里，不管是割麦子、掰玉米还是挑沟挖河，她在女队员里样样是第一名，挣工分也是最多的，一大半的男社员都比不过她。范月梅在家里是老大，下面挨肩各差两岁是一个妹妹、两个弟弟，每个人都是生产队里的干活儿好手。家里绝对根正苗红，姑家、姨家、姥姥家全都是贫农。

相对象后，俩人互相满意，双方父母也同意，接下来商量送柬订婚。范月梅家提出，办婚事随风俗，订婚要由婆家出二十元的彩礼钱。

媒人传到这话时，刘母的脸当场就挂了下来："我们是正正经经的人家，犯不着买媳妇！"

刘文高下面还有两个挨肩的兄弟，他这个大儿子当大队保管，是条件最好的，如果他订婚就要送二十元钱，那剩下的两个儿子的订婚，岂不是要每人出得更多？父母就算剥皮拆骨，也绝对掏不出这么多钱。

刘文高和母亲商量："如果家里出不起这二十元钱，凭我当保管的面子，也能借来这钱。"

刘母说："这不是现在拿得出拿不出这二十元钱的问题，是家里不能开这道口子。"

刘文高三天没有吃饭，每天有气无力地去大队里上工。下工后，刘文高总在门外的那棵大柳树下发呆一阵子，仰头盯着天上堆得像秋后乱草的云朵。秋风一吹，焦黄的柳树叶子落下来直往衣服领子里钻，刘文高仍一动不动，直到将要做饭的刘母出来抱草，他才一声不吭地走进家门。刘母说："不吃饭是不饿，只要饿不死，这个家就轮不到你擅自拿主张。"

刘文高没有饿死，他顺从了母亲的主张。而范月梅，也顺从了父母的主张，后来找的婆家也是菜籽庄的，还是提出了二十元订婚彩礼钱，婆家给了二十二元。

因为二十元彩礼钱，眼瞅着要成的婚事黄了，这事随着风吹得四庄八疃都知道，条件好的姑娘再也没人愿意打听刘文高。接下来，媒婆给他介绍的姑娘，个子矮的，眼睛小的，满脸癣斑的，且不论其他条件，仅长相，都无法与范月梅相提并论，根本入不了刘文高的眼。他咬着牙相了三个这种对象后，他明白了，短期内，媒婆再给介绍对象，肯定还是差不多的事儿。媒婆又上门时，刘文高说："说不起好媳妇就算了，暂时先不相对象了。"这话管用，果然没有媒婆再主动上门。

六年后，刘文高二十六岁，在当时的农村，已经是典型的大龄青年。又有媒婆上门了，说女的长得很好看，不过不是姑娘，是一个丈夫得了肾炎去世一年半的寡妇，名叫李秀红，绰号"赛金枝"——那时流行一部戏曲电影《打金枝》，金枝代指极其貌美的大唐公主。

对象相好了，媒人提出，女方要五十元钱的彩礼。没有问刘文高的意思，刘母一口回绝："以前王家庄的'筐头'姑娘不过才要二十元钱，现在一个拖油瓶的'回头'，凭啥要五十元钱？笑话！"

媒人说："现在说媳妇，彩礼行情都涨了，姑娘的彩礼，没有低于六十元的。"

刘母还是理直气壮："我二儿的彩礼不过使了十元钱，三儿的十五元钱，给大儿说个'回头'还用五十元钱？"

媒人什么也没再说，确实，刘文高的二弟、三弟也都是她说的媒，不过两人都给了媒人好处，请她替他们保密。两兄弟的做法一致，女方要多少彩礼，由媒人先和两兄弟说，他们在母亲能接受的彩礼额的基础上，各自偷偷借了钱，老二家的彩礼三十元钱，老三家的五十元。

到刘文高三十岁时，在村里已经成了真正的婚姻老大难。二儿、三儿早都结婚生子了，只有大儿仍孤身，刘母心里也很难受，不免有些懊悔自己当年没给范月梅使二十元彩礼，也没给李秀红使五十元彩礼。三个儿子下面，还有一个小女儿刘爱美。刘母说："总不能看着你大哥打光棍，我托人打听打听，你给大哥换个媳妇吧！”

刘爱美出去赶集时，认识了家在十多里外的小李村小伙子李有金，后来又在集上碰了几回面，俩人好上了。刘爱美不敢和母亲说实话，因为母亲和她说换亲时，一把鼻涕一把泪，还说，如果刘爱美不同意，她就上吊算了。

那一天晚饭时，母亲说，托媒人说好了，明天上午相对象。对方的姑娘长得还算模样周正，对方的小伙儿也不丑，年龄比刘文高还年轻两岁，就是背有点驼，从小有气管炎，到冬天容易犯病。

刘爱美没再反对，吃完晚饭就早早睡了。第二天早上，母亲喊女儿趁着天凉快，早上去锄几垄地。喊了四五声，都没听到动静。刘母掀开刘爱美房门口的布帘，被子铺在床上像有人睡觉的样子，但被子里却没有人。原来，刘爱美下半夜偷偷从家里跑了，跑到了李有金家。

刘爱美和李有金结婚、生子，过起了恩恩爱爱的日子。直到刘爱美的儿子五岁时，一家三口才回了娘家，那已是刘母临终前的看望与告别了。在刘爱美跑了的这几年里，刘母的眼瞎了。她伸出枯瘦冰冷的手指摸了摸外孙胖嘟嘟的小脸，老脸上绽放出一种慈祥的光彩，又摸了摸女儿的脸：“唉，娘这一辈子，对不起你大哥，也对不起你！”

刘文高四十岁时，他还是没有娶妻，人们早已在背后称他为光棍，但从那一年开始，人们不再这么偷偷称呼他，因为他捡了个傻媳妇。

在农村，大龄男青年“脱光”渠道五花八门，有说个二婚女人的，有娶个有点残疾、不易出嫁的老姑娘的，有娶个傻媳妇的，还有捡个傻媳妇的。显然捡个傻媳妇很合算，不用彩礼，不用婚礼，忽然一夜之间，光棍那被油灰打磨得发亮的被子底下，就有了一个温软的女人，而且这种女人生育能力都很旺盛，不出一两年，就能生个非常健康的孩子。这种被捡的傻媳妇，一般是流浪到村里来的，已经迷了路，也说不上自己家在何处。村里一般都不乏那种热心人，他们可能会管傻女人一顿饭，或者收留她过一夜，然后考虑考虑，再和邻居商量商量，就把这信儿送给村里某个一直未成亲的男人。这个男人过来看看，一般就会把傻女人领回自己家，从此也像其他人家一样，过起了完整的日子，热心人也会觉得自己又行善积德了一次。

刘文高的傻媳妇，就是这么捡的。这个傻女人长得很白净，双眼皮，大眼睛，鹅蛋脸，一头乌黑的长发。刘文高见到她时，觉得很面善，不知不觉中咧嘴笑了一下，傻女人也朝她笑了一下。

连着两三天，乡邻们都去刘文高家看媳妇，刘文高乐呵呵的，把眼角的皱纹都笑得很深。院子、屋里都打扫得干干净净，还泡了茶，买了瓜子，招待每一个上门的村民。多年来，这个家里就刘文高和刘父爷俩过日子，四五个板面都已磨得锃光瓦亮的小板凳平时都闲置在灶房角落里，现在全派上了用场，连刘文高睡觉的炕沿上也时常坐满左邻右舍的大人或孩子。

2

傻女人不是疯子，也不是痴呆，多数时候比较正常，像是后天患了精神病的人。傻女人的口音听不出像哪里的，她和电视上的人一样说着普通话。傻女人说不清自己叫什么名字，但她能把罐头瓶标签上大大小小的字从头读到尾。她会写字，写出来的字苍劲有力；她会画画，随便画个人的肖像，就惟妙惟肖；她会织毛线，看见邻居在用棒针给女儿织毛衣，她说，这个得织上8字绞花才好看，并拿过来帮着织。

大家通过问傻女人话推断出，她可能是个城市人，上过中专，学过美术专业，在家里已经生有一个儿子，但她显然受过精神刺激。她说自己用水果刀杀死了丈夫，所以跑出来了。

对于杀人的事，人们不太相信，这个文文弱弱的女人，哪像杀人犯？不过，刘文高每天总是把家里的菜刀、小刀、剪子等各类利器藏好。

人们都说，刘文高捡到好事了。果然，不出一年，傻女人给他生了个大胖小子。

刘文高、傻女人、儿子还有刘父住在一起，如果不是儿子过生日那天夜里出了事，也许他们一家就会这样幸福地生活下去。

那是刘文高的儿子刘晓亮的一周岁生日，全家人都很高兴。那天，刘爱美也过来给侄子过生日，她还专门去镇上买了一个八寸的生日蛋糕。刘爱美提着蛋糕从村口进来时，乡邻都热情地和她打招呼，他们眼睛里发出的亮光都集中射到那个生日蛋糕盒上。刘爱美解释，侄子刘晓亮过生日呢。刘文高从妹妹手里接过蛋糕问："很贵吧？这东西只有城里人过生日才吃呢，咱只在电视上见过！"

刘晓亮当然很高兴，咿咿呀呀吵着要吃。傻女人抱起儿子，照他脸颊上亲了一口："乖宝宝，吃完饭才能吃蛋糕，还要点蜡烛、唱生日歌呢！你晓明哥哥过生日时我都给他买蛋糕，你听话，以后你再过生日，咱都买大蛋糕！"

刘晓亮的名字，是傻女人取的。她说，自己的大儿子叫晓明，二儿子就叫晓亮吧。刘文高以为是小亮，傻女人专门写到纸上：晓亮。并强调，是拂晓的晓，天亮了，拂晓就是天亮了，用于人名，是希望宝宝一生都生活在光明之中。

没想到，那是傻女人给刘晓亮过的最后一个生日，她再也没有机会给儿子买生日蛋糕。

当天晚上下半夜，傻女人忽然在梦中惊醒，她拉开被子从床上弹跳下来，连外衣都没穿，打开房门冲出去，弯腰从地上摸起了一块半头砖，又直起腰跑进屋里，先掀起布门帘进了刘父的房间，照刘父脸上砸了两下，转身再跑进自己的房间，照刘文高的脸上砸了两下，她手中的砖头又要朝儿子的脸上砸去，却忽然停住了。

刘父惊叫起来，刘文高惊叫起来，被惊叫声惊醒的刘晓亮大声哭了起来。夜正深，整个菜籽庄里连声狗叫都听不见，这一家人突然间惊惧的动静，也惊醒了住在刘文高家西邻的二弟刘文远全家，他们匆匆忙忙穿上衣服，过来看看到底发生了什么事。

刘父和刘文高脸上都鲜血淋淋的，把刘文远两口子及他们的两个儿子大专、小专都吓坏了。刘文高的家里，乱成了一锅粥。大家使劲定了定神，才弄明白，估计是傻女人在睡梦中受了什么刺激，在神志不清的状态下，把全家人都假想成了坏人，她自己则像英雄一样去自保战斗，最终让她众神归位的，不是公爹和丈夫的惊叫声，而是母亲对儿子的本能认知。

刘文高吓得说不出话来。刘父无端挨了板砖，疼得直喘冷气，心口的愤懑更是无处发泄："弄了这么个傻媳妇回来，这不是要害死咱全家？反正已经给你生下儿子了，赶紧地，把她送走吧！"

刘父的理由很充分，傻女人说过，她是杀了丈夫逃跑出来的，现在受了刺激就打人，保不准再一次受了什么刺激也会拿刀子。二弟刘文远两口子及两个孩子，也都赞同刘父的看法。

刘文高慢慢地定神，他不同意父亲的说法。虽说她只是个傻女人，但这两年的日子，刘文高吃得香甜，睡得安稳，下地干活儿外出打工都感到浑身有力气，夜晚上了炕，他也能享受作为一个男人的快乐。最重要的是，傻女人生了一个儿子，她毕竟是刘晓亮的亲娘，如果送走了她，儿子就成了没娘的孩子，这没娘的孩子将来肯定要比人家父母双全的孩子多吃几麻袋的苦。

刘文高拿孩子说事，和父亲商量，以后只要注意一些，别刺激到她，并防着她点，就不会出什么大问题的。而且，以他的年纪和家庭情况，想再另找个女人，也绝非易事。

刘父想了想，刘文高说的也在理，毕竟孙子是亲生的，没有亲娘的孩子必然是处境戚惨的。他不再坚持送走傻女人，但嘴里说着："这以后日子怎么过？天天得担惊受怕的！"

刘文远提出，就算不送走傻女人，也得教训教训她。傻子嘛，就和小孩子一样，犯了错挨顿打，以后就不敢再犯同样的错了。

仿佛二弟说的不无道理。既然父亲不再坚持送走傻女人，刘文高觉得也应该给父亲个交代，他默认了二弟的说法。

在长辈们的授意下，教训傻女人由刘文远的两个儿子大专、小专执行。

大专伸出巴掌，照着女人的脸面来回扇了一会儿，女人的面色变得像水泥墙一样乌青。

小专抬起右腿，朝着女人的胸口踹了几脚，女人跌坐在地上捂着心口窝喘不过气来。

教训罢了傻女人，一大家子人才想起来，刘父和刘文高俩人脸上有伤，需要送到医院清洗包扎一下。刘文远拨打了急救电话120。他怕救护车黑灯瞎火的走错路，又打发二儿子小专到村外的大路口去迎一下救护车。

谁也没想到，小专没把救护车领回家里，他自己被救护车拉走了。小专刚出村口，身后就突突突开来了一辆早起赶路的拖拉机。拖拉机撞倒了小专，并从他的右大腿上轧了过去。

大家在等着小专把救护车迎到家里，好拉着刘父和刘文高去医院处理伤口。左等右等，一直没听到救护车的呜哇声，就在都感觉等得久到令人无法忍受时，刘文远家里的电话丁零零地响了起来，在寂静的凌晨，这声音很容易就传到了一墙之隔的刘文高家里。刘文远急忙跑回家接电话。电话是医院根据小专提供的号码打来的，小专的右大腿，需要做截肢手术。

刘文远的妻子很快明白发生了什么事，马上发疯一样地号叫起来，扑向傻女人连撕带抓："都是你这臭女人，丧门星，你害你自己的男人还不够，还要来害我儿子……"

刘父和刘文高的面部伤口，都已开始凝血。比起小专的受伤，这爷俩的伤情都微不足道。各自去洗了一把脸，没有必要再去医院处理了。

傻女人是送走还是留下，不再是一个值得讨论的问题。

天亮后，刘文高出去找到一个有四轮农用车的乡邻，央请帮着出个远门。他默默地给傻女人收拾了些衣服包起来，又放上了些馒头、熟鸡蛋和咸菜。刘文高知道，这种生离，就是永别，他的心脏像用粗麻绳勒着一样紧得发痛，他想和傻女人解释些什么，叮嘱些什么，觉得有很多话要说，却又不知从何说起。他摸了摸发酸的鼻头，使劲吞咽了一口唾沫，说："不是我不留你，事情没法收拾了，我说了也不算，你出去另谋个好生活吧！"说这些话时，刘文高眼睛不敢正视傻女人，扭头看着门口外面一只用了十几年的小木板凳，被夜间的露水打湿了，太阳出来一照，好像谁的脑门上出着冷汗，他忽然间想起小时候经常唱的一首当地民谣：

小板凳，弯弯爪，说了个媳妇不大好，又拉下，又尿下，打光棍子不要她！

3

从此，菜籽庄的人再也没有见过这个傻女人。

从此，在菜籽庄人的印象中，刘晓亮一直瘦瘦弱弱，好像他的裤子总是在脚踝以上，露出没有穿袜子的脚腕，好像他的鞋子最前端总是被大脚趾顶破，好像他的褂子前襟上总是灰乎乎的一片斑驳污渍。

刘晓亮十三岁读了初一。一个周五傍晚，住校寄读的刘晓亮放学回来，家里的大门口栅栏却上着一把五星牌铁锁，他想到西邻的二叔刘文远家问问。这时，二婶打开一扇道门出来了，嘴里咕咕地唤着，她迎面遇到了刘晓亮，但嘴里的呼唤声并没有停下来。刘晓亮问："二婶，你知道我爷爷和爸爸去哪儿了不？"

二婶停了咕咕声，翻了翻眼皮，说："这些死鸡，黑天了也不知道回家宿窝。他爷俩到哪儿了，我还真不知道，人家出去还和我说？"

三四只芦花大鸡听到主人的呼唤，争相从道门往院里跑。二婶不再说什么，嘴里又吆吆地唤起了尚未归家的狗。刘晓亮扭过头去，牙齿咬破了嘴唇。

刘晓亮十四岁读了初二。班里开了生理卫生课，讲到青春期部分，老师说，这些由同学们自学完成，重点掌握几个名词解释：第二性征，变声期，月经，梦遗……一些关于生理发育的秘密，少男少女们看了书本后偷偷地面红耳赤。晚上，刘晓亮忍不住想起生理卫生课上的内容，女性和男性在生理特征上差别真大，可是，自己原来好像并不知道这些。家里就是爷爷、爸爸和他，筷子夹骨头光棍三条，不像人家家里有女人。妈妈，刘晓亮想不起她的面容，记不起妈妈的温暖怀抱。但他知道，妈妈很疼爱他，他小时候过生日时吃过一次蛋糕，妈妈给他点过生日蜡烛，唱过“祝你生日快乐”。也知道，当年是爷爷坚决主张把妈妈送走。爷爷和爸爸都说，妈妈是个疯婆娘，窝里拉，窝里尿，只知道自己抢着吃好东西，嫌这个家里太穷，不能顿顿吃肉，趁着爷爷和爸爸下地干活儿时，自己跑了。

每次周日傍晚从家里回到学校，同学们都在交流，回家妈妈给做了煎鱼、炸了藕盒、炖了排骨、包了水饺什么的，吃撑着了，上学前又给放上了甘蔗、饼干、冰糖等好吃的。刘晓亮总是待在一旁默不作声，他不想听，可同学们的话却一句不落地钻到了他的耳朵里。有时他想，就是有个窝里拉窝里尿的傻子娘也好啊，哪怕周末回家给他一巴掌，他回来可以说，妈妈嫌他做错了事，教训他了。

刘晓亮十五岁读了初三。刘文高已经五十六岁，看起来就像一个老头儿，他的两个膝盖、两个肩膀及腰都很疼，遇到阴天更是疼得厉害。菜籽庄有个开出租车的村民，见多识广，打听到在东营市某个村里，有个神医专治关节疼、腰疼，一针见效，腰疼得爬不起来的人，打上针后就可以健步如飞。打一针六十元，租车费五十元，刘文高已经连续去打了六针。也有人建议他去贴膏药、针灸，但他觉得那些土办法见效太慢，不如神医打针效果好。儿子还没有长大成人，刘文高最怕自己的身体撑不住了。刘晓亮学习很好，刘文高希望他能考个重点高中，将来也考个大学，一跃跳出农门，到出门就是柏油路和高楼大厦的城里去上班。

刘晓亮多少有些贪玩。特别是周六傍晚回家后在家里过的一天周末，刘文高希望他能抓紧时间学习学习，熟能生巧，温故知新，笨鸟先飞。但刘晓亮回家后很愿意到处玩玩，和邻居搬出桌子打打牌，趁大人不注意看会儿电视。晚上，刘文高在里间关着门看电视，刘晓亮在外间做功课，却偷偷从里间与外间通着的玻璃窗里老远窥看。一次，刘晓亮正在外间站在离玻璃窗一米多远的地方偷偷看电视，爷爷从房门里忽然出来了，他的耳朵有些背了，说话声音很高，大着嗓门教训起来："你这孩子，你爸浑身都疼成那样了，天天还想办法干活儿赚钱给你攒学费，想供你上高中上大学。让你学习你还偷着看电视，谁家的孩子像你这么不懂事？依我看，考上高中就上，考不上拉倒！"

听着爷爷的教训，刘晓亮突然想起，母亲被送走时，肯定也是爷爷大着嗓门宣讲他那不容置疑的决定。谁家的孩子像我一样不懂事？谁家的孩子像我一样没有妈妈疼？

刘晓亮感觉浑身鲜红的血都在往上涌，冲到了脑子里，头上就像戴了孙悟空的紧箍咒一样又痛又木，手像不听指挥一样，抬起来朝着爷爷脸上挥了三巴掌。刘文高听到动静忙从里间出来，拉住了儿子的手："我怎么养了你这么一个东西？谁有打老人的？那是你爷爷啊！"

刘晓亮十六岁时参加了中考。本村同时考高中的同学一共七人，其中刘晓亮是平时学习最好的，但是只有刘晓亮没有考上正取生，需要多拿一万两千元择校费才能上高中。

刘文高给儿子拿不起这笔择校生费用。他觉得刘父说的话很对，像这种一穷二白的家庭，孩子有幸考上学就去上，考不上就只能拉倒。

刘晓亮一直笃定自己要考高中，上大学。中考失利，爸爸、爷爷都说不让他上学了，他感觉自己的心脏像被枪打进了一粒子弹，生疼生疼地往外冒着血。一连三天，刘晓亮不吃不喝，也不到炕上睡觉，天天合衣躺在外间的一把旧连椅上，不洗脸、不洗脚。看着儿子，刘文高仿佛透过时光的迷雾，看到了青年时的自己，因为母亲不同意拿出二十元彩礼钱给自己中意的范月梅，他也曾经绝食三天，但他当时还喝水。

那一夜，刘文高蹲在门外面抽了两盒哈德门香烟。次日一早，他到二弟刘文远家里去了。二弟说："不是我不想借钱，但我实在没攒下钱啊，大专刚结了婚，小专拄着拐赚不了钱，我还得养他。再说了，你现在给他借择校费，那他接下来三年高中，你还要借学费？如果能考上大学，也得借吧？你光借不还，别说人家没有钱，人家有钱也不敢借给你！"

从二弟家出来，刘文高没再去三弟家里碰运气。刘文高踢踢踏踏拖着双腿回了家，刘父耳聋，但眼明心亮。他指着大儿子高声嚷起来："我说考上就上，考不上就拉倒，孩子听不到心里，你也听不进去？还出去借钱，出去找谁借钱能借到？"

刘文高扔掉手里的烟屁股，狠狠用脚踩了一下，在院子里站了十来分钟。太阳刚刚升起来，南墙里一棵柿子树，叶子被照得油光泛亮，树上已经坐了密密的一层柿子小青果，挂果的枝子被压得微微弯着向下沉。他洗了洗手，到西屋的灶台前，点上柴火热馒头。停了火，他到咸菜瓮里取了个辣疙瘩，用水冲洗一下，切了一堆咸菜丝，又剥了一棵葱切成丝，用一只大白碗盛了咸菜丝和葱丝，倒了点醋绊了绊，用手拍了一下脑袋，又拿了一支筷子从瓶里蘸出三滴香油。刘文高把馒头和咸菜端到了堂屋里一张灰绿色的长条桌上，然后拿了一只小板凳，坐在了儿子躺着的连椅前，伸出右手，抓住刘晓亮的左手："儿子，起来咱吃饭吧。拿择校费，我确实办不到。但是，你想上学，咱就去找找初中老师，复读一年再考高中！"

刘晓亮听见这些话，阖着的眼皮叭地抬了起来，紧攥着父亲的右手，一下子坐起："真的？爷爷不是说，我考不上就拉倒吗？"

刘文高扭头看了看坐在院子里的老父亲，压低声音说："我是他儿子，我的事他管得着；但你是我儿子，你的事我管得着。你上不上学，我说了算，不是他说了算！你去复课，一定要好好学习，明年咱一定考住高中，将来还要考个重点大学，以后干份好工作，找个好媳妇，去城里过好日子！"

楚楚

1

那天下午，刘文高进了银行营业厅给儿子存款。

儿子打回电话说，暑假不回家了，校园边上有中学生课外辅导班，去教英语和数学，一个暑假差不多能赚出下学期的学费，老爸今年就不用再犯愁了。刘文高拿着手机静静听着，心里真可谓百感交集。自己腰椎间盘突出四五年了，腰疼，腿麻，右侧身子朝前歪斜得厉害，仿佛右肩时刻用力背着一大捆青草，加上更早就全白了的头发，风化石头一样的瘦脸，看起来已经是一个虚弱不堪的老人了。干不了重活儿，也不敢想和别人家一样种上一两个大棚——种大棚是力气活儿，一个人办不了，人家都是两口子常年靠在棚上。刘文高种着爷俩的口粮田，养着十来只山羊，惨淡的收入实在应付不来儿子上大学的学费和生活费。现在，儿子才上了一年大学，就能像模像样地赚钱了。但是，能赚钱不等于现在手里就有钱了，上讲台去当老师，含糊不得，身上怎么也得穿身像样的衣服，平时也得吃饭。前几天刚把去年的玉米卖了，要攒着给儿子交学费的。刘文高骑上稀里哗啦的大金鹿自行车，来到菜籽庄前的银行点，想给儿子的银行卡里存上三百块钱。

刘文高趴在一张柜子上填单，后面有人招呼他，哎，刘文高，听说了没有，你们队里钱老二家的病了？肠癌，晚期！前天过六十岁生日，吃了两块蛋糕，一会儿就疼得直不起腰来了，脸上的汗粒子黄豆似的往下滚。救护车拉到弥河县医院，打开肚子一看，里面的瘤子都挤满了！肚子立即又缝上了，医生说，过几天伤口不出血了，就回家等着吧，在医院里耗着，没意思了……

刘文高抬起头，目不转睛地盯着那个乡邻的一口黄牙开开合合。人家排上号取钱去了，刘文高仍杵在那里眼神呆呆的，一下子忘了自己为啥来这里。他低头眨了一下眼，两颊滑下两行湿热。他又抬起头，看了看自己是在银行营业厅里，脑子转了转，才想起自己要给暑假不回家的儿子存上三百块钱。

存完钱，刘文高转身走出银行，慢慢推起自行车。天有点热了，两点多的太阳正是威力最盛的时候，刘文高有点头晕目眩。他又回头朝银行营业厅看了一眼，玻璃门上方黑色的电子屏幕里游过一行红字，2010 年 4 月 30 日。刘文高在心里做了一个默算，三十五,三十五年一眨眼过去了。

那也是一个热烘烘的暮春。他也是呆呆愣愣地站在人群里。

刘文高大气不敢喘一下，双脚粘在新房门口，两眼拴在新娘身上。她实在太好看了。可是，刘文高只能眼巴巴地看着，就如看着夜晚银河里的星星一闪一闪，却碰不到，摸不着。他稀罕她的好看，但她不是为他而好看。

月梅端坐在藕荷色线毯上，石榴红的褂子，石榴红的裤，脖子上系着石榴红的方围巾。刘文高分辨不出，她是一枝晶莹的白梅，整个儿被朝阳映红，还是一枝剔透的红梅，映红了周围一切。

刘文高在月梅婆家当账先生，记账时心神不宁，还把一份五毛的礼金记成了五元，多亏身边收钱的往账本上瞅了一眼，及时提醒。

时近晌午，亲戚们该来的都来了，该随的礼也都记到账上了，核好账，点对钱，与主家交接完，刘文高做的第一件事，就是到新房看媳妇。

有人从背后推了一把："靠前问媳妇要糖啊！"刘文高这才慢慢地往前蹭。胭脂与粉混出一股苦杏仁的香气，冲得他心窝子发胀。他想不起别人跟新媳妇要糖怎么讲话，是不是笑嘻嘻的，还带些油腔滑调？他佯咳两声，张了张嘴，像渴了的鸭子，从喉咙眼里挤出干巴巴的一句话："兄弟媳妇，拿块糖吃！"他笑不出来，也油腔滑调不起来。

月梅往刘文高手里递糖时，他很想捧住她的手，但还是用脑子管住了自己，高高的个子往上拔了拔，头往后仰了仰，好让眼里刚刚冒出的热意尽量消解。她刚刚嫁到菜籽庄，他不能给她惹笑话。虽说按风俗，结婚当天，不分长辈、晚辈还是同辈，都可以随便和新娘子闹，就是明显地占点便宜也不算大毛病。可是，刘文高害怕新房里看热闹的人看透他的心，举止带着不自然的拘谨。

2

刘文高曾看过十几个对象，个顶个是四庄八疃的"筐头"姑娘，要貌有貌，要样有样，要个头有个头，要营生儿有营生儿的。但他一直不点头，娘笑话他，挑花眼了。刘文高看的第二十个对象，就是月梅，河西王家庄的闺女。

月梅的瓜子脸粉白透红，不大像农家女。双眼皮，大眼睛，黑黑的睫毛特别长，一眨眼一忽闪，像蝴蝶颤动的翅膀，扇得刘文高心里也跟着颤颤的。月梅穿一件条绒褂子，玫红色底子，绿豆粒大小的白色五瓣花。刘文高觉得，人如其名，月梅身上长出了一层密实洁白的梅花。他想到一句诗：疏影横斜水清浅，暗香浮动月黄昏。他们应该在清朗的月光下相会。刘文高不禁闭上眼睛，吸了两下鼻子，真有一股淡雅的香气。

月梅扑哧笑了，说："你不就是那个运动员嘛，不管五冬六夏，天天早上都去河涯边练跑步！"

刘文高晄当睁开眼，月梅正盯着他看，一双眼仁子像羼了猪苦胆的墨汁写出的春联大字，漆黑中透着阳光的华彩。嘿嘿，嘿嘿，刘文高也笑了两声。下学后，他保持了联中时跑早操的习惯。天不亮就起床，只要没有大雨大雪，都到菜籽庄和王家庄之间的河涯上跑两圈儿。

月梅问："你天天这样跑，脚和腿不疼吗？"

刘文高说："我跑惯了，这是锻炼身体，越跑越有劲，也越健康，我整年都不感冒！"为了证明自己有劲，健康，刘文高站起来轮流跺了跺两脚，咚咚咚，咚咚咚。腰上一大串铝制钥匙，也跟着丁零当啷，声音清脆悦耳。

月梅说："我邻家王国栋和你联中同学，早就听说过你的名了。"

刘文高低了低头，看见黑布鞋的白牙上沾着些泥点子。他又站起来，狠劲跺了跺双脚。接着嘶嘶吸了几下鼻翼，低着头说："这味，真好闻！"

月梅笑出声来，又用手捂到嘴上，好一会儿才拿下手，说："我前两天去你们菜籽庄供销社买了瓶雪花膏。"

相亲是在媒人家的小屋里。媒人送进一壶水，俩人在拉呱。再送进一袋爆米花，俩人还在拉呱。最后，媒人说了实话，头晌得去趟闺女家，外甥过周岁生日，她这当姥姥的，要送两把鸡蛋。俩人这才结束了第一次见面。

媒人捎来话，月梅家要二十块钱的彩礼。

刘文高娘用手拍了一下大腿，说：“俺儿长相出挑，又有学问，当着大队保管，说个媳妇还要使这么多彩礼？”

媒人把话捎到月梅家，但月梅还有个弟弟，就指望月梅的彩礼说媳妇，所以，这彩礼钱，一分也不能少。

刘文高的意思，他可以出去借些钱。娘却说：“别说家里没有这么多钱，就是有钱，也不行。你是老大，下面还有俩兄弟，你压了辙沟，那俩媳妇的彩礼就不能少了，这不得把老骨头敲出髓来？”

刘文高坐在屋山西头杨树下。秋风一紧，淡黄的杨叶抢着挣脱枝杈，纸钱一样满地乱滚。树叶落在头上，打在脸上，钻进脖领子，刘文高一动不动。家里的大事小节，都是娘说了算。

刘文高三天没吃饭。娘说，不吃，是没饿着，正好净净食肠。

大队里出地瓜，刘文高指挥分堆。瓜娃子躺在地上淘气，专门绊人脚。刘文高一个趔趄，狗吃屎样趴在地上。晚上大队里管集体饭，他喝了两碗棒子面汤，吃了三张白面擀饼，就了五棵剥了皮的生葱。秋后的大葱够辣，辣得刘文高头上冒汗，眼里出泪。

娘继续托媒人介绍对象。刘文高又看了三个，就再也不愿相亲了。他第一次知道，想一个人，心眼子如泡了陈醋般泛酸，胃和肠子如拌了蒜泥般热辣辣的。

冬去春来，麦苗从鲜绿变成墨绿，不几天工夫，麦苗蹿杆站直。风吹到脸上，有了热乎意思。农人们的脚步出出进进，把空气趟得越来越暄和。刘文高的腔子里，也有什么在搅活，在发酵，膨胀的压力，要把整颗心顶出身子。

一天晚饭后，刘文高和母亲说去趟大队，拿着手电筒出了门。他在大队门口抽了支烟，烟蒂扔在地上，随着微风刮出一溜细碎的火星。打开手电筒，刘文高朝河西王家庄走去。

刘文高找到了王国栋家。一通客套的问候后，刘文高绕着圈子打听月梅。所谓无事不登三宝殿，王国栋马上明白了刘文高的意思。但他却装作没明白，说：“对了，月梅找的婆家就是你们庄的，姓钱，麦前做媳妇。前两天，俺娘还去她家帮着絮棉被了！”

3

刘文高总盼着碰巧遇到月梅。

作为保管，刘文高统管着全队的一些事儿，他和月梅家还都是二小队的，上坡干活儿，见面和打交道的机会不算少。可是，一旦真遇到了，他只敢瞄上一眼，赶紧就把眼光拿下来，看着别处。月梅过去了，他才在心里再一遍遍地“看”，今天她穿的什么褂子，什么裤，什么鞋，头发梳了什么样式。他只瞄的那一眼，就如照相，把月梅的样子全枝全叶地照进了脑子里。

那一天，月梅从身边过去，刮过一股淡雅的香风。刘文高觉得，月梅今天一定搽了雪花膏，脸上一定水嫩软和。他忍不住扭头回望——月梅也正好回头望他！她也是如他般，多次擦肩而过后，第一次回望吗，还是早已回望过一次甚至多次？半下午的太阳明晃晃的，月梅的脸金光闪闪，那金光里，又透出一层水汪汪的红晕。刘文高很想摸摸自己的脸，他感到脸皮被太阳晒得热鼓鼓的，要涨破似的。

麦口说到就到。大清早，壮劳力集到地头领麦约子（捆绑麦个的茅草绳），后腰系上一大缕，就可以下地开镰了。刘文高守着一大堆麦约子，社员们一人过来拎走一捆。看见月梅来了，刘文高弯腰拎起一捆，朝她递过去。月梅一愣，马上双手接过，忙乱中，她的指尖触着刘文高的手。刘文高右手麻了一下，脑子里嗡的一声，浑身血液也嗡的一声，汗毛都竖了起来。怕啥来啥，老婆汉子们都在瞎嚷嚷。“新媳妇就是面子大！”“也给俺递一捆，递一捆！”“长得俊，就吃香！”“分麦约子都看人去，那分麦子更了不得了！”

给月梅递麦约子时，刘文高并没有多想，没等脑子指挥，手就拎起麦约子递了过去。大家的叫嚷，不过是图个闹腾，逗逗保管，逗逗新嫁来的媳妇，在驴子走进磨道般的庸庸碌碌生活中驻会儿脚，透口儿气。可是，在刘文高听来，却不自觉地把自己和月梅的关系拉近一层，还受到了某种提示。

小麦统一晒干扬净后，分到各户社员家里入仓，刘文高看磅秤做统计。轮到月梅家了，他把每袋麦子都称得高高的。最后一袋，添秤时，干脆把一瓢麦子哗啦全倒了进去。

秋后，玉米棒从秸子上掰下来，棒子堆里压一张写名的红纸条，地瓜蛋从土里掘出来，地瓜堆里露一块最大的地瓜，刻上户主姓名，就算分配到户。只有刘文高知道，同样是四口之家的份额，月梅家的玉米堆、地瓜堆多披了件大棉袄。

刘文高腰里的铝制钥匙丁零当啷作响，大队保管，是仅次于大队支书的肥差。有人和支书走得近，有人和保管走得近。走得近，不过是为了得点实惠。男人走得近是人情往复，请到家里，让媳妇炒上俩硬菜，烫上壶辣酒，滋溜滋溜喝几口，感情也升了温，或者年上节上，拿点稀罕东西过去坐坐。女人和大队干部走得近，一般就是把自己当人情或礼品了。庄里有那么五六个妇女，想和刘文高走得近点。刘文高心里明白，她们不过是冲着他腰里的那一串钥匙。他可是童子身，一根生牛皮腰带，扎得滴水不漏。

虽然悄悄替月梅做过一些实际事，但在刘文高心里眼里，月梅就是那枝冰清玉洁的梅花，不敢有丝毫亵渎。他把她像神灵一样供得高高的，只有付出，不求回报——若说回报，就是盼她把日子过得舒舒坦坦。

冬天的黎明前，正是最黑的时候，刘文高穿戴好，出门晨跑。慢跑到自家那排房的小路口，刚要拐弯，哗哗啦啦，有人挑着两只水筲从路西闪出来。刘文高的心，立即提紧了——那人是月梅。他赶忙打招呼:“兄弟媳妇，这么早打水去啊！”月梅应着:“起来做饭，瓮里一点水也没了。大哥还天天跑步哪？”刘文高答应了一声，又继续朝前跑。月梅往前赶了一步:“哎，你慢点！天怪黑的，一人走路，有点吓人！”刘文高朝月梅走近几步，一伸胳膊：“我替你挑到井边吧！”月梅没把扁担摘下来，说:“现在是空筲，又不沉，你有好心，一会儿打了水帮我担回来，权当你锻炼身体了！”刘文高没有说行，也没说不行，跟着月梅朝庄西的水井走去。

庄里的狗子们大都醒了，路过养狗人家的门口，就会招惹一阵狂吠。刘文高第一次发现，菜籽庄养狗的人家竟然这么多。狗子们的叫声还互相传染，下一家的狗子一叫，刚才上一家叫过的狗子，再站起来叫上两声，把黑黑的清晨搅得不再安宁。走到大队仓库跟前，月梅站住，一蹲，两只水筲落地，扁担从肩膀上卸下来，说：“和你说实话吧，我今天专门在那里等着的，有事要找你！”月梅往前跨了一步，碰碰刘文高腰上的那圈钥匙，催他把仓库门打开，俩人进去说话。

刘文高像中了魔法。拿下钥匙，打开仓库门，摸索着点上煤油灯。月梅把扁担拿进去，靠在墙根下，又把两只水筲提进去，回手把门别上。好像孙悟空施了定身术，刘文高不敢动胳膊，不敢动腿，连大气也不敢喘一声。他甚至怀疑，自己是在梦里。但是，心里忽然又紧了一下，不会是，她也和庄里别的妇女一样，想以这样的方式有求于他？

刘文高以为月梅会先说些有的没的，绕几道圈子。她却直接说：“你一直对我好，我很感激。只是，那死人疑神疑鬼作践我，你看看，如今我过的什么日子！”月梅解开裤腰带，一下子把棉裤褪到膝盖处。两条大腿白花花的，泛着刺目的光泽。

刘文高朝一边扭了扭脸，闭上双眼。

月梅又说：“这腿上，都是那狗X的给咬的！”

刘文高鼓起勇气，扭回头，睁开眼，月梅的右大腿里子上，有两团茶碗口大的乌紫。

刘文高的心咔嚓凿出个窟窿，喷出的鲜血在身体里横冲直撞，呼隆呼隆，仿佛要震聋耳朵。

煤油灯灭了。

眼睛一下子适应不了，好像浸泡在浓墨一样化不开的黑色虚空里。

幽幽的雪花膏味，钻进鼻孔。刘文高浑身的戾气，变成难耐的燥热。他看见眉毛一般细的新月下，一枝晶莹的白梅随风轻舞。淡雅的香气牵拉着刘文高，一步一步朝着那枝白梅靠近。

两条胳膊箍住了刘文高的脖子，两大团绵软顶得他塌了塌胸。

月梅压着嗓子抽泣起来。刘文高右侧的脖领里，热乎乎的湿着。后来，湿了的衣领又变得冰凉。

月梅说：“本来我以为，结了婚，凑合凑合，就能安安稳稳地过一辈子。他倒好，总犯疑影，往我头上扣屎盆子……”

刘文高紧紧地抱着月梅，像要把她连骨带肉揉进自己身体里。月梅推了推他，垂下双手，去解刘文高的生牛皮腰带，低声嗔道：“你这木头样儿，头一回？我不想再白白担那虚名了……”

眨眼的工夫，一层橙红色云彩在东天唰唰铺开，新鲜极了，温暖极了，柔软极了。

4

刘文高三十挂零了，刘母着急，心里像让八角虫蜇了，又疼又痒还挠不得。

终于，刘母托本庄媒人老徐打听到一个女人，白净子，双眼皮，大眼睛，两条黑密的眉毛不修自弯，好像戏曲电影《打金枝》里金枝玉叶的公主。只是，她小时候跌倒伤了右脚踝子骨，走起路来脚尖一甩一甩朝外划弧，人称“半截牡丹”。半截牡丹为哥哥换亲，嫁到河西王家庄。婚后没几天，男人伤风感冒入里，赤脚医生打了一针青霉素，男人再也没起来。半截牡丹干不动重活儿，上不了坡，平时在家织个棒槌花边，或者织个细丝网。她再嫁的条件很简单，男人得身体壮实，有力气下地干活儿，能打捞出填饱肚子的粮食。刘母觉得，大儿子符合半截牡丹的条件。

这个半截牡丹，刘文高早就认识，就是同学王国栋的大嫂。他也觉得，这个女人长得太俊了，老天爷都忌妒她，才不让她全好。老徐说，半截牡丹像画上下来的一样，人家还分文不取彩礼。刘文高说：“长得再俊，也不能当饭吃。我娶她回来，可不是要在家里供一尊娘娘。”老徐说：“大兄弟，别糊涂！有了这么俊的媳妇，就不愁生不出好模样的闺女儿子。男人没有老婆没有孩儿，终归不是正经日子！”

那个下午，任凭老徐和刘母一唱一和，刘文高就是不点头应承看对象。

晚上，大队仓库里，习惯了黑暗的眼睛，能看得见周边码着的一坨坨种粮布袋。刘文高伸出两只手，精准地捂到月梅胸前。月梅扭了扭腰："我这几天来了身上。"

刘文高拿下一只手，在月梅前裆按了一把："知道！就是想和你说几句话，透透气！"

月梅拉住那只手，俩人并肩坐在一袋小麦种上，叹了口气："唉，黑咕隆咚的，憋不死就算烧高香了，还透气呢！"

刘文高换了个姿势，从后面用胳膊环抱住月梅，两只手掀起衣襟朝上摸去："老徐给我打听了对象，让我和王家庄半截牡丹看看。"

"嗯……看吧，她手巧，很会做家务。"

"我总觉得，咱俩这一辈子……"

"一辈子，其实很短……我不能就这么拖累着你，你也该成家添口了。"

"过几年再说吧。"

几年时间，说过就过去了。刘文高没再相过亲。

一天，月梅举着左手给刘文高看，刘文高浑身的汗毛都竖了起来，双手哆嗦着捧起那只手——手掌的小指根处光秃秃的，泛着受伤皮肤刚刚掉痂后才有的粉红色光亮。这是咋的了？月梅向刘文高还原了当时的经过——

月梅又一次被习惯了抽烟、喝茶、撒酒疯、打老婆的丈夫殴打。月梅叉开双手耙了耙头发，转身走到菜板前，抓起刀，又转身朝门口走去。月梅蹲在门口，抬头盯着丈夫说："姓钱的，你记住，打我，这是最后一回。往后你再敢动我一指头，我死给你看！"钱老二还没反应过来，月梅左手手背朝下，手心朝上，贴在门槛外的青石上，右手举着菜刀朝后扬过肩头，朝前砍下。咔嚓——咣当——咣啷……月梅的左手小指和菜刀，都躺在门口青石上冒着血珠儿……

月梅垂着眼皮，说：“我家儿女慢慢大了懂事了，不能让他们跟着再过鸡飞狗跳的日子。你，也成个家吧……”

5

又是一年冬天，棉花瓣大雪下了一夜，清早，院里的雪爬上台阶，齐到门槛。雪停了，还有些风，不时从房檐、树头吹下些雪沫子。月梅开门扫雪时，看见自家门楼里蜷缩着一个人影。这是一个要饭的女人，月梅把她叫进屋里，管了热汤热饭。女人长相清秀，说着普通话，多少有点恍惚，像受了刺激的样子。

月梅把这个女人领到刘文高家。一年后，女人给刘文高生了一个胖小子。

女人喊月梅姐姐，天天到月梅家玩。忽然有一天，女人再也不过来了。偶尔在道上遇见，女人斜眯着眼看月梅，眨几下眼皮，哼一声，朝地下吐口唾沫，转身就走。

刘文高儿子周岁时，那个女人忽然从菜籽庄消失了。就像当初谁也不知道她从哪里来一样，谁也不知道她又去了哪里。

这年秋后的一天早上，钱老二临上坡前，去厕所撒了泡尿。从厕所出来没走几步，扑通，像一捆玉米秸，直直朝前倒下。这扑通声很不明显，在饭屋里刷锅洗碗的月梅没有听见，也许她听见了点动静，但没往不好处想。她端着一盆泔水出来要倒掉，哐啷，泔水铝盆跌在地上。

钱二的公事上，刘文高也去帮忙。庄里多年下来的惯例，他是柜屋里的账先生。看见月梅红眼胀脸地出入，刘文高的心里很疼。月梅的闺女春天送了订婚柬，等到腊月里结婚，儿子去年刚刚参加工作，婚事八字还没一撇——儿女婚嫁的千斤重担，只能都压在月梅一人瘦弱的肩上了。

已经多年了，两个人没再逾越礼法。可是，刘文高一直在心里仔细藏着那份情。就像窖酒，越是长时间不见天日，越是浓，越是香。他知道，在月梅心里，也是把他藏着。由于多年没有偷偷摸摸的具体行为，见面，说话，都变得坦坦荡荡起来。每次在路上遇到，他都大声和月梅打招呼，月梅也豁达地应承着，仿佛，他俩之间的关系，从来没有逸于乡邻之外。

刘文高来到月梅家，心里摁着波涛暗涌的激动，表现得就像到普通邻舍家串门一样。

月梅正用周林频谱仪电疗双腿。

寒暄，客气。月梅把刘文高让到包厦里。太阳不错，包厦采光好，晒得暖烘烘的。刘文高在外面冻得冰凉的双手，很快热得发胀。客气的话，其实也没有多少。屋里不时陷入短暂的宁静，只有窗台上的灰色石英钟，嘀嗒嘀嗒，无休无止。

月梅说：“他爹这一辈子，也不容易，我不怨他，都怨命……”

刘文高说：“咱的命，真的就该这么不济？”

窗外，昨天刚刚下过大雪，院里的雪堆还没怎么融化，映着阳光，亮得刺眼。月梅又垂下眼皮，说：“我儿子，眼瞅着到了说亲成家的年纪。如果将来媳妇娘家来哨听，让人说出什么不济话来，怕落孩子埋怨。”

刘文高攥紧右拳头，一层青筋狰狞凸显，他擂了擂胸口，叹出一声：“唉，你顾念了一圈，就是没有想想你自己这里。”这话说完，他又有些后悔。

月梅又低了低头，有闪闪的东西从她脸上滑落，啪，啪，啪，地面的细尘在日光里腾起一蓬蓬薄雾。

6

时间没有腿，可是跑得真快啊。整整三十五年，眨眼就都成了过往。

刘文高等不及月梅出院回家，第二天上午一早，拿着一箱鸡蛋和一大枝香蕉，找到了弥河县医院月梅的病房。闺女在陪床，看见刘文高，脸上立即染了一层霜，青白色挂下来。刘文高在病床前站了站，弯腰把手里的东西放在床头地上。月梅指了指床边的杌子，刘文高的屁股坐在半边，两只手紧紧抓着杌子沿，说："嗐，年纪轻轻的，怎么一下子就这样了？"月梅阖上眼皮，好一会儿，才睁开，眼里洇着红光，说："都是命啊……这一躺下，我想了很多。人一辈子，就是这么短的工夫……"右手捂上嘴，说不下去了。刘文高也说不出话，低低头，抬起左手，抹了一把脸。

月梅在医院里住了一周。出院后，亲戚六邻都来家里看望。刘文高拿着一箱纯牛奶，也来了。东邻大婶子站起来要走，儿子出门去送。月梅看了看刘文高，说："以后有空儿，隔三岔五地来坐坐吧……你手里不宽快，别再买什么东西了，反正我也吃不进啥……过两天，我还有点东西给你，你别忘了。"

月梅会有什么东西给呢？刘文高从月梅家出来，心里总在琢磨这个。他掂量着月梅的话，隔三岔五来坐坐，不是天天。他不敢去月梅家太勤，毕竟两个人有过"前科"，月梅又顾着儿女们的面子。

回家过了一宿，又过了一宿，这是两天了。吃完早饭，锅碗都没收拾，刘文高就朝月梅家走去。

月梅的闺女正在打扫院子，看见刘文高来，朝他笑了笑，说:“来了！”刘文高直怀疑自己花了眼，忙答：“来了，拾掇院子呢！”月梅半躺在床上看电视，脸比刚出院那天又瘦了，干黄如蜡。她朝刘文高招招手，坐了起来。刘文高犹豫了一下，拿起床边一件红外套，给月梅披上。不知是不是外套映的，月梅的脸上，有了微微的红色。月梅重重咳嗽了两下，刘文高连忙弯腰拿来痰盂，月梅低头一吐，一口锈红色脓血像一朵梅花绽放。刘文高端起床头柜上的瓷杯，让月梅漱漱嘴。

月梅示意刘文高坐在床沿上，说：“外面的小麦，灌浆了吗？三十多年过去了，我嫁到菜籽庄那年，就是麦子灌浆的时候……”月梅又重重咳嗽了两下，刘文高又连忙弯腰拿来痰盂，月梅低头一吐，又是一朵锈红色梅花。刘文高又端起床头柜上的瓷杯，再让月梅漱漱嘴。

深吸一口气，月梅朝后仰了仰身子，背过手，从枕头下拿出一个用红方围巾包起的包袱。石榴红的方围巾，沾染了岁月的灰尘，褪成比枣红浅点的颜色。月梅把这个包袱放在刘文高的手里，说:“这一辈子，我能给你的，只有这些了……你记住，我在娘家时，还有一个名字叫楚楚——我娘希望我能活得清楚明白。就随你姓吧，刘楚楚，这个名，专门是你叫我的……”

刘文高轻轻叫了一声：“楚楚。”

打扫完院子，闺女进来，问母亲要不要小便。刘文高站起来要走，月梅点了点头，说：“别忘了，拿着你的东西！”

抓着红包袱，刘文高走得飞快。如果不是怕别人怀疑他像贼，他会撒腿跑起来——一个老头儿，拿着一个红包袱跑，实在怪异。刘文高只能走，大踏着步子，装作很自然地走。好在，两家相隔不足百米。

终于进了自己的卧房，刘文高回头插上门子，把包袱放在床上，解开一个扣，还有一个扣。双手哆哆嗦嗦，好在，包袱打了两个活扣，不难解。

一件条绒褂子，玫红色底子，长出一层密密实实的白梅花。只是，玫红色不再鲜艳如初，白梅花上也沾染了岁月的灰尘，不再白得发亮。

刘文高又看见，清朗的月光下，一枝白梅影影绰绰。刘文高吸了吸鼻子，空气中依旧弥漫着一股淡雅的清香。

一个雪花膏瓷瓶，梨子般大小，泛着鹅蛋清般的光泽。刘文高双手哆哆嗦嗦得更厉害了。慢慢拧开斑驳的红色铝盖，里面藏着一截细细短短的小棍，用大红毛线拴着。刘文高拿起来，这才看清楚：那是一截风干的小手指！

刘文高闭上眼睛，两道清泉汩汩而下。

朝霞或晚霞如橙红色绸缎般绵延铺展，雪花一样的梅花漫天飞舞，一朵朵被映得通红晶亮，宛如披上了一身鲜艳的嫁衣。

柳絮

1

我母亲最初来到菜籽庄时，正值一场据老人们说是三十年未遇的大雪。

雪花扯棉撕絮般紧着下了一夜，早晨清冽的空气中透着一股冰糖般的味道。太阳一冒，映得东边半天宛如橙红色绸子，剩下的天空蓝莹莹的没有一点云彩丝。偶尔刮过一阵小风，房檐和树梢上的雪沫子淅淅沥沥乱飞。庄北头的钱二媳妇收拾好院子，打开道门要铲扫外面的雪，一眼看见有人低头蜷缩在西边的大门角里。一缕一缕黑色长发披散着盖住了脸，油渍麻花的蓝绿色棉外套，腿上围着一件同样油渍麻花的水红棉外套。钱二媳妇一眼判断出此人性别，回头朝家里直喊钱二。钱二把手伸到女人鼻子底下试了试，还喘气，活着呢。钱二媳妇蹲下用右手推了女人肩膀，哎，醒醒，醒醒。

钱二两口子架起女人扶进屋。两碗热小米汤灌下肚，女人的脸红润了，人也清醒了。钱二媳妇倒了热水让她洗手，又叫她坐到饭桌前一起吃早饭。女人高鼻大眼，模样周正，只是眼神发直，有时愣愣的，说话有点哏，像是从东北一带过来的。钱二媳妇发挥庄里妇女特有的八卦本能，从女人不太连贯的话语里，隐约拼凑起她的身世：丈夫死了，有过一个儿子；公婆赶她出门，在单位里下岗；

有人把她塞进一辆面包车，送进山里一个人家，后来又把她推上一辆摩托三轮车，从早晨跑到傍晚，像扔垃圾一样扔她在一个镇子上；记不清家在哪儿了，身上也没钱，只好到处讨饭，身上的棉袄、棉裤、棉鞋都是好心人给的。

女人一直都是风餐露宿，难得在暖暖和和的屋里稳稳坐着。时间不长，就有点坐不住了，挠挠头皮，抓抓大腿，搓搓后腰，身上的棉衣悄悄散发出泔水桶般的油馊味。女人面皮更红了，站起来说了一串感谢话和祝福话，又说，我该走了。钱二媳妇拉一把她的袖子，说，这么大的雪，你上哪里也受冻，炉子上热水现成，你洗洗头吧。

女人洗着头，钱二媳妇决心好人做到底——这么一个正模正样的女子，头脑还犯糊涂，再到处要饭过生活，还不知要遭多少罪呢。

很快，女人见到了刘文高，朝他笑了笑。刘文高觉得很面善，不知不觉也咧嘴笑了一下。不用登记，也不用结婚典礼，这个无家可归的流浪女人，从钱家到了刘文高家，成为刘文高的妻子。在我们菜籽庄，管各种类型的智障者都叫“潮巴”。没人问过刘文高妻子的名字，也许有人问过，但都没问出个姓甚名谁，因为她有点呆傻，“潮巴”就成了她的名字。

正是深冬清闲的时候，天天都有不少乡邻过来看新媳妇。刘文高乐呵呵的，眼角的皱纹笑得像一把刚刚涂完油漆的刷子。他把院子、屋里都打扫得干干净净，还泡了茶，买了瓜子，招待每一个上门的乡邻。多年来，这个家里就刘文高和父亲爷俩过日子，四五个板凳都面目黯淡地闲置在灶房角落里，现在全派上了用场，刘文高睡觉的炕沿上也时常坐满左邻右舍的大人或孩子。

西邻四婶问潮巴，你叫什么名啊。她低头咬咬大拇指，抬起脸呵呵两声，摇摇头。四婶刚去过小卖部，回家路上打拐进来看看的，晃着手里一瓶梨汁问潮巴，知道这是啥不？潮巴伸出右手食指点着标签上的字念道："冰糖秋梨汁。"她的声音忽然高起来，哆嗦着下嘴唇喊道："对，就是这个！我家晓明小时候，也是买这种秋梨汁，好喝，还败火。"然后把瓶子朝四婶一推，扭过头去，两手捂上脸，肩膀一抖一抖，鼻息扑扑有音。

潮巴特别喜欢逗引四五岁的小男孩儿，见了就蹲下往手里塞糖或瓜子，眼睛摘不下来地跟着来回转。小山子最不怕生，吃完糖就再伸手要，潮巴一边拿过糖来一边说："还有呢，你让我抱抱！"小山子很欢喜，往前凑过来，潮巴先用卫生纸给他擦了左嘴角淌下的涎水，又卡着小山子肋下抱起来，和他抵了一下头，说："真乖，准备好，咱飞高高吧！"两手把小山子举过头顶转了一圈，小山子乐得咯咯笑。潮巴更高兴了，说："小子又俊又帅，我给画张像吧！"她问刘文高要了纸笔，就坐在饭桌前，竖起笔朝着小山子端详了一番，低头画起来，好像才几笔，一张肖像就画完了。妇女们都惊得嚷起来，真像，真像他呢！

兰子妈转进来看潮巴时，手里捎着一件正织着的柿黄色毛衣袖子。她问潮巴会不会织，潮巴伸手接过来说："这是织的平针加绞8字花呢！你要是忙，我一天就能帮着织只袖子。"兰子妈喜得拍手说，心里正愁呢，给女儿织完这件，还要给她爹织件新毛衣过年呢。潮巴低着头织毛线，嘴里说："男人，不是用这东西暖和暖和就能拴住的……"

初来乍到的潮巴身上藏着太多秘密，这给猫冬的农妇们增添了许多新鲜的话头和乐趣。德山媳妇有理有据地推断说，潮巴才不潮呢，比咱这些老婆们都聪明，肯定是受了什么刺激才这样的，她说刀子能杀人，说不定她原来的男人是个熊货，让她杀了！

对于杀人的事，人们不太相信，这个文文弱弱的女人，哪像杀人犯？不过，刘文高每天都不动声色地把家里的菜刀、小刀、剪子等各类利器藏好。

在这么热情和热闹的菜籽庄里，潮巴住了一个多月，然后就怀孕了。

是的，这个孩子就是我。

2

钱二媳妇是菜籽庄最早接纳我母亲的人，也是她把我母亲领给了我父亲，因此，我母亲把她视为娘家姐姐，钱二呢，就是姐夫。

菜籽庄对潮巴的新鲜劲过去了，赶集的，打牌的，做针线的，人们的注意力又回到各自的日常里，不再经常有人转进来看探潮巴。

除了闷在家里看电视，潮巴隔三岔五地到钱二家串门。只有来这里，她才能撂下身后的尾巴——刘文高远远望见她进了钱家大门就放心地回家了。两家的房子都在东西向同一排上，中间隔一条南北大道，刘文高家在大道东数第四户，钱二家在大道西数第一户，总共相距五六十米。在钱二家玩够了，钱二媳妇送出门来，远远望着潮巴两脚踢踢踏踏蹭着路面挪回家。

潮巴找钱二媳妇聊天，不过是些家长里短，今天吃的啥，出门见了什么人，集上真热闹，喂的黑羊快下小羊了，谁家媳妇和婆婆吵架了，谁家嫁出去的闺女离婚了。有时气氛到了，也说些闺房悄悄话，开点荤玩笑。每次聊天，她俩都乐得哈哈大笑。

潮巴的肚子像皮球，充气似的一天天鼓了起来。

潮巴又来找钱二媳妇，两个人在卧室里关了门说话，说着说着，就到了私密话题。潮巴说：“我怀晓明时，有时还馋那一口。现在怀着这个，怕压到孩子，早不做那事了。”钱二媳妇顺口说：“那站着从后面啊，他最喜欢从后面。”潮巴忽地抬起头，瞪着钱二媳妇，眼里的寒光，像凛冽的宝剑之气瞬间逼至汗毛。钱二媳妇的脸一下子涨红了，急着解释：“男人都喜欢从后面的，人是从动物发展来的嘛。哪个女人怀孕时都这样，你怀晓明时，不也这样吗？”

潮巴一下子想起，钱二媳妇偶尔到她家闲坐时，刘文高平时的粗门大嗓总会变得细下来，仿佛嗓子眼里扎了根橡皮筋，人也变得文质彬彬，不像个农村的庄户汉，倒像在乡政府上班的干部，笑的时候，竟然还要用手捂捂嘴。

那天之后，潮巴再也没去过钱家。又过了一月，钱二媳妇去看潮巴。潮巴正坐在炕沿上看电视，见钱二媳妇来，抬了抬屁股，示意钱二媳妇坐。电视里正在播放《孽债》，里面孩子哭大人叫，潮巴双眼盯着电视摘不下来，脸色也成了秋天雨后的柿子，红红的，泪光点点。床上，放着织到一半的深灰色毛衣，平针，前面中间有一趟粗粗的绞 8 字花。钱二媳妇伸手拿过毛衣来，搁在大腿上，抽了抽钢签，想帮着织上几针。潮巴扭过头，像吆喝伸嘴到自家狗盆前偷食的野狗一样，大声嚷道：“哎，别动，别给我织错了针！”钱二媳妇吓得一哆嗦，刚刚拿在右手的钢签当啷掉在地上。她抬头看了看，潮巴不像开什么玩笑。钱二媳妇弯腰拣起钢签，插在毛线团上，和半截毛衣一块放回去。潮巴没再说啥，扭回头继续看她的电视。钱二媳妇也坐着呆呆看电视，不一会儿，说该回家喂鸡了，站起来要走。潮巴整个人钉在炕沿上一动不动，只斜着瞅了一眼，嘟囔一句：“快喂鸡去吧，别耽误了下蛋。”

潮巴生了个大胖小子。按娘家姐妹的标准，钱二媳妇上集买上一百个鸡蛋，截了三尺蓝底子碎花棉布。潮巴出院回家的当天，钱二媳妇拿着鸡蛋和棉布早早送了过去。一进屋，钱二媳妇瞄见里间门半开着，躺在炕上的潮巴眼睛弯成月牙状，小声和妯娌们说着什么。堂屋里有妯娌迎进钱二媳妇，接过东西，再陪她进里间看产妇和孩子。潮巴眼皮紧闭着，坐在床沿的妯娌压着嗓子说，生完孩子身子虚，刚睡着呢，孩子也睡了！

孩子出生后十二天，菜籽庄的风俗，娘家要给产妇添饭。钱二媳妇称了二斤小米和二斤红枣，提着走进刘文高家。由于没有婆婆伺候月子，潮巴已下地自己做饭了，正在饭屋里切西红柿。钱二媳妇在饭屋门口站住，说："妹子做饭呢？你去歇着，我替你做！"潮巴抬了抬头，说："马上就完！屋里坐吧，替我看会儿孩子，让他爸买封火柴去！"钱二媳妇只好答应着往北屋走。刘文高听见动静打开堂屋门，边迎接边客气说："看你这么破费！快请进快请进！"嘲巴站在饭屋门口，手里拿着菜刀，螃蟹般张牙舞爪地朝刘文高挥着说："他爸，别瞎叨叨！没火柴了，趁有人给看孩子，快去小铺买一封火柴！"

3

刚会走路的刘晓亮和父母、爷爷生活在一起，如果不是他一周岁生日那天夜里出了事，也许他们一家就这么幸福地一直生活下去。

刘晓亮的第一个生日，全家人都很高兴，搞得很隆重。那天，刘爱美也过来给侄子过生日，还专门从镇上买了一个八寸的生日蛋糕。

刘晓亮像只跳到枝头的雀儿，嘴里呼喊出大人听不懂的兴奋音符，拉着妈妈的衣角指着蛋糕，表达他想马上就吃的意图。潮巴抱起儿子，照他脸颊上亲了一口：“乖宝宝，吃完饭才能吃蛋糕，还要点蜡烛、唱生日歌呢！你晓明哥哥过生日时我都给他买蛋糕，你听话，以后你再过生日，咱都买大蛋糕！”

午饭过后，刘文高把生日蛋糕切成八块三角，亲自或者打发妹子给自家兄弟和要好的邻居分送尝尝。最远分到钱二家，是刘文高亲自去的，半天才回来。

只是没人想到，那是潮巴给刘晓亮过的第一个也是唯一一个生日，她再也没有机会亲自给儿子买生日蛋糕。

天亮后，刘文高出去找到一个有四轮农用车的乡邻，央请帮着出个远门。他默默地给潮巴收拾了些衣服包起来，又放上些馒头、熟鸡蛋和咸菜。刘文高知道，这种生离，就是永别。他的心脏像勒着粗麻绳一样紧得发痛，他想和潮巴解释些什么，叮嘱些什么，仿佛有很多话要说，却又不知从何说起。他摸了摸发酸的鼻头，使劲吞咽了一口唾沫，说：“不是我不留你，事情没法收拾了，我说了也不算，你出去另谋个好生活吧！”说这些话时，刘文高眼睛不敢正视潮巴，扭头看着道门口外那棵长了五六年的柳树。树冠如云，正是柳絮最盛的时候，风一吹，飘飘洒洒，下雪一般，地上已经堆起厚厚软软一层。刘文高记得，有个古代才女形容下雪是“柳絮因风起”。潮巴来时，雪如柳絮，如今潮巴要走，柳絮如雪。

潮巴不知从哪里拿出一个灰色的铝制饭盒，用红毛线横着绕了几十圈又竖着绕了几十圈，两手抖着捧给刘文高，说：“你把这个收好，等到晓亮十八岁生日时拿给他看。你千万不要偷看，我没说你坏话。”刘文高接过来，用力点了点头，“你放心。”潮巴深陷的眼窝如枯泉重流，无声无息冒着不间断的泪水，说：“有一件事情最重要——晓亮比你比我都聪明，不管你吃多少苦，都要供他上学，考高中，上大学，只要他上，你就要供他！”刘文高双眼里也冒出泪来，又用力点了点头。潮巴忽然笑了，说：“其实我已经记起了自己的小名，就是叫柳絮。随风乱飘，这是我的命了，只是苦了儿子……”

又一阵风起，满院子柳絮抢着往人眼里飘，凑来看热闹的乡邻都迷了眼，小心地擦着。

正如无人知道我母亲到底从哪里来一样，从此，亦无人知道我母亲又去向何方。

4

对于母亲托付的两件事，父亲执行得很好。当他把那个横向竖向都缠了褪色红毛线的铝制饭盒交到我手上时，正值高二下学年。凭着一点小聪明，我吊儿郎当地上课，成绩稳在班内中游。我刚刚进入晚于同龄人的青春迷茫期，每天下午课外活动时间，总跑到学校西墙外的田野里，坐在一摞旧楼板上看着太阳落山，想象我该选择哪一种方式离开人间。我和同学们比起来，哪里都是异样的，我找不到努力学习的勇气和活下去的理由。

从记事起，我的裤子总是吊在脚踝以上，脚上从来不穿袜子，鞋子前端常被大脚趾顶破。但是，除了偶尔来一趟的姑姑，谁会在意我身上到底穿啥呢？我的大娘婶子邻里乡亲们，忙着种粮、玩棚、做小买卖，自家正事都忙不过来。他们有空要喂鸡唤狗，那些都是他们家里的，而我虽是个活生生的人，却和他们毫不相关，扫我一眼，倒不如看一眼天上的太阳转到了哪里。

我们住校生每月回家一次，每逢返校，同学们都愉快地交流，妈妈给煎了鱼、炸了藕盒、炖了排骨、包了水饺什么的，吃撑了，上学前又给放上了甘蔗、饼干、冰糖等好吃的。月中，经常有同学父母到学校送菜送鱼，而我父亲，仅在我十八岁生日那天下午到过一次学校。当他把那横竖都缠着褪色红毛线的铝制饭盒交给我时，我还纳罕，他为何要把饭盒弄出这种古怪的样子。父亲把我拉到墙根，他的手抖抖索索，两眼紧盯着饭盒，说："这是你娘留下的，嘱咐要到你十八岁时交给你。"

我抱起饭盒跑出校门，坐在学校西墙外的旧楼板上，一字一字读母亲留给我的信。

亲亲晓亮宝儿：

当你看到这封信，说明你已经年满十八周岁，是一个成年人了。你有权力知道你的母亲曾经是多么爱你。

我写下这封信的此时，你刚刚满了周岁，在小被里香甜地睡着午觉。看着你，我觉得生活是如此幸福。只是，不知道我的幸福能持续多久。

妈妈是一个间歇性精神病人。不是天生的，是意外撞伤了脑袋，所以你不用担心遗传。相反，妈妈从小学习很好，初中毕业考了中专——我们班里一共42名同学，仅有两人考住中专正取，另外还有三个考了委培，要比我多拿五千元培养费呢。妈妈本来是个农村孩子，考上中专就一步跳出农门，后来还找了一份不错的工作，成了一家机械厂的设计师。

我忘掉了很多事情，不记得家乡是哪里，也不记得自己名字。隐约记得，我在工厂上班时，别人喊我陈师傅，也许喊的是程师傅或者成师傅，那么，我应该是姓陈或者程、成。我给你取名叫晓亮——你是拂晓出生，我希望你一生光明亮堂、歌声嘹亮。另外还有一层意思，我的老家还有你的一个哥哥，他也是卯时生人，叫晓明，这样说来，你们兄弟也算是排着名字了。

这里的人（包括你爸爸）都不知道我的名字。不是我不告诉，而是我实在记不起了。你出生时院子里柳絮飞舞如雪，我忽然想起了自己的小名——我娘家门前有一棵两人合抱都抱不过来的大柳树，我出生时也是柳絮飘飘的春天，你姥姥给我取的小名是柳絮。可是，小名毕竟不是让他们乱叫的，这里的人都叫我“潮巴”。但我不是疯子，也不是痴呆，多数时候比较正常。只要我不使劲去想我的过去，脑子就不会疼，也不会太糊涂。从我知道怀孕到你出生、我过月子再到现在，我的全部精力都在好好孕育和养育你上，别的事情一概不想，也不再想我从哪里来、我到底是谁，这段时间我竟然也能和正常人一样，安心静气地生活。人们都说，我比刚来菜籽庄时既白了又胖了，人显得年轻了，模样也好看了。宝儿，妈妈是真心感谢你的。

妈妈是一个经历过苦难的人，知道世事无常、人心险恶。今天我闲闲细细地给将来十八岁的你写这么一封信，就是担心，也许哪一天我会脑子糊涂或者惹下大祸，我将不得不再继续像柳絮一样随风乱飘。

宝儿，妈妈全部心眼里都朝外冒着对你的爱。你出生后，妈妈要求爸爸买了酒精，每天在你的肚脐上消毒，你的脐痂五天就脱落了，像一枚漂亮的灰色扣子，我没舍得扔掉，一并给你保存下来吧。如果将来你读到这封信，就会知道，这是你从妈妈身体里带出来的礼物，它连接的，是我们母子血浓于水的生命延续和亲情。

妈妈会和爸爸一直说，你是个聪明孩子，一定要供你读书，将来上高中、上大学。我说别的话，你爸爸也许听不进。但是，我说你是聪明的，将来必须要供你读书，让你考高中上大学，他一定是听进的。爸爸是爱你的，将来你也一定要爱爸爸。心中怀着爱的人，生活才会加倍幸福，不论遇到什么困难，千万不要去恨生活。我不幸福不可怕，我只希望就算牺牲我的所有幸福，也要换来宝儿你的一生平安吉祥。

虽然你的生活营养比不上人家的孩子，可是，你爸爸也是尽心尽力，什么都不短缺你，这就是所谓的舐犊情深吧。你好像比别人家的孩子长得都壮呢，你的腿上特别有劲，别的孩子要一周岁甚至零上两三个月才会走，可是你，才十一个月就会走了。看着你蹒跚着满院子撒欢，妈妈相信，将来你一定能稳固扎实地走好人生之路，这也是妈妈的希望。

如果我不能给你再写下一封信，你也不要失望伤心。我坚信你爸爸会用所有的能力抚养你长大成才。你不必问妈妈到底去了哪里。妈妈像柳絮一样偶尔飘到了这里，只为结一场我们的母子情缘，然后大风又把我吹走了。但妈妈的心，是始终爱着你的。你一定要活得好好的，一定要过上幸福的生活——你幸福了，妈妈就是幸福的。

孩子，如今你长大了，很快就会面临独立生活了。我希望你勇敢、坚强又善良，快快乐乐地生活下去。

1997年5月20日

从来不记得自己哭过的我泪如雨下。即将落山的太阳温和柔软，余晖染红了天边的飞云。

5

父亲说，母亲走时我才一周岁，我无论如何也记不起母亲的面容。

就在我十八周岁那天，我的人生豁然开朗——我要好好读书，考上大学，离开这里，出去寻找母亲。

我考取了大连一所大学。大一的周末和假期，我除了做家教、打工，就是到当地农村打听柳树，我想找一棵比两人合抱更粗的柳树。热情的东北大妈们几乎都说，柳树常见，至于那么粗大的柳树，可不好找了，这些年来村庄建设、房屋规划，那些老树都刨了。

大学毕业后，我成了弥河日报的一名社会新闻记者。我热衷于采写流浪妇女、儿童的报道。同时，业余文学写作已经成为习惯，散文、诗歌、中短篇小说各有涉及，大都以母亲、流浪妇女、痴障人士、单亲儿童等题材为主，每篇作品里，必定或多或少提到我的母亲，或者关于她娘家的柳树，或者关于她的脑袋受伤，或者关于她的爱、她的信，或者关于我同母异父的哥哥晓明，或者关于我童年失母的孤独痛苦。我写出的这些，挂在我的博客里，贴在各种社区论坛上，偶尔也发表在杂志上。

二十五岁生日那天，弥河两岸及县城各处游园里的柳絮飘得正盛，我又想起了母亲，写了一篇《遥望傻娘》，并贴在了天涯论坛和报社的开心论坛，一位名为“踏莎行”的网友跟帖说：

我小时候在农村老家上学，村里有个双腿瘫痪的大龄光棍拾了个傻妻子，开始家里天天关着门，怕妻子跑了。后来女人肚子鼓起来，就在家里很安稳了。听说生了个女儿，她给女儿取名晓光，说是希望女儿一生光明、阳光灿烂——这哪像个傻子说的话？村里人都称奇呢，女人还说，女儿的名字是排着她的同母哥哥晓明和晓亮来的。后来我跟着父母进了城，爷爷奶奶也陆续去世，我很少回老家了。现在不知那个女人和女儿是不是还在村里。希望这些信息对楼主有用！

一个周日，在高青县城郊的三里庄，我终于打听着找到那个双腿瘫痪的男人的家。站在院外，我心里咚咚乱响。推开泛着暗红锈粉的铁门，两只拴在门口内的白山羊挡着不肯让路。满院子的膻味，满院子的凌乱与黯淡。与栅门相冲的东屋瘦矮地趴着，红砖墙缝里的沙子或者泥土差不多流散尽了。西南角，蓝砖垒起的厕所墙高不及腰，蓝砖边角都已风化没了。一个“半截人”撑着双拐走到院里，蓝黑色裤子双筒合着挽成一个疙瘩，上身穿一件铁灰色中山装，袖口和前襟的油灰映着太阳射出醒目的亮光，身子朝右倾斜，长马脸，圆眼，灰白的头发楂朝上竖着，像用钝镰胡乱割过的秋草地。他问，谁来了？我脑子转了个弯，忙说：“打听到你们家有羊，想买一只。”他嘿嘿干笑两声，说：“我现在还不打算卖呢，先来屋里坐坐。”又朝我这边高喊：“羊，靠边，靠边。”

我踩着高低不平的院子地朝里走，在东屋门口前绊了一跤，是一只鸡食盆。北屋门口内，一个十二三岁的小姑娘趴在一把黄色木椅上做作业。小姑娘穿着一件果绿色卫衣，梳着一个长马尾。一个黑裤黑褂、头发全白的驼背老妇坐在椅子后的床沿上。我的心提到了嗓子眼——我其实并不知道母亲的年纪，也许她真的这么老了。那男人朝老妇说：“娘，来了个小青年，想买羊呢。”我又被门槛绊了一跤，忙扶着门框站稳。老妇人回头朝我看，黄黑的老脸像一只失水风干多年的腐败苹果。我朝前一步，盯着看那小姑娘的脸，她长得很白，模样俊秀。老人笑了笑，嘴里隐约可见尚留的五六颗牙齿。她说：“不巧呢孩子，我这个孙女，就靠着这俩母羊的奶加营养呢，你家孩子也要吃羊奶？”

我问：“妈妈呢，不给她赚钱买好吃的？”

老人又笑了笑，露出黑红的牙龈，说：“傻子娘生的呢。”

我两眼仔细朝黑黢黢的里间瞅，脑仁挨了捶打一样疼得发木。我又问：“孩子妈睡了？”

老人皱了皱眉，叹一口长气，瞅了瞅孙女：“嗐，别提了，孩子还不记事时，就跑了……”

我踩着高低不平的院子地走出来，又走了一段仍是高低不平的胡同，才拐到村子大街上。太阳不知躲到哪里了，天有些阴冷，风恍恍惚惚乱吹得正紧，纯白的柳絮漫天飘舞宛若飞雪。我裹挟其中，趔趔趄趄走到村北头的公路边，腿脚酸软得像泡过醋，一屁股坐在路牙子上，忍了好久的泪水奔涌而出，我失声哭了起来。

哭声终于变成抽噎。我抬起头，公路上的车辆照常来来往往，没人朝我多看一眼。我很想站起来去拦下每一辆车，告诉里面的人——如果哪天，您在某条大街上或小巷里遇见我的傻娘亲，拜托请施舍她一粥一饭或者一件御寒的棉衣；如果您恰巧有点聊天的清闲时间，拜托请转告她，在弥县菜籽庄，儿子刘晓亮正在到处寻她，不要乱跑，我总会找来的。

我仰起脸，天空呈现出单调的灰蓝色。柳絮因风而起，正如雪花飘飘。洁白的柳絮一朵又一朵扑落到脸上，我忍不住闭上双眼，幻想母亲的双手颤抖着轻轻抚摸我的脸颊。

温柔以待

1

十多年来，钱常一直在菜籽庄以西的大路口跑出租。从带篷三轮摩托到鸡蛋形红色三轮富路，小出租到底拉过多少次客，早已数不清了，但是，送月梅去外庄的大棚里干活儿，还是第一次。

昨天，月梅的电动车充电时烧了电瓶，电动车还在保修期，不过，菜籽庄集街上卖电动车的店老板这两天去了外地，门上挂着锁。月梅让钱常送她到于家庄，钱常说："你就先等两三天，把电动车修好了再去。"月梅说："棚里的小柿子紧着用人点花，我不过去，人家得去劳务市场现雇人，太麻烦。"

钱常想说先借一辆骑着，最终却没张开口。

月梅说:"你就权当跑趟出租，说不定路上还能再捎上一两个客。"

晨光熹微，三号路上还很清闲，钱常开车朝西驶向大路口。他从后视镜里看了一眼，月梅坐在幽暗的车厢里，脸色紧绷绷的，墨绿色羽绒大袄外翻着领口，露出里面的藕荷色运动服——都是女儿送给她的生日礼物，从县城大商场买的，和在大集上买的衣服不一个档次。所谓的光阴似箭日月如梭，转眼间大半辈子过去了，大女儿的孩子都上幼儿园了，小儿子也快职中毕业了。钱常觉得，妻子虽然已头发花白，但比庄里的同龄妇女更显年轻，模样仍然很好看。

公路两边的白杨树粗如房梁，卫兵一样列队排向远方，叶子全都掉光了，树枝成为主角，相隔不远就架着一个黑黑胖胖的喜鹊窝。又是冬天，大棚越冬茬小西红柿已经长出了两三穗，点花、盘头、抹杈、拾叶子，大棚里日渐繁忙，很多大棚里都需要雇人手。有三四年了吧，每年，月梅都要去于家庄的大棚里打两季子长期工，入冬开始的这一季能从元旦左右干到来年四五月份。月梅说，干长期工不用跑劳务市场，差点辛苦，来往多了，也容易和主家相处。

钱常又看了一眼后视镜，月梅好像感应到了，收回朝外看的视线，扭头看向后视镜，两口子的目光在后视镜里相逢。月梅咧嘴微笑了一下，低头长长干咳一声，说："老钱，你还记得吧，刚结婚那几年，都是你开拖拉机送我走娘家，我那时感觉挺风光的。"

钱常也笑了笑，笑容在脸上迟迟没有消散。他当然还记得——他曾一度怀疑月梅把这些都忘了。那时，弥县三号路刚修好不久，路面平整如水，两侧密植的杨树苗子比拇指粗不了多少。钱常开着颇新的橘红色拖拉机头，月梅就坐在他右手边的轮眉盖上，风从两耳边呼呼掠过，钱常那时经常想到一个词：春风得意。年轻时的月梅苗条又漂亮，属于四庄八疃一枝花，看对象条件高。钱常兄弟四人，他是老小——家里人丁虽壮，却没有盖下属于他的新房。媒人介绍这一桩时，还怕会落得月梅家埋怨，后来，月梅娘确实也埋怨媒人给介绍了个穷亲家，但那已经是开玩笑了。

2

太阳还没冒头，坐在驾驶室里，手中掌握着前进的方向，能感受到一种无拘无束的自由，这曾经是他一天中最美好的时光。从菜籽庄沿着三号路跑到大路口，短短三里路，平时不过是三五分钟工夫。第一次，钱常觉得这段路有点长，路面不知啥时已破坏得坑坑洼洼，特别难走。终于要到大路口了，钱常看了一眼路口东北角的那个大型加油站，有五六辆小出租车停在那里，南北排列整齐。李大柱已经站在那里，右手拇指和食指捏着一根燃掉大半的烟卷，孙玉香依然没来。钱常点了点刹车，摇下前车窗和李大柱打了个招呼，说，我先送个人。他从后视镜里看到，月梅也抬起手和李大柱打招呼，但是李大柱并没有看见。钱常又朝其他同行挥了挥手，正好绿灯，一踩油门过了路口。

过路口继续朝西走，路宽了许多，也明显更平整一些——这边的公路去年刚刚拓宽整修过。很快又走过六七里路，按照月梅的指点，钱常往北拐进一条混凝土小路，又走了两三百米，月梅叫声停车。面前就是干活儿的大棚，月梅下了车，边朝前走，边扭头和钱常摆摆手，说："你要是嫌接送麻烦，这两天我先住到我妹家，你去街上换好了电瓶再说。"月梅的妹妹嫁到了于家庄，开始是她介绍月梅来大棚里做短期工，后来慢慢就成了长期工，有时候气温太低或者遇到刮风、下雨，月梅就住到妹妹家。

钱常换倒挡时，车子突然熄了火。钱常摇摇头，自言自语道："这还是老司机。"拧了一下车钥匙，引擎复又轰鸣起来，带着车子一阵激烈的哆嗦。棚主老于正好骑着三轮摩托车过来了，停好车，先和月梅招呼了一声，又走到钱常跟前，隔着驾驶窗递进一支哈德门香烟，脸笑得好像秋后蔫了的金丝菊。钱常早就知道老于叫于清明，但却是第一次见到真人。钱常盯着看了几眼，扭头看看后面的路，摆摆手："戒了，戒了。"老于缩回手，把烟夹到右耳朵上，说："上棚里暖和暖和？"钱常说："不冷，还得拉客去。"

钱常回到大路口时，李大柱刚刚载了一个客往东走，应该是从后视镜里看见了钱常，他刹住车，从驾驶室里探出头来，朝钱常喊：“中午早点收工，我请客。”钱常笑着挥挥手，李大柱的富路一阵轰鸣，走了。

上午的买卖还不错，几乎没有耽工，朝东跑了四趟，朝西跑了五趟——南北路是羊临路，天天有城乡公交流水发车，几乎没人坐小出租朝南北方向去。七八十元揣进了兜里，下午干多干少或者不干，心里都不慌了。

钱常和李大柱走进“好再来”饭馆时已经下午一点多了，他们赶不得饭点，因为一点前坐小出租的客人还不少。从一点到三点这一段，几乎没有买卖，每隔半月二十天得撮一顿，他们都是选在这个时间点，正好饭馆里也过了大忙，算是环境清静。饭馆老板是熟人，不会撵人，随便他们待到三点或者四点，有时还拿来瓜子，陪着喝几碗光梗粗茶，一起神吹胡侃一通。偶尔他们也会带上孙玉香，但孙玉香已经一个多月没露面了。

钱常和李大柱相识十多年，俩人关系这么近，也有七八年了。最早时，钱常对李大柱爱答不理，顶多见面点个头。李大柱个子不高，皮糙肉厚，吹牛撒谎样样在行，年轻时经常到田柳镇大集上碰瓷——当地人叫放赖，让人海揍过三四次，到了成亲的年纪，媒人都绕着他家走。后来花了高价彩礼，李大柱娶回个老家云南的媳妇。有了女儿后，他立志要洗心革面，说，绝不能让孩子将来因他受人笑话。父母帮着照看孩子，他和媳妇建了个大棚种豆瓣——李家庄的村民，十之八九玩着豆瓣棚。后来，媳妇经常嫌他太懒散，他自己也受不了天天窝在棚里，就把大棚扔给妻子和父母，自己到大路口跑出租。

跑小出租的人一茬一茬地更换，年轻点的，陆续另找门路换了行当，只有钱常和李大柱，在大路口风吹日晒靠了十多年。中间也发生过争客抢客的小插曲，也有相互帮忙的时候，逐渐就成了关系亲厚的“老伙计”。

凉拌牛肉，醋烹鲫鱼，酸辣土豆丝，水煮肉片——三菜一汤，有荤有素，有凉有热，这个标准，两个人都习惯了。有时是一瓶二两装的二锅头，有时是一人一瓶在弥县分公司灌装的青岛啤酒——这也是标准，无酒不成席，但不能喝多，这点酒正好，接下来喝上一两个小时的光梗粗茶，酒劲全化了，不耽误下午跑车。

俩人的话题，很快到了孙玉香身上，虽说钱常知道，这是一个很不道德的话题。

钱常说：“小孙不露面了，到底还有没有戏？”

李大柱说：“屁！还是你好，老婆孩子热炕头，回家就有现成饭吃。”

孙玉香也是李家庄人，她男人在弥县城北的钢厂里干技术工人，收入不低，家里没建棚，她把家里的摩托三轮装上棚子，到大路口跑出租打捞零花钱，当然，后来也换成了鸡蛋形状的红色富路。最初，钱常觉得李大柱和孙玉香之间有点不正常，但是李大柱滴水不漏。直到一个多月前，李大柱让人打成了猪头，他才和钱常说了实话。钱常有点幸灾乐祸，去搞人家老婆，活该——开始，这话他是在心里嘀咕，觉得毕竟是老伙计，不能那么看笑话的；后来，就那么直接地笑话了几次。其实，李大柱和他不一样，身体挺正常的一个男人，老婆却跟着人家跑了。当初那云南女人就没有准备和他长久，各种借口拖拖拉拉，一直没有去领证登记。

李大柱拿出手机，调出孙玉香电话，拨打，点了免提，举到钱常脸前，说：“听听，成空号了！女人，全他娘的是婊子，就知道骗吃骗钱！”

钱常一口辣椒呛到气管，扭头吭哧吭哧地咳嗽起来。

钱常咳得眼里出了泪，好一阵子才缓过劲来，李大柱还在那里喋喋不休地说着孙玉香。

李大柱打听到，她男人在钢厂附近的超市给她找了份工作。李大柱装作买东西，去了那家超市，孙玉香却装作不认识，寡汤淡水地招呼他买白心火龙果，还说什么吃了打火。

钱常给李大柱添满一碗已经没什么颜色的光梗粗茶水，也给自己满上，喝了一大口，又满上，说：“你闺女也不小了，还是托人正儿八经地给你介绍个相巧的吧。”

李大柱说：“又笑话我吧？年轻时都没人给介绍媳妇，现在还拖个油瓶，想啥好事儿？”

钱常喊了声老板，让他再给加点茶。老板过来拿走了茶壶，一会儿又送回来，里面已经注满了热水。

李大柱说：“谢谢老哥。”老板笑着说：“客气啥，你们慢慢吃。”

钱常倒了两碗茶，说：“没有泡开，不酽。”

李大柱说：“酽就酽喝，淡就淡喝，和过日子一样。我跟你说件事儿，你准得乐。”

钱常问：“啥好事儿？快说。”

李大柱说：“是坏事儿，我哭都哭不出的坏事儿——我也不行了！”

钱常真的差一点笑出来，但忍住了。他低头喝了一口茶，太烫了，连忙低头吐到地上，舌头疼。钱常吸溜了几下凉气，说：“到底怎么了？啥时发现的？”

李大柱低下头，吹吹热气，吸溜了一口茶，说：“那天挨打时软了，此后没再硬过一回，也成闲置物了。”

钱常问：“去医院了没？这毛病得早治。”

李大柱说：“治个屁，用不上的玩意儿。有那钱还不如多来这吃顿饭。”

钱常说：“要不，明天一早我陪你去趟医院吧，应该还能找到认识的医生。”

李大柱说：“还是你好，有老婆给你照顾着家。”

3

还没等到钱常陪李大柱去医院，倒是由李大柱把钱常送到了医院。

两个人吃光了四菜一汤，喝上了一瓶二两装的二锅头，第二壶光梗粗茶又泡得没了颜色，李大柱去结账，钱常去了趟厕所。饭饱了，酒消了，再撒一泡热尿，下午可以再拉几趟客，今天的收入还能过百。钱常咬着一支白将军，双眼微闭，任由热乎乎的液体倾泻到小便池边的墙根上，和以往来这里饭后撒尿一样恣意。但是，呛人的尿臊味中，似乎夹有一股咸乎乎的甜腥味。钱常睁眼低头，鲜红的弧线像粗毛线一样正从他的下体抖落。哆嗦着手尝试了三次，钱常才扣好腰带。

李大柱陪着钱常去了最近的田柳镇卫生院。CT 结果出得很快，是前列腺肿瘤，已经长到了两公分多乘五公分多的规模。钱常好一阵子没说话，然后他问，一个月前咱卫生院组织的查体，怎么根本没发现这毛病？医生是熟人，老家也是菜籽庄的，他说：“普通的查体不做 CT，有这毛病也查不出来。看样子，至少长了一年，可能是晚期了。”李大柱问：“是不是得做手术？”医生说：“位置很特殊，不适合手术，应该只能保守治疗。”

医生让钱常尽快去县城甚或市里的医院确诊、治疗。李大柱陪钱常离开时，医生说：“你们开出租的，基本上天天坐着，正是前列腺炎、前列腺肿瘤的高发人群。”

走到卫生院的停车场，李大柱问：“要不要给你老婆打个电话？”钱常说：“不用，你先和我去趟县医院吧。”月梅的电话，就是这时打进来的。电话响了好一阵子后，钱常才按了接听，里面却是一个粗门大嗓的男人声音：“你他娘的怎么不接电话？孙子，赶紧地，麻麻利利地，来于家庄棚上，把你那好老婆接回去！来晚就打煞了，婊子玩意儿，还想欺凌俺姐姐……”

钱常知道，自己的手机通话保密性并不好，里面嗷嗷的大喊大叫，李大柱在边上已听得一清二楚。李大柱拉开了前车门，看着方向盘说：“先去哪里，我听你的。”钱常感觉自己就像经了严霜的秋草一样，浑身虚弱无力。车厢里早已让北风吹透了，钱常爬上后面的车座时，却浑身洇出一层刺痒的薄汗。李大柱发动引擎，车子哆嗦得仿佛马上就要散架。钱常张了张嘴，声若蚊蚋，说：“那就先去于家庄吧，明天一早咱都不吃不喝，一块去县医院做做检查。”

李大柱的车子好像一直走得哆哆嗦嗦，钱常第一次发现，这种富路三轮出租车的后座坐起来真不舒服，他的五脏六腑都跟着在里面哆嗦、挪位。李大柱专注地在前面开车，一句话也不说。钱常扭头看着窗外，看着镇子上的一家家店铺闪过，然后是路边一棵棵瞪着无辜且麻木的眼睛的白杨树，田野里是一个个在太阳下闪着白光的蔬菜大棚。他感觉得到，李大柱不时地从后视镜里看他一眼，但他装作不知道，认真看着窗外，仿佛要把这些景色一一烙进脑子里。

4

一切是从什么时候开始变化的呢？好像是大女儿八岁那年，那时她刚刚上一年级。月梅光着脚在大街上跑，钱常拿着菜刀在后面追——这事儿想来钱常有些后怕，当时如果追上了，他真的会把月梅砍死。月梅躲进了一户村民的厕所里，钱常找来时，那村民连忙说没见人，钱常继续拿着菜刀满庄找人。

最后，钱常跑回家，砸烂了电视机，砍下了自己左手小指。当然，小指后来到医院接上了，花去七八千元的医疗费。电视机后来也重新买了一台，又花去两千多元。

小时候钱常曾经不明白，为什么他们父母的日子过得鸡飞狗跳。每次都是母亲呼天抢地，父亲有时一声不吭地躲在角落里抽旱烟，有时摔门出去到村西的苇沟里转悠，有时也动手打母亲（这种情况不太多），有时抓过不看眼色的孩子揍上一顿。母亲不知在哪一年哪一天哭诉的一句奇怪的话，一字不缺地烙在了钱常的脑海里：我就是嫁个瞎汉，也比这好啊！

大哥结婚后，侄女、侄子陆续出生，没过几年，竟然也把日子过得鸡飞狗跳。再后来，大嫂成了背后受人指指点点的女人。

有一阵子，钱常经常去县里的医院和市里的医院，还有一次挤上火车去了青岛的大医院。西药，中药，偏方食疗，神婆仙方，凡能打听到的办法，钱常都试了，但一切都是白搭工夫。

月梅说："这日子没法过，你要是觉得受不了，咱就离婚。"月梅跑回娘家藏了起来。

父亲和大哥都劝钱常不能离婚。他终于明白，由于某种疾病具有一定的家族遗传性且无法治愈，导致一个家族的家风被打上了遭人白眼的另类标签。

钱常不想离婚。他忘不了看对象时的一眼入心，忘不了他开拖拉机送月梅走娘家时的春风得意，忘不了结婚近十年的点点滴滴。如果没有月梅，钱常就是一条无水的鱼。他想象不出来，如果月梅走了，他和女儿的日子该怎么过。

最后，月梅答应不离婚，钱常也作出让步：凡事儿别让他看见，家门口之外，月梅可以随意。月梅说，甭管你心里有多大不愿意，但别天天挂在脸上，我是你老婆，你得温柔，别动不动就拿起刀要剐要砍的。

月梅怀上二胎后，忐忑不安地和钱常商量。忽然，钱常觉得左手上那截接过的小指肿胀异常，他把双手泡在脸盆里几分钟，然后连水带盆一起泼到院里。看着搪瓷脸盆落在荷兰砖地面上，哐啷啷滚出老远，散了一地白惨惨的搪瓷渣子，钱常回头和月梅说，生吧，家里多个孩子，热闹。

怀孕后，月梅过得老实又安稳。就是从那时起，钱常养成了好好吃饭、吃饭讲究的习惯，开始重视每顿饭的荤素搭配。每隔五天一次的大集，月梅几乎只买素菜。于是，钱常开车走到某个路口，看到有鱼、虾、蟹、鸡背、熟牛肉、生羊肉什么的，只要已经送下了乘客，他就会停下车买一些。有时没在路上遇到那些货摊，则会在路过某个相熟的饭馆里，买份葱丝拌牛肉、辣炒羊杂、干炸里脊之类的熟肴。也有村邻笑话钱常太不会过日子，但他觉得这样过日子才是正事儿。他正是最能赚钱的年纪，为什么一定要亏着嘴巴？这不仅是考虑到妻子和肚子里的孩子，也是考虑到自己。他有糖尿病，遗传自母亲，当年日月艰难，母亲连小米都不舍得吃。他现在除了用小米、豆子、荞麦代替白面馒头、大米饭，还非常注意鸡、鱼、肉、蛋、奶的供应。母亲只活到五十三岁，现在经济宽裕了，他想活得长寿一点，怎么也得过了七十再躺进一出庄的公墓里。

二胎是儿子，出了满月，模样逐渐长开了，很肖似月梅。很多人当面夸一句，这孩子长得像她娘，好看呢。钱常其实没有端详出这个孩子还像谁，她不像同一条胡同里与月梅走得很近的老刘，也不像村里任何其他形迹可疑的男人。钱常知道这个不能问妻子，问也问不出结果，他只能自己悟。

小儿子越长越帅气，在同龄的孩子里显得很出挑，眉清目秀，英气逼人，和钱常及大女儿的长相完全不是一个套路。钱常的父亲在哄这个孙子时，偶尔会在人前摇头叹息，唉，明显就是私孩子呢。这话传到钱常的耳朵里，他专门和父亲做了一次私密对话，此后，老人再也没发过那类叹息。

钱常想起老于那张笑得好像秋后蔫了的金丝菊的老瘦脸，虽然是第一次见他，但却觉得似曾相识。

月梅是从什么时候开始到于家庄打短工的？钱常实在想不起来了。他只记得最早时月梅说过，老于的大棚里种的是苦瓜套黄瓜，老于妻子常年抱病在床，两百米长的大棚，活儿稍微一稠，他自己就忙不过来了，得雇劳务工进棚帮忙。老于啥时候改种了小柿子？钱常也记不起来了，只记得因为于家庄的菜农全都在大棚里种了小柿子，于家庄西邻建了一个全镇最大的小西红柿集散市场，那个市场已经存在很多年了。

5

可能是因为车厢里太过安静，李大柱打开了方向盘右边的收音机，滋滋啦啦换了两个台后，停在了音乐台，是女声独唱：

逆着冷眼，穿过人海，
说孤独是成年的常态。
愿你被这世界温柔以待，
让时间带走错怪与介怀。
愿你目及之处花开不败，
抚摸过的春风会再回来。
愿你被这世界温柔以待，
伤被你趟过的河床掩埋。
……

歌曲正唱到高潮部分，女歌手的声音清越又忧悒。钱常确信不是第一次听到这首歌，原来好像没太在意歌词。但这次听到“温柔以待”时，瞬间有种被电到的感觉，头皮一阵发麻。

歌曲终了，主持人的声音还是女声，是一种利索又欢快的语调：“好的，愿你被这世界温柔以待，这个世界很美好，我们每一个人也都应该对身边的人温柔以待……”

接下来进了一段广告，是卖菜刀的，中年男声亢奋而聒噪：“三十年不坏，保用终生！”

钱常说：“太吵了，关掉吧。”

钱常从后视镜里看了一眼专心开车的李大柱，长长干咳一声，问：“那天你被人揍成了猪头，疼不疼？”

李大柱冷笑了一声：“哼，可能不疼吗？”

钱常说：“那可真是遭罪了。”

李大柱说："你不是说过嘛，这是活该。"

钱常说："甭管怎样，我都不愿意我老婆挨打。"

李大柱说："就是啊，还是你好，还有老婆。"

钱常长长吐了口浊气。

他一直都记得三十五岁那年，月梅说过，"甭管你心里有多大不愿意，但别天天挂在脸上，我是你老婆，你得温柔，别动不动就拿起刀要剐要砍的。"

二十年就这么过来了，他今年五十五岁——才刚刚五十五岁。

遭受了那个粗门大嗓的男人的一通电话狂吼后，他都差一点忘记自己刚刚查出了前列腺肿瘤——还是晚期。他才刚刚五十五岁，但可能已来日无多。

好在还有老婆。不论如何，月梅没有跟人跑掉，她会陪着他走过这一段可能来日无多的人生之路。就像那个女歌手唱的，就像那个女主持人说的，温柔以待。是的，他会和月梅彼此温柔以待。

公路平整，李大柱的车子不再哆嗦，车厢里只剩下富路三轮行驶的引擎声和车窗边的风力摩擦声。一辆油罐车从后面呼啸超车，又一辆拖挂空货车迎面而过。这辆鸡蛋形的红色富路，应该是公路车流里最渺小的存在。

钱常又看向车外，路边是一棵棵瞪着无辜且麻木的眼睛的白杨树向后退去，田野里是一个个在太阳下闪着白光的蔬菜大棚绵延不绝。

钱常扭回头从后视镜里看了一眼专心开车的李大柱，说："注意安全，开得再稍快一点。"